CAP

Esthétique Cosmétique Parfumerie

Relation avec la clientèle et vie de l'institut

PÔLE 3

en situations professionnelles

3e édition ENRICHIE

- Florence Eveno
- Karine Feraille

Professeures de lycée professionnel au lycée Élisa-Lemonnier,
Le Petit-Quevilly (Seine-Maritime)

DELAGRAVE

Remerciements

Nous tenons particulièrement à remercier :

- Monsieur Thierry Baboeuf, Inspecteur de l'Éducation nationale - Secteur : Sciences biologiques et Sciences sociales appliquées - Académie de Rouen pour la préface de l'ouvrage ;
- PBI (Probeautic Institut) pour son autorisation d'utiliser ses visuels.

Merci enfin à tous ceux qui ont participé de près ou de loin à la réalisation de cet ouvrage.

Les auteurs

Avertissement : Liens externes

Vous utilisez un manuel connecté Delagrave qui comporte des liens externes vers des pages web ou des ressources complémentaires. Ces liens ne bénéficient pas toujours des dispositifs de protection et de sécurité des données à caractère personnel. Vous serez donc personnellement pleinement responsable des actions que vous accomplirez, et notamment votre consentement sera demandé pour l'utilisation de vos données personnelles (politique de cookies) lors de la consultation de ces pages web. Il est fortement recommandé dans tous les cas de ne pas créer un compte ou de fournir des données vous concernant qui ne seraient pas nécessaires pour visiter ces sites.

Si vous avez moins de 15 ans, il est nécessaire de solliciter l'accord de vos parents ou du titulaire de l'autorité parentale à l'utilisation des liens présents et, le cas échéant, de donner un consentement conjoint avec eux à l'utilisation de vos données à caractère personnel sur certains sites.

Les éditions Delagrave font leurs meilleurs efforts pour sécuriser la consultation et l'utilisation des ressources en ligne qu'elles éditent, produisent ou hébergent et ne sauraient être tenues responsables des interruptions de service liées au réseau Internet ou aux hébergeurs d'origine des ressources.

Édition : Marine Riem et Judith Ajchenbaum

Conception graphique et mise en page : Joëlle Parreau

Conception de la couverture : Anne-Danielle Naname et Joëlle Parreau

Illustrations : Céline Théraulaz et Anne-Julie Adréani

ISBN : 978-2-206-11061-5

→ Consultez nos nouveautés sur www.editions-delagrave.fr

Préface

Dans un contexte de transformation de l'enseignement en voie professionnelle, un certain nombre de leviers sont mis en œuvre pour garantir la réussite des élèves et l'obtention d'un diplôme pour s'insérer dans le monde du travail.

Ces leviers reposent sur plusieurs aspects didactiques, pédagogiques et organisationnels des formations proposées :

- L'écriture des référentiels de formation par blocs de compétences.

- L'organisation des formations par pôles centrés sur l'acquisition de compétences de connaissances en lien avec le référentiel d'activités professionnels du diplôme visé.

- Une démarche pédagogique qui s'appuie sur des situations professionnelles. Elle permet ainsi un ancrage professionnel, facteur de motivation de l'élève.

- La mise en œuvre d'une pédagogie par objectifs, qui proposent aux élèves des activités pour acquérir les connaissances, en mobilisant des compétences transversales.

- Des stratégies d'évaluation pour encourager l'élève à s'autoévaluer afin de se situer dans ses apprentissages.

Cet ouvrage s'inscrit dans cette dynamique, en s'appuyant sur les préconisations actuelles de l'enseignement professionnel, tout en tenant compte du niveau et de la diversité des élèves.

Il permet aux apprenants d'acquérir les compétences et les connaissances du **pôle 3** de formation du CAP Esthétique Cosmétique Parfumerie rattaché au bloc de compétences *Conduite d'un institut de beauté et de bien-être : Relation avec la clientèle et vie de l'institut*.

À partir de situations professionnelles concrètes, les élèves réalisent des activités de nature variée pour atteindre les objectifs fixés. La qualité des supports visuel a été tout particulièrement soignée afin de donner à cet ouvrage toute l'attractivité nécessaire et répondre aux exigences d'un enseignement en CAP. Une partie dédiée à l'**auto-évaluation** à la fin de chaque chapitre permet à l'apprenant de mesurer son niveau de connaissances.

L'acquisition des compétences et des connaissances se veut progressive, avec la volonté de **faire du lien avec les autres pôles de formation du diplôme, les périodes de formation en milieu professionnel ou l'alternance**.

Quelle que soit la nature de la formation : formation initiale par voie scolaire ou par l'apprentissage, par le biais de la formation continue, le formateur trouvera des ressources et des supports qui lui permettront de former ses élèves au regard des enjeux actuels de la formation professionnelle. Dans le cadre des dispositifs liés à la transformation de la voie professionnelle, les enseignants pourront s'appuyer sur les séances proposées pour **mettre en place les dispositifs de co-intervention** ; précurseurs de la mise en œuvre d'innovations pédagogiques.

Cet ouvrage rédigé par des enseignantes se veut au plus proche des réalités d'enseignement au quotidien, des exigences des partenaires de l'école, il se veut aussi le reflet d'une vraie représentation d'une partie du métier d'esthéticienne.

Thierry Baboeuf
Inspecteur de l'Éducation nationale
Sciences biologiques et Sciences sociales appliquées
Académie de Rouen

SOMMAIRE

PARTIE 1 Technologie

PARTIE 2 Communication

PARTIE 3 Cadre organisationnel

Dossier d'entraînement à l'épreuve

PARTIE 1

Technologie

PARFUMERIE

« ESSENCES NATURELLES »

5, avenue des Jasmins 06130 GRASSE

OUVERTURE DU LUNDI AU SAMEDI DE 10 H À 19 H

www.parfumerie.essences.naturelles.com

Tél. : 04 02 03 04 05

CONTEXTE PROFESSIONNEL

Organigramme du personnel

Isabelle DUPONT
Responsable

↓

Julie DEMARE
Responsable adjointe

↓

Élisa JULES
Conseillère vendeuse/ Esthéticienne

Marion DUVAL
Conseillère vendeuse

↓

« Vous »
Formation BAC PRO ECP

Hannah ZALI
Formation CAP ECP

Tenue professionnelle à l'image de l'enseigne de la parfumerie

tunique noire avec inscription : Essences naturelles

ESSENCES NATURELLES

- Animations / promotions régulières en magasin sur de nombreuses marques.
- Fichier client informatisé.
- Carte de fidélité.
- Doses d'essai.

Agencement de l'espace

Parfumerie spacieuse de 50 m² constituée de plusieurs espaces (parfums féminins, parfums masculins, produits de soins, produits de maquillage)

- 2 comptoirs caisse ;
- 8 linéaires : produits de soin, parfums ;
- 3 gondoles d'animation ;
- 4 présentoirs maquillage ;
- 2 cabines ;
- 1 espace maquillage ;
- 2 vitrines spacieuses donnant sur une rue piétonne.

1 Les parfums

- C31 : Accueillir et prendre en charge la clientèle
- C32 : Conseiller et vendre des produits cosmétiques et des prestations esthétiques

1.1 L'odorat

Situation professionnelle

Hannah et vous intégrez ce jour la parfumerie Essences naturelles. Votre responsable Mme Dupont vous informe que vous avez la possibilité de participer à une formation vous permettant de mieux comprendre le mécanisme du système olfactif dans le but de favoriser les ventes de parfums. Vous êtes ravie de cette opportunité.

Être capable de

- mettre en relation à partir d'un schéma le rôle du cerveau dans l'intégration du message olfactif.

Document 1

LE MESSAGE OLFACTIF

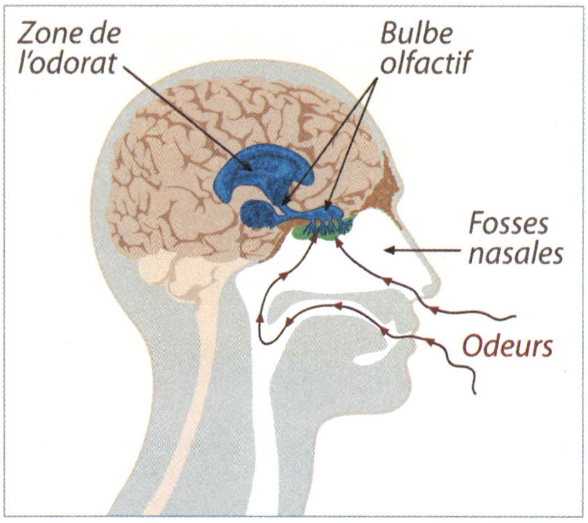

Schéma de la trajectoire et des zones participant à l'olfaction

L'odorat, ou système olfactif, sert à la perception et au traitement des informations des molécules odorantes par le cerveau.

Mécanismes de l'olfaction et récepteurs

L'odeur naît d'une rencontre, d'un rendez-vous dans les profondeurs des fosses nasales entre les molécules qui s'échappent des fleurs, des fruits ou des parfums, et les quelque 10 millions de cellules réceptrices qui forment notre appareil olfactif.

Quelles sont ces cellules ? Il s'agit de **neurones** qui captent leurs informations par une touffe de cils flottant dans un mucus aqueux.

Ces cils ont une structure très originale : leur membrane est constituée de nombreuses protéines réceptrices différentes, capables de reconnaître toute une palette de substances odorantes.

Ils peuvent détecter jusqu'à 10 000 effluves différentes, à des concentrations extrêmement faibles.

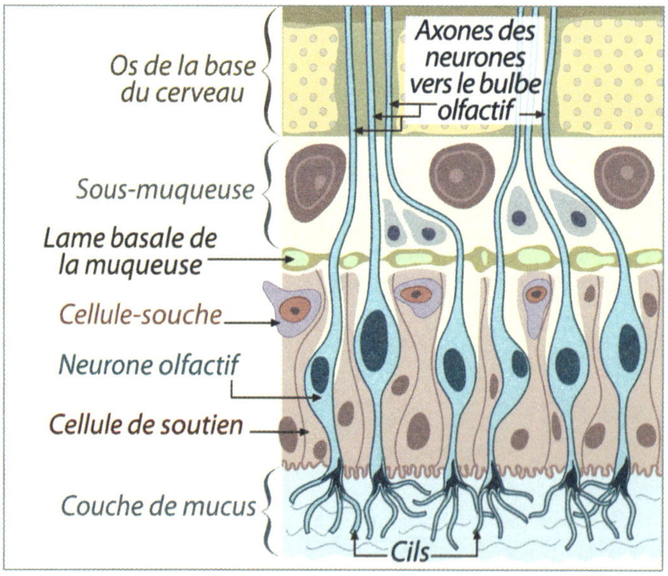

Neurones récepteurs

>>

Document 1 > suite

Dès que l'on porte une fleur à son nez, les molécules odorantes entrent en contact avec la membrane des cils. Aussitôt un signal se déclenche et provoque une série de réactions chimiques et électriques. L'influx nerveux qui en résulte emprunte un long bras de la cellule réceptrice, l'axone, et chemine jusqu'au cerveau.

L'ensemble de ces axones constitue le nerf olfactif.

Au niveau du cerveau, le bulbe olfactif accueille les messages nerveux et sert à la fois de relais et de « gare de triage » de ces messages avant leur arrivée au cortex olfactif où ils sont identifiés et associés à des valeurs affectives.

Ce qui explique qu'un parfum puisse susciter une émotion sensorielle.

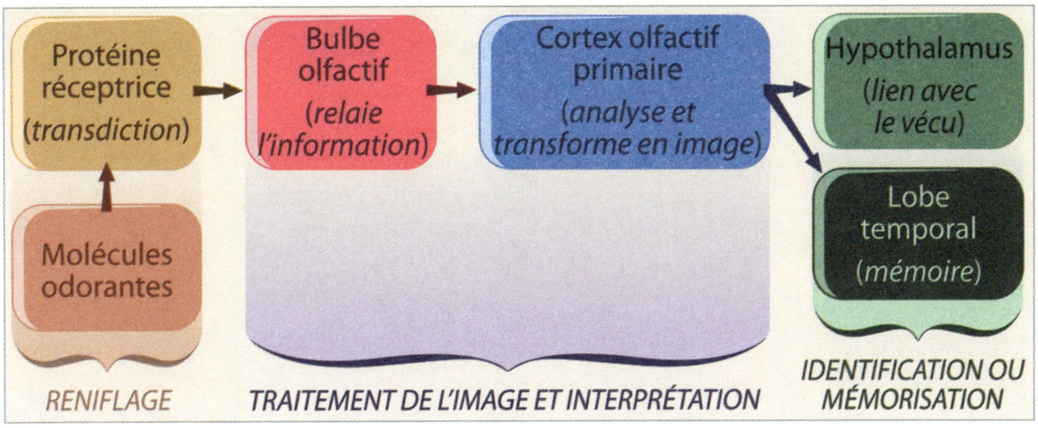

Mécanisme de l'odorat chez l'Homme

ACTIVITÉ 1 À l'aide du document 1 « Le message olfactif » :

1. Répondre aux affirmations suivantes par vrai ou faux.

- **1.** L'odorat est l'un des cinq sens.
  ☐ Vrai ☐ Faux
- **2.** La bouche est l'organe de l'odorat.
  ☐ Vrai ☐ Faux
- **3.** Les cils sensoriels sont reliés au cerveau par des nerfs.
  ☐ Vrai ☐ Faux
- **4.** L'odorat humain est beaucoup plus pauvre que celui de nombreux animaux.
  ☐ Vrai ☐ Faux
- **5.** Les cellules sensorielles sont recouvertes d'un film de mucus aqueux.
  ☐ Vrai ☐ Faux

2. Compléter le texte à l'aide des mots suivants.

analyser, aspire, cils sensoriels, liquide, l'odorat, nasale, nerfs, nez, odeurs, sensorielles

L'odorat permet d'analyser l'environnement au travers des .... présentes dans l'air. Le .... est l'organe de .... Quand on renifle pour en savoir davantage sur une odeur, on .... de l'air avec la substance chimique de l'odeur. L'air remonte dans la cavité .... , vers la zone sensible aux odeurs. Dans les replis, renfermant les cellules .... , la substance chimique de l'odeur se dissout et les cellules sensorielles perçoivent l'odeur. Ces cellules sont recouvertes d'un .... (mucus) qui les maintient dans un milieu humide, favorable à la détection des odeurs. Les minuscules particules de la substance chimique y sont piégées. Les .... qui perçoivent les odeurs sont reliés au cerveau par des .... Le cerveau traduit le message qu'il reçoit pour .... l'odeur.

Je m’évalue

❶ Retrouver les mots d’après les définitions.

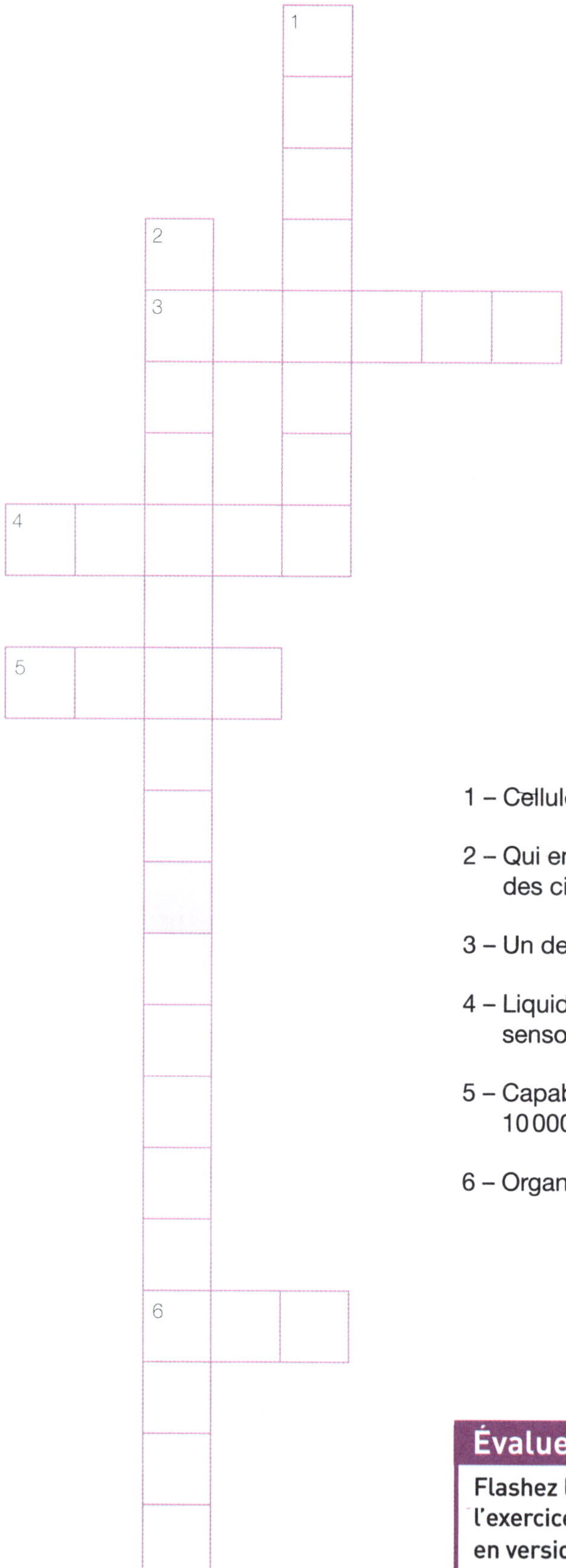

1 – Cellules réceptrices de l’appareil olfactif.

2 – Qui entrent en contact avec la membrane des cils.

3 – Un des cinq sens.

4 – Liquide recouvrant les cellules sensorielles.

5 – Capables de reconnaître jusqu’à 10 000 effluves différentes.

6 – Organe de l’odorat.

Évaluez-vous !

Flashez le QR code ou retrouvez l’exercice de fin de partie 1.1 en version interactive sur

www.lienmini.fr/11061-Test1-1

1.2 Les parfums : les différentes époques de la parfumerie

Situation professionnelle

Avant votre PFMP, votre professeur vous a remis un dossier retraçant l'histoire du parfum : les rôles du parfum, les principales marques de parfumerie, leur naissance et leur prestige jusqu'à aujourd'hui, ainsi que la diversité des familles olfactives.
Vous le présentez à Julie, la responsable adjointe.

© Adobe Stock

Être capable de - présenter l'histoire du parfum.

Document 1

LES ORIGINES DU PARFUM

L'histoire du parfum est presque aussi vieille que celle de l'être humain.

© Adobe Stock

Avec la découverte du feu, les hommes de la préhistoire ont découvert que certaines plantes, bois ou autres matériaux brulés dégageaient un fumet particulier.

Les plus anciennes traces de fabrication de parfums remontent à 7000 ans av. J.-C. en Mésopotamie. À la même époque en Égypte, on honore déjà les dieux en brulant des crèmes parfumées et des essences. On embaume aussi les morts avec des lotions odorantes.

De l'Antiquité à la Renaissance

L'Antiquité (- 3300 av. J.-C. – 476)

Le parfum prend naissance dans l'Antiquité. Les Égyptiens et les Grecs brûlent des essences aromatiques (baumes, plantes et résines) en l'honneur des divinités.

Le mot parfum vient d'ailleurs de cette période : *per fume*, par la fumée.

Les vertus restent sacrées et guérisseuses. Le parfum s'initie progressivement à la beauté grâce à Cléopâtre qui utilise les essences en onguents (crème onctueuse) ou en bain parfumé.

Le Moyen Âge (476 – 1492)

Le parfum se développe grâce au commerce des matières premières venues d'Orient, notamment les épices.

Les alchimistes découvrent l'alcool éthylique, et les personnes riches portent des *pomanders* (boules remplies d'ambre, de musc ou de végétaux).

Les plantes et les essences protègent également des épidémies qui font rage dans cette époque.

En 1370, apparaît L'Eau de la Reine de Hongrie, premier grand parfum alcoolique, à base de romarin.

La Renaissance (1492 – 1600)

Les grands navigateurs ramènent de nouveaux produits parfumés d'Amérique et d'Inde. La chimie remplace l'alchimie, améliorant la qualité des essences.

Les reines et les courtisanes se passionnent pour le parfum, qui se répand en France grâce à Catherine de Médicis.

Dans une époque d'arts et d'érudition (grande étendue de savoir), s'installent les premiers apothicaires (précurseurs des pharmaciens et des parfumeurs). Les parfumeries se déplacent d'Italie vers Grasse.

>>

Document 1 > suite

De l'époque des Lumières aux années 1900

Époque classique et siècle des Lumières (1600 – 1789)

Sous Louis XIV, on s'inonde de parfums pour masquer la pestilence corporelle.

Sous Louis XV, coquetterie et préciosité imposent fards et parfums comme une mode. En redécouvrant l'hygiène, les goûts pour les parfums se font moins capiteux, plus subtils.

Sous Louis XVI vient la reconnaissance des parfumeurs. C'est l'essor des maisons de parfumerie et l'apparition des premières eaux de Cologne.

© Adobe Stock

1789 – 1850

Napoléon et Joséphine sont de grands amateurs de parfums. Elle privilégie les senteurs exotiques et lui abuse des frictions à l'eau de Cologne.

Avec le Romantisme, les fragrances deviennent légères. Les femmes au teint pâle lancent la mode du mouchoir parfumé.

1850 – 1900

L'industrialisation massive marque les débuts de la chimie organique : les aldéhydes. Les laboratoires synthétisent des molécules qui révolutionnent l'industrie du parfum en enrichissant la palette du parfumeur. Les premières grandes marques modernes apparaissent.

Cet essor est aussi le fait des grandes verreries qui produisent en série et à bas prix des flacons en verre, entraînant le développement de célèbres maisons : Guerlain, Houbigant ou Piver. La verrerie prend toute son importance dans le prestige de la marque d'un parfum.

1900 – 1920

C'est l'Art Nouveau, la Belle Époque. Le parfum devient un vrai produit de luxe. Les parfumeurs célèbres s'appellent Coty, Piver et Guerlain. Lalique imagine des flacons qui feront son renom.

Les succès de l'époque : Jicky Guerlain créé L'Ondée Guerlain en 1906.

Des années 1920 à aujourd'hui

1920 – 1930

Après la Première Guerre mondiale, c'est le début de l'émancipation féminine dans le milieu de la mode et en parfumerie. Coco Chanel, créatrice de mode, crée le parfum N° 5 sur une note d'aldéhydes (1921). Guerlain crée Shalimar (1925), un oriental. Jeanne Lanvin imagine Arpège (1927), un floral aldéhydes.

1930 – 1950

Ralenti par la crise et la guerre, le parfum devient à nouveau un accessoire de séduction après la Libération. Les stars d'Hollywood inspirent les créateurs. Rochas lance Femme (1944).

Un nouveau créateur fait son apparition : le couturier Christian Dior lance son premier parfum, Miss Dior (1947). C'est le début du *New Look* et de la Haute Couture. Autre grand succès : L'Air du Temps de Nina Ricci (1948).

1950 – 1960

Les Européennes rêvent du modèle de vie américain et le parfum, jusqu'alors peu accessible, se démocratise. Estée Lauder lance son premier parfum, Youth Dew (1952), précurseur de la parfumerie américaine.

Les hommes se mettent eux aussi au parfum, grâce aux essences de lavande et de vétiver. Guerlain crée un grand boisé pour hommes : Vétiver (1959).

1960 – 1970

C'est la révolution des mœurs : libération sexuelle, mouvements hippies et rébellions sur fond de contestation et de guerre au Vietnam. La note fétiche des femmes, c'est le patchouli, aux saveurs boisées fumées.

Un autre mouvement olfactif apparaît, les eaux fraîches : Ô de Lancôme. Parmi les succès de l'époque : Fidji (Guy Laroche), Habit Rouge (Guerlain), Eau Sauvage (Dior, 1966).

1970 – 1980

À l'issue des années 60, les femmes affirment davantage leurs désirs. Le luxe et la sophistication influencent les nouvelles créations de parfums.

Yves Saint Laurent crée Opium, un oriental puissant addictif comme une drogue. Cacharel lance Anaïs Anaïs, un floral tendre. Le joaillier Van Cleef & Arpeels crée son premier parfum, First.

Les parfums masculins se développent. C'est l'apparition de grands succès au style olfactif marqué : fougères et chyprés. Parmi ces nouveaux succès : Paco Rabanne pour Homme, Gentleman de Givenchy et Azzaro pour Homme.

>>

Document 1 > suite

1980 – 1990

Les années 80 sont riches de sensations et d'événements. C'est le règne de l'individu, de la course à la réussite, du culte du corps et de l'image. Les parfums se font plus capiteux et les marques affichent une image de luxe. Dior crée Poison, Calvin Klein Obsession, Cartier lance Must, Dior Fahrenheit.

1990 – 2000

Après la chute du mur de Berlin et le tumulte des *eighties*, les hommes aspirent à un monde plus doux, plus pur, moins matérialiste. Les parfums se font plus proches de la nature : fraîcheurs aérienne et aquatique. Mais dans le même temps, on observe un retour à l'enfance avec des parfums gourmands, initiés par Angel de Mugler (1992) : Trésor de Lancôme, Noa de Cacharel, Pleasures d'Estée Lauder, Le Mâle de Gaultier, CK ONE de Calvin Klein.

2000 à aujourd'hui

Les lancements de parfums se font de plus en plus nombreux. Moins d'un tiers d'entre eux rencontrent le succès. La tendance féminine reste très fleurie-fruitée, mais les notes boisées sont de plus en plus présentes chez les femmes. Les orientaux gardent un fort succès, notamment en Europe. Suite au succès de Coco Mademoiselle, les chyprés marquent leur grand retour. Chez les hommes, les parfums ont une dominante fraîche, boisée ou aromatique mais des créations plus matures, moins proches de l'univers hygiène se développent.

C'est l'apparition de nombreuses nouvelles marques, couturiers, designers, célébrités… Aujourd'hui, chacun peut lancer son parfum. Dans le même temps, on note aussi le désir des marques d'être plus proches du client et qui offrent des choix diversifiés.

ACTIVITÉ 1 À l'aide du document 1 « Les origines du parfum » :

1 Compléter le tableau ci-dessous sur les différentes époques de la parfumerie et leurs événements importants.

ÉPOQUES	ÉVÉNEMENTS IMPORTANTS
....	Les Égyptiens et les Grecs brûlent des essences aromatiques en l'honneur des divinités.
Moyen Âge	....
....	Les premiers apothicaires commercialisent le parfum.
Époque classique et siècle des Lumières sous Louis XVI	....
....	Les aldéhydes révolutionnent l'industrie du parfum.
1950 – 1960	....
....	C'est l'apparition de nombreuses nouvelles marques

1.3 Les parfums : les notes olfactives, la fabrication, les produits parfumants

Situation professionnelle

Une formatrice de la marque Lancôme vient présenter aux conseillères, à Hannah et à vous-même, le parfum Trésor et sa gamme complémentaire.

© Adobe Stock

Être capable de

- définir les différentes notes d'un parfum ;
- caractériser les différentes familles olfactives ;
- indiquer le rôle et l'origine des divers composants ;
- préciser les différentes étapes de la création, de la fabrication d'un parfum ;
- différencier les produits parfumants des produits parfumés d'une ligne.

Document 1

LES MATIÈRES PREMIÈRES ODORANTES

La forme galénique d'un parfum est une solution vraie lipophile ; le parfum est plus ou moins concentré en substances odorantes (huiles essentielles) diluées dans l'alcool.

Quelle est l'origine des matières premières odorantes ?

Les matières odorantes sont des matières premières utilisées pour la fabrication des produits parfumants. Ce sont des composés formés de **molécules volatiles odorantes**. Elles peuvent être **d'origine naturelle ou chimique**.

L'origine végétale

Les matières premières d'origine végétale peuvent être traitées à deux moments différents : **soit à l'état frais** (c'est-à-dire tout de suite après la cueillette) ; **soit à l'état sec.**

Les différentes familles de parfum

La profession définit actuellement 7 grandes familles d'odeurs et des sous-familles.

FAMILLES	CARACTÉRISTIQUES
LES HESPÉRIDÉS  © Adobe Stock	**Ce sont des parfums à base d'agrumes comme le citron, l'orange, la mandarine et le pamplemousse.** **L'huile essentielle est contenue dans le zeste du fruit.** **Ce sont des notes de tête, présentes dans les eaux fraîches et les eaux de Cologne.** **Sous-famille : agrumes, fruités.** ▶ Les parfums sont frais et légers (ex. : Pampelune de Guerlain, Eau de Cologne originale 4711).
LES FLEURIS  © Adobe Stock	**Ce sont des parfums à base de fleurs comme la rose, le jasmin, la tubéreuse.** **Les fleuris suaves (jasmin, ylang-ylang) et les fleuris frais (muguet, lilas) développent des notes animales, vertes, fruitées, poudrées, solaires.** ▶ Les parfums sont discrets, élégants, délicats, féminins (ex. : Paris d'YSL, Miss Dior de Dior).

>>

Document 1 > suite

FAMILLES	CARACTÉRISTIQUES
LES BOISÉS  © Adobe Stock	**Ce sont des parfums à base de bois comme le vétiver, le patchouli, le santal, les bois ambrés Cashmeran, Ambroxan et de mousse de chêne.** **Ce sont des notes de fond qui se classent en plusieurs catégories : sec, humide, mousse, ambré, fumé, résiné.** ▶ Les parfums sont puissants (ex. : Calèche d'Hermès, Eau Sauvage de Dior).
LES ORIENTAUX  © Adobe Stock	**Ce sont des parfums à base de notes plus chaudes ou capiteuses de la parfumerie comme la cannelle, le poivre, le clou de girofle, la vanille, les bois ambrés, les résines, le musc, le baume du Pérou, la myrrhe.** **C'est la deuxième plus grande famille chez les femmes après les fleuris et la troisième chez les hommes après les fougères et les boisés.** **Sous-famille : épicés, balsamiques, musqués, vanillés, ambrés.** ▶ Les parfums sont capiteux (ex. : Opium d'YSL, Poison de Dior, Habanita de Molinard).
LES CHYPRÉS  © Adobe Stock	**Ce sont des parfums à odeur tenace à base de mousse de chêne*, bergamote, rose, jasmin, patchouli et ciste labdanum.** **Sous-famille : chyprés fleuris, chyprés fruités et chyprés musqués.** ▶ Les parfums sont authentiques (ex. : Eden de Cacharel).
LES FOUGÈRES  © Adobe Stock	**Ce sont des mélanges de notes de lavande, géranium, mousse de chêne, vétiver, coumarine et de cuirs.** **Cette famille évoque le rituel du rasage.** **Sous-famille : vertes.** ▶ Les parfums sont masculins (ex. : Eternity for men de Calvin Klein, Fougère Royale d'Houbigant – 1882).
LES PARFUMS AROMATIQUES  © Adobe Stock	**Ce sont des notes fraîches, tonifiantes, utilisées dans les eaux de Cologne comme la lavande, le camphre, l'anis, la menthe, le citron.** **Sous-famille : aromates.** ▶ Les parfums sont frais, sportifs, principalement masculins (ex. : Aqua Di Gio d'Armani, Aqua Allegoria Mandarine Basilic de Guerlain).

* La mousse de chêne subit des restrictions auprès de la législation, son utilisation est limitée.

L'origine animale

Les matières premières d'origine animale sont utilisées à la fois comme **matières odorantes et comme fixateurs dans la composition des parfums.**

Elles peuvent provenir de différents animaux :

- **Ambre gris** : c'est une sécrétion intestinale (calcul intestinal) du cachalot qu'il rejette dans la mer.
- **Musc** : c'est une sécrétion d'un chevrotin du Tibet qu'il utilise pour marquer son territoire.
- **Civette** : ce sont les excréments de l'animal.
- **Castoréum** : c'est une sécrétion huileuse et odorante produite par les glandes sexuelles du castor vivant en Amérique du Nord.

Aujourd'hui, leur utilisation est interdite, sauf pour l'ambre gris. Les odeurs sont reproduites par synthèse.

L'origine synthétique

Depuis le 19e siècle, la chimie a permis la création d'huiles essentielles de synthèse sous différentes familles telles que les **aldéhydes** (vanilline, citral…), les **cétones** (muscone, civettone…), les **alcools aromatiques**…

On peut classer les huiles essentielles de synthèse en trois groupes en fonction de la manière dont on les a obtenues :

- La technique **hémi-synthétique** : c'est une matière première d'origine naturelle traitée par des produits chimiques. Exemple : le benjoin + une substance chimique donnent la vanilline.
- La technique **synthétique** : c'est un ensemble de procédés chimiques qui reproduit une odeur connue. Exemples : les huiles riches en carbures comme le citron, ou les huiles riches en aldéhydes (alcool déshydrogéné) comme la cannelle.
- La technique **artificielle** : c'est un ensemble de procédés chimiques qui permet la création d'une nouvelle senteur. Exemple : la senteur du bord de mer.

Document 2

L'EXTRACTION DES HUILES ESSENTIELLES

Il existe diverses méthodes pour extraire les huiles essentielles, celle la plus courante étant la distillation par entraînement à la vapeur. L'extraction des huiles essentielles peut être réalisée à partir des fleurs, des feuilles, des racines ou encore des graines de la plante.

La distillation par entraînement à la vapeur

Datant de plus d'un millénaire, il s'agit de la méthode la plus ancienne et la plus utilisée pour obtenir une huile essentielle de qualité.

Le principe est simple :

Il consiste à faire passer un courant de vapeur d'eau dans une cuve contenant les plantes. Sous l'action de l'humidité et de la chaleur les huiles essentielles volatiles se libèrent. Ensuite, cette vapeur d'eau et d'huile essentielle passe dans un serpentin refroidi par de l'eau. La vapeur se condense alors dans le serpentin, et retourne à l'état liquide. Ce liquide, mélange d'eau et d'huile essentielle est recueilli dans un essencier qui sépare les deux éléments. En effet, l'huile essentielle est non miscible à l'eau et plus légère donc elle se retrouve dans la partie supérieure de l'essencier.

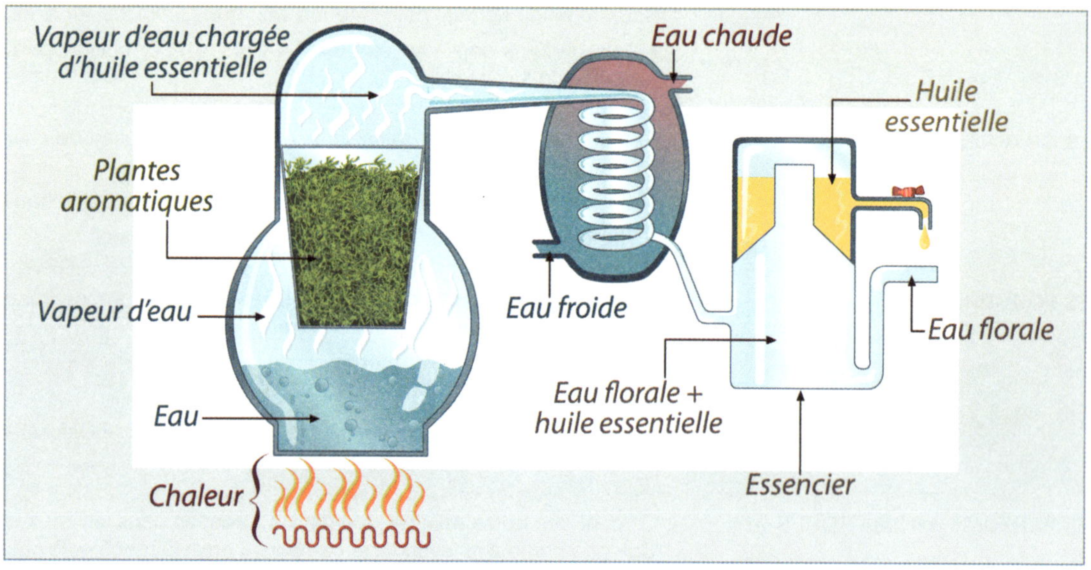

L'extraction par pression à froid (ou expression)

Cette technique s'applique aux huiles citronnées et agrumes (comme le citron, l'orange, la mandarine). Les écorces ou les zestes sont pressés par une machine ou à la main pour en recueillir les huiles. L'extrait alors recueilli se nomme « essence aromatique » et non « huile essentielle » car il n'y a aucune modification chimique.

L'extraction au CO_2 supercritique

Très moderne, très coûteuse, cette méthode consiste à faire passer un courant de CO_2 à haute pression qui fait éclater les poches à essence et entraîne les substances aromatiques.

L'extraction par solvant

Cette méthode est utilisée pour obtenir des huiles florales extrêmement parfumées. Les plantes et le solvant sont placés dans un récipient et chauffés pour favoriser l'extraction des huiles par le solvant. La mixture ainsi obtenue est ensuite filtrée et devient ce que l'on appelle la « concrète », qui est alors mélangé à de l'alcool, refroidi et filtré. Après évaporation de l'alcool, reste l'huile très parfumée, appelée « absolu ».

L'extraction par enfleurage

Cette technique est très sophistiquée et n'est plus très utilisée. Elle est réservée pour réaliser des huiles florales de très grande qualité et est essentiellement utilisée pour les fleurs qui supportent mal l'action de la chaleur (comme le jasmin, la violette). Les pétales fraîchement cueillis sont étalés sur de la graisse sur des châssis de verre et sont remplacés toutes les 24 heures, les huiles essentielles saturant progressivement la graisse. Le composé obtenu, appelé « pommade », est lavé avec de l'alcool qui, après évaporation, produit l'huile parfumée.

La macération

La macération est semblable à l'enfleurage. Elle est employée pour extraire les huiles essentielles à partir d'ingrédients tels que la vanille qui est trempée dans des cuves d'huile jusqu'à ce que les pièces parfumées se dissolvent. L'huile peut être chauffée pour accélérer le processus. La macération peut durer plusieurs années. En général, on utilise de l'huile de tournesol pour la macération.

Source : Alice Rauch, www.tpehuilesessentiellesetsante.e-monsite.com

Document 3

LES ÉTAPES DE LA CRÉATION D'UN PARFUM

Étape 1 : L'assemblage de la base parfumante

Des essences naturelles (ou synthétiques) ou des agrumes sont assemblés avec le pourcentage d'alcool correspondant.

Étape 2 : La macération

C'est la macération de l'ensemble de la base et de l'alcool (2 à 6 semaines).

Étape 3 : Le glaçage

Le glaçage consiste à refroidir le mélange.

Étape 4 : Le filtrage

Le mélange est filtré pour obtenir un parfum translucide.

Étape 5 : Le stockage

Le parfum est stocké dans des cuves d'acier inoxydable.

Étape 6 : Le conditionnement

Le parfum est conditionné de manière robotisée sur des lignes de flacons.

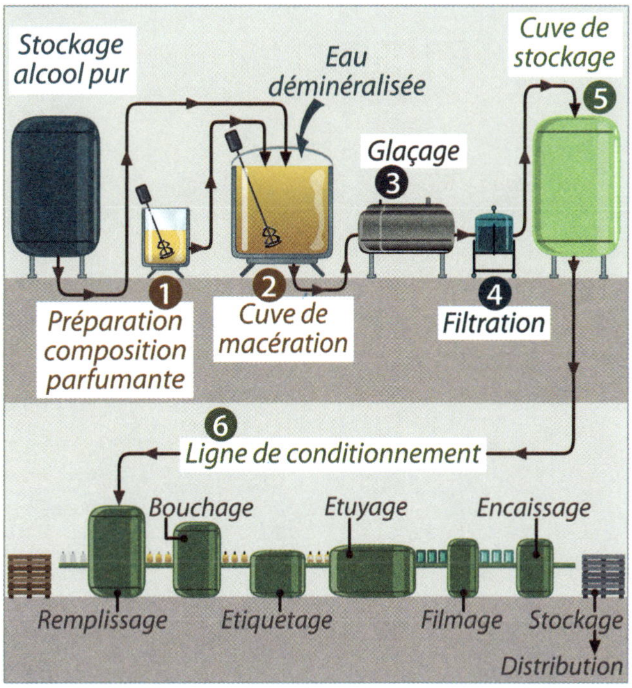

Document 4

LA PYRAMIDE OLFACTIVE D'UN PARFUM

Les parfums se caractérisent par **leur note en fonction de la vitesse d'évaporation des matières odorantes.** La personne qui crée les parfums s'appelle d'ailleurs un « nez ». Les parfumeurs définissent trois « notes » caractéristiques d'un parfum.

La note de tête

C'est elle qui **domine lors de l'application sur la peau.** Elle est définie par les substances odorantes les plus « fugitives » de la composition. Elle donne la première impression et a **une durée de quelques minutes.** Ainsi, ces matières premières sont **très volatiles.**

La note de cœur

Elle se développe après la note de tête et c'est elle qui **détermine le « thème » du parfum.** Elle a **une durée de quelques heures.** Les matières premières sont de **volatilité moyenne.**

La note de fond

Elle représente la **phase finale du parfum,** qui persiste après l'évaporation de la note de tête et de la note de cœur. Elle a **une durée de quelques jours.** Ces matières premières sont **« lourdes » et tenaces.**

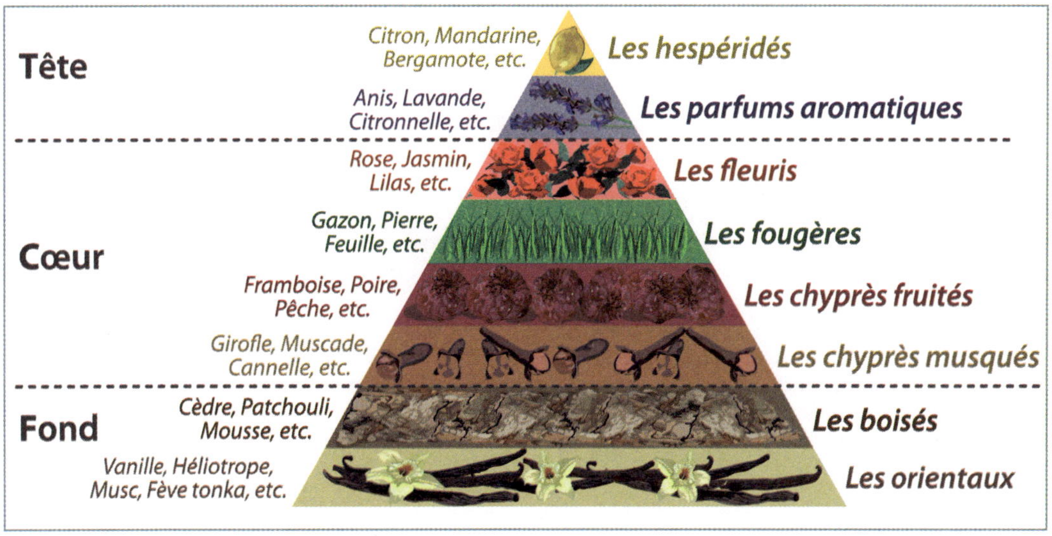

Document 5

LES PRODUITS PARFUMANTS ET LES PRODUITS COMPLÉMENTAIRES

L'EXTRAIT/LE PARFUM	C'est le produit le plus concentré : - 15 à 20 % d'huile essentielle ; - 80 à 85 % d'alcool à 98°.
L'EAU DE PARFUM	- 10 à 15 % d'huile essentielle ; - 85 à 90 % d'alcool à 98°.
L'EAU DE TOILETTE	- 5 à 10 % d'huile essentielle ; - 90 à 95 % d'alcool à 98°.
L'EAU DE COLOGNE	- 2 à 5 % d'huile essentielle ; - 95 à 98 % d'alcool à 98°.
L'EAU FLORALE	- eau ; - huiles essentielles.
L'EAU DE SENTEUR	C'est un mélange d'eau distillée et d'eau florale.
LES PRODUITS COMPLÉMENTAIRES	- lait corporel ; - crème corporelle ; - déodorant ; - brume pour les cheveux ; - lotion après-rasage...

Document 6

LE PARFUM TRÉSOR DE LANCÔME

Marque :
Lancôme

Année :
1990

Genre :
Féminin

Créé par :
Sophia Grojsman

Style :
sage

Famille :
florale

Les notes fruitées (...) étant encore peu habituelles en 1990, Trésor innovait avec son accord velouté de pêche et d'abricot qui s'accorde merveilleusement avec la rose crémeuse, la violette poudrée et l'iris soyeux. Le santal, la vanille et les muscs complètent parfaitement ce tableau de douceur, de caresse et de suavité. Trésor est un parfum chaste et pudique, dont les notes fruitées (...) et sucrées rassurent, apaisent et bercent, en rappelant les douceurs passées d'une enfance lointaine.

Source : Rose précieuse. J. Doré, www.auparfum.com, 10 décembre 2007

ACTIVITÉ 1 À l'aide des documents 1, 2, 3, 4, 5 et 6 :

1. Classer les matières premières odorantes du parfum Trésor.

MATIÈRES ODORANTES	FAMILLES DE PARFUM OU SOUS-FAMILLES
PÊCHE – ABRICOT	....
ROSE – VIOLETTE	....
SANTAL	....
VANILLE	....
MUSCS	....

2. Citer les matières premières odorantes de la note de tête, de cœur et de fond du parfum Trésor.

NOTE DE TÊTE	NOTE DE COEUR	NOTE DE FOND
....	....	....
....	....	....
....	....	....

3. La note de tête se garde la plus longtemps sur la peau : ☐ Vrai ☐ Faux

Justifier : ....

4. Indiquer le style de la cliente se parfumant à Trésor.

....

5. Citer les trois origines des matières premières odorantes.

....

....

....

6. Rechercher les produits complémentaires du parfum Trésor de Lancôme.

....

....

....

....

....

7. Citer les procédés d'extraction des huiles essentielles pour fabriquer un parfum.

....

....

....

....

....

....

8. Nommer la personne qui créé un parfum.

....

1.4 La publicité des parfums

Situation professionnelle

La formatrice Lancôme vous informe également sur l'univers publicitaire du parfum et à tout ce qui le caractérise : le flaconnage, l'emballage, la marque, le marchandisage.

© Adobe Stock

Être capable de
- présenter l'importance de la communication publicitaire pour la promotion d'un parfum ;
- présenter la mise en valeur des parfums : flaconnage, emballage, marque, marchandisage.

Document 1

8 STRATÉGIES DE MARKETING DIGITAL POUR LES MARQUES COSMÉTIQUES

© Adobe Stock

1. Exploiter les réseaux sociaux

Pour se démarquer des marques concurrentes, il y a les **réseaux sociaux** et les **communautés** : TikTok, Instagram, Facebook… Ces plateformes permettent de toucher le plus grand nombre, de favoriser le partage entre internautes.

2. Collaborer avec des influenceurs beauté

Le marketing d'influence a fait ses preuves dans le secteur du luxe : l'influenceuse beauté est considérée comme une experte dans son domaine. Aux yeux de ses *followers*, son avis et ses recommandations sont authentiques et fiables, et les internautes les suivront facilement.

3. Avoir un site e-commerce

Une bonne stratégie marketing passe par un bon site e-commerce : une boutique virtuelle.
L'idée est de créer un lien entre la boutique réelle et la boutique virtuelle (principe du *click & collect*).

4. Intégrer l'e-mailing

L'abonnement à la newsletter permet aux abonnés de recevoir les actualités et offres du moment, une remise pour la première commande et les produits offerts pour l'achat d'un certain montant d'articles.

5. Élaborer des campagnes publicitaires

Pour une campagne de publicité réussie, il faut bien cibler l'audience, identifier ses centres d'intérêt.

6. Avoir un blog

L'article de blog permet de partager des points de vue sur l'actualité de la marque. C'est un outil de personnalisation et de fidélisation.

7. Exploiter les vidéos et podcasts

Les vidéos courtes sur les réseaux sociaux sont les formats les plus partagés par les internautes, qui s'identifient au produit et à l'utilisatrice qui en fait la démonstration.

8. Offrir une expérience client personnalisée

Diriger la cible vers le produit adapté, la satisfaction client est garantie.

Source : www.beautywords.fr, 2023

Document 2

LE FLACONNAGE D'UN PARFUM

Plus qu'un simple contenant qui protège le parfum de la lumière, le flacon est un véritable écrin.

Il doit inviter à la découverte du jus qu'il renferme et en faire un objet de désir, tout en véhiculant l'image de la maison de parfum ou de la marque.

À charge pour le designer de jouer sur les volumes, les couleurs et les matériaux pour imaginer un flacon d'exception, qui deviendra un véritable objet de collection.

Petite histoire du flacon

L'usage des flacons remonte à l'Antiquité (XVe siècle av. J.-C.) : les Égyptiens enterraient leurs morts avec leurs flacons à parfum ; Les Grecs et les Romains parent leurs flacons de peintures aux couleurs vives, de coquillages, de pierres précieuses...

Au Moyen Âge, les orfèvres cisèlent de véritables trésors : les flacons comportent des inclusions d'or et d'argent, de pierres précieuses... La porcelaine est également utilisée pour la fabrication des contenants à parfum.

L'étiquette vient progressivement habiller les flacons et s'orne de motifs floraux dès le XVIIIe siècle. Les jus les plus luxueux sont protégés par des flacons en cristal.

Au début du XXe siècle, les parfumeurs sollicitent les cristalleries prestigieuses comme Lalique ou Baccarat pour créer les flacons-œuvre d'art des grands parfums.

Exemples :

- Le parfum Shalimar est couronné d'un bouchon en forme d'éventail couleur saphir.
- L'Eau de Cologne Impériale de Guerlain est composée d'un magnifique flacon « aux abeilles ».
- Le flacon du N° 5 de Chanel à la forme carrée et aux lignes épurées, conçu comme un écho aux créations couture de Chanel, a traversé les années et imprimé sa marque sur l'ensemble de la collection parfums.
- Thierry Mugler choisit l'étoile, qui inspire toutes ses créations et le bleu, couleur du ciel et des rêves, pour le flacon d'Angel.

Le flacon ou le vaporisateur ?

Le flacon se prête à la friction et parfume généreusement, idéal pour appliquer les eaux de Cologne. Et une application précise sur les points de pulsation.

Les vaporisateurs permettent un dosage plus précis et de parfumer facilement les vêtements. Dans la mesure où l'air pénètre moins facilement dans les vaporisateurs, on considère également que ce type de flacon conserve mieux les parfums.

Les contenances varient de 30, 50, 75, 100, 125 ou 150 ml, soit pour essayer une fragrance ou le transporter facilement dans son sac en voyage ou un format économique.

Source : www.cosmopolitan.fr

Mes infos +++

Document 3

L'EMBALLAGE

Le choix des couleurs

La couleur de l'emballage d'un parfum transmet un message au consommateur. Elle indique s'il s'agit d'une essence féminine ou masculine et donne des indications sur le produit.

L'orange est synonyme de vitalité, le noir est plus élégant, le doré évoque le glamour et l'argent est un signe de pouvoir. Il convient alors pour les créateurs de concevoir des packagings en totale correspondance avec la cible de consommateurs choisis, hommes ou femmes.

La forme de l'emballage

Le conditionnement se doit de conserver une certaine praticité. Il est alors étudié de façon à faciliter sa prise en main et à bien protéger le produit.

La marque et le logo

Le packaging se doit de faire apparaître clairement la marque ou le logo de l'enseigne créatrice du produit, notamment lorsqu'il s'agit d'un objet de luxe. En l'occurrence, cela peut être un réel déclencheur de l'achat, d'où son importance. Néanmoins, cela doit être fait de façon subtile afin de ne pas alourdir l'ensemble.

Source : www.prime-beaute.com

Document 4

LE MARCHANDISAGE

Le marchandisage a pour objectif :
- d'attirer l'attention du consommateur et de l'inciter à l'achat ;
- de se démarquer de la concurrence ;
- d'augmenter l'attractivité d'un espace de vente ;
- d'accroître les ventes et la rentabilité des produits.

La vitrine est l'un des supports de marchandisage essentiel au développement d'un commerce.

Parmi les outils de communication visuelle mis en place, l'agencement de magasin a un impact important sur le consommateur pour augmenter les ventes.

Source : www.ooreka.fr

© Adobe Stock

Les différents circuits de distribution

CIRCUITS DE DISTRIBUTION	CARACTÉRISTIQUES
Distribution sélective	Principale source de vente des parfums de grande marque. Parfumeries de luxe et boutiques *duty free*.
Distribution de masse	Circuit de distribution juste derrière la distribution sélective (ex. : les supermarchés).
VPC (ou vente par correspondance)	Catalogues, Internet, réseaux sociaux avec vidéo. Présentation avec argumentaire publicitaire racontant une histoire agréable qui procure bien-être et confort.
Web	Diffusion de grandes marques directement ou par des grands revendeurs (Sephora…).
Marchés	Produits artisanaux.

Mes infos +++

ACTIVITÉ 1 À l'aide des documents 1, 2, 3 et 4 :

1. Indiquer les différents supports publicitaires d'un parfum.

....

....

....

....

....

....

2. Indiquer ce que représente un parfum pour une femme.

....

....

....

....

....

3. À quoi sert le flacon d'un parfum ?

....

....

....

4. Indiquer les deux moyens d'utiliser un parfum.

....

....

....

5. Citer les contenances d'un parfum.

....

....

....

6. Citer les différents circuits de distribution d'un parfum.

....

....

....

....

....

....

....

Je m'évalue

❶ Retrouver les mots d'après les définitions.

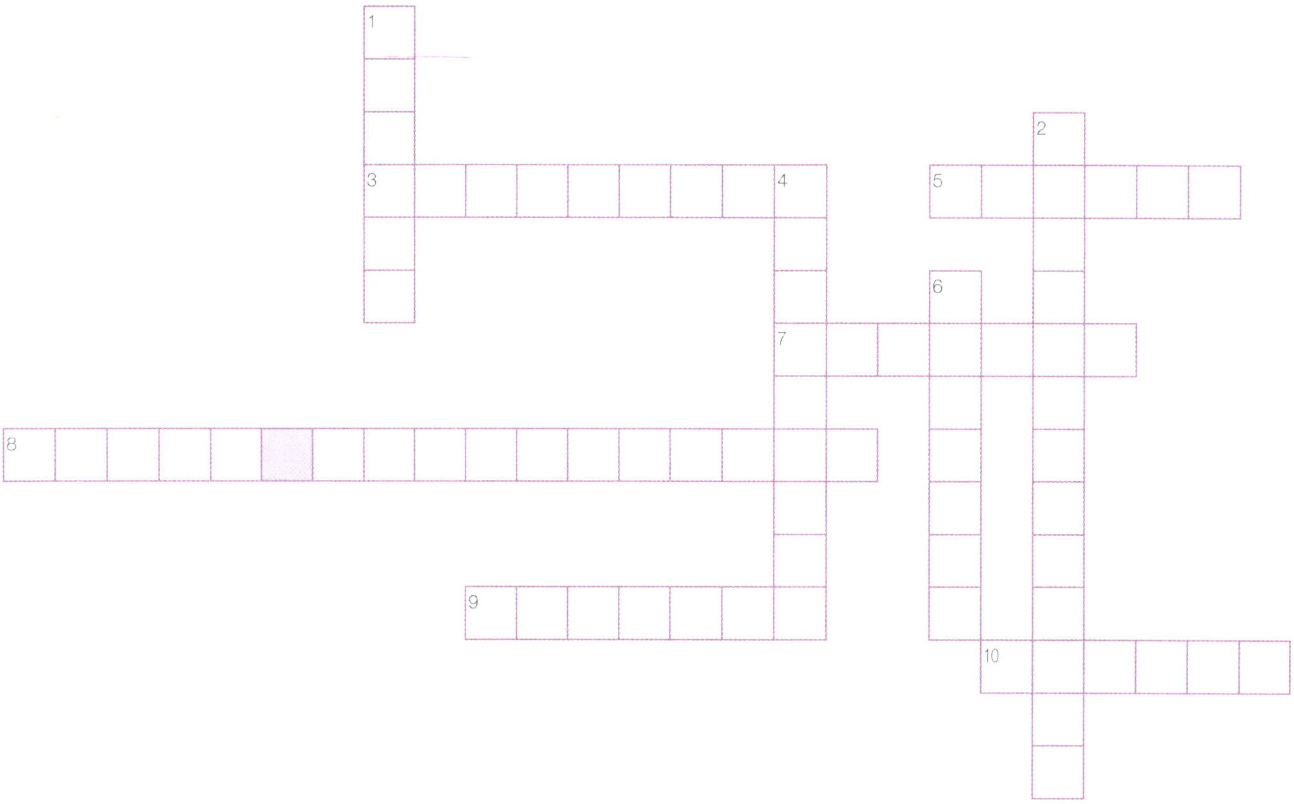

1 – Je suis le produit parfumant.

2 – Je suis la technique permettant de vendre les parfums.

3 – Je suis l'odeur des parfums.

4 – Je protège le flacon.

5 – Je suis le conditionnement des parfums.

6 – Je distribue les parfums.

7 – Je suis un support publicitaire.

8 – Je suis le composant responsable de l'odeur des parfums.

9 – Je suis un des objectifs des parfums.

10 – Les parfums en ont tous une.

Évaluez-vous !

Flashez le QR code ou retrouvez l'exercice de fin de chapitre 1 en version interactive sur

www.lienmini.fr/11061-Test1-2

2 Les produits d'hygiène corporelle

- C31 : Accueillir et prendre en charge la clientèle
- C32 : Conseiller et vendre des produits cosmétiques et des prestations esthétiques

2.1 Les produits pour le bain et la douche, les déodorants et les antiperspirants

© Adobe Stock

Situation professionnelle

La formatrice Lancôme vous présente également une nouvelle gamme de produits d'hygiène corporelle. Elle vous renseigne sur la composition et l'utilisation et vous explique l'intérêt d'adapter les produits aux besoins de la clientèle.

Être capable de

- indiquer les propriétés des différents produits ;
- préciser les caractères organoleptiques des produits ;
- justifier le choix des formes galéniques et des conditionnements ;
- différencier les composants : origines et rôle.

Document 1

LES PRODUITS POUR LE BAIN ET LA DOUCHE

© Adobe Stock

Les produits pour le bain et la douche ont pour fonction de nettoyer la peau, c'est-à-dire de débarrasser la surface cutanée de toutes les impuretés internes (sébum, sueur, cellules mortes) et externes (poussières, pollutions, restes de cosmétiques...) tout en respectant le film hydrolipidique de surface, la flore microbienne cutanée et le pH cutané. Aussi, les produits pour le bain et la douche parfument agréablement la peau (ex. : notes fruitées) ; ils procurent un moment de bien-être et de relaxation.

Les **conditionnements des produits** pour le bain et la douche sont le tube, le flacon, le flacon pompe ou le pot.

Les gels douche

FORMES GALÉNIQUES	UTILISATION
Famille des solutions : solution colloïdale (gel). Ce sont des macromolécules d'origine naturelle ou synthétique capables de former des gels en emprisonnant une grande quantité d'eau. On ajoute des : - **agents nettoyants :** tensio-actifs anioniques doux et amphotères ; - **gélifiants** (gomme xanthane) ; - **humectants** (glycérine) ; - **séquestrants** (acides gras, antioxydants) ; - **stabilisateurs de mousse** (amide de coprah) ; - **conservateurs antimicrobiens** (methylisothiazolinone) ; - **colorants hydrosolubles** ; - **parfums.**	La peau doit être humidifiée : déposer un peu de gel douche au creux de la main ; émulsionner le produit sur la surface cutanée en évitant tout contact avec les yeux ; rincer la peau à l'eau ; à utiliser le matin et le soir. Le gel douche nettoie correctement la peau mais il assèche, irrite la peau ; il est conseillé d'appliquer un lait corporel hydratant et nourrissant.

La crème de douche

FORMES GALÉNIQUES	UTILISATION
Famille des dispersions : émulsion (phase aqueuse + phase huileuse). On ajoute des : - **agents nettoyants** (tensio-actifs anioniques doux et amphotères) ; - **gélifiants** (gomme xanthane) ; - **agents filmogènes** (huile de pépin de raisin...) ; - **agents hydratant** (glycérol) ; - **agents apaisants** (aloe vera) ; - **séquestrants** (acides gras, antioxydants) ; - **conservateurs antimicrobiens** (methylisothiazolinone) ; - **colorants hydrosolubles** ; - **parfums.**	La peau doit être humidifiée : déposer un peu de crème de douche au creux de la main ; émulsionner le produit sur la surface cutanée en évitant tout contact avec les yeux ; rincer la peau à l'eau ; à utiliser le matin et le soir. La crème de douche mousse moins que le gel douche donc son action est moins nettoyante ; la surface de la peau est lisse et douce.

>>

Document 1 > suite

L'huile de douche

FORMES GALÉNIQUES	UTILISATION
Famille des solutions : solution vraie lipophile. À base d'huile de jojoba, d'olive, d'avocat, de germes de blé... On ajoute des : - **agents nettoyants** (tensio-actifs anioniques doux et amphotères) ; - **gélifiants** (gomme xanthane) ; - **séquestrants** (acides gras, antopydants) ; - **colorants** (liposolubles) ; - **parfums**.	La peau doit être humidifiée : déposer un peu d'huile de douche au creux de la main ; émulsionner le produit sur la surface cutanée en évitant les yeux ; rincer la peau à l'eau ; à utiliser sur la peau très sèche. L'huile de douche mousse moins que le gel douche donc son action est moins nettoyante ; la surface de la peau est nourrie et douce.

Les savons

FORMES GALÉNIQUES	UTILISATION
Famille des solutions : savon. **Solide :** saponification corps gras (huile ou beurre végétal) + soude. **Liquide :** saponification corps gras (huile ou beurre végétal) + potasse. On ajoute des : - **surgraissant** (huile d'amande douce) ; - **adoucissant** (lait d'avoine) ; - **opacifiant** (oxyde de titane) ; - **humectant** (glycérine). **Famille : syndets « savon sans savon »**. Ce sont des mélanges de : - **tensio-actifs doux** (dérivés de noix de coco, de l'huile d'olive, du sucre, de la chicorée ou du blé) ; - **stabilisateurs de mousse** (coprah) ; - **acidifiants** (acide lactique) ; - **surgaissants** (huile de ricin).	Mélanger l'eau et le savon. Déposer la mousse formée sur la surface cutanée. Effectuer des effleurages doux afin de décoller les impuretés. Rincer avec de l'eau claire et sécher la peau.

Les bains moussants

FORMES GALÉNIQUES	UTILISATION
Famille des solutions : solution colloïdale (gel). On ajoute des : - **agents nettoyants** (tensio-actifs anioniques doux et amphotères) ; - **gélifiants et épaississants** (gomme xanthane) ; - **stabilisateurs de mousse** (amide de coprah) ; - **agents filmogènes** (huile de ricin...) ; - **conservateurs antimicrobiens** (methylisothiazolinone) ; - **colorants** (hydrosolubles) ; - **parfums**.	Verser quelques gouttes de produit dans l'eau tiède du bain ; utiliser un gant ou une fleur de bain pour nettoyer la surface cutanée ; rincer la peau à l'eau ; utiliser une à deux fois par semaine. Le bain moussant nettoie moins bien la surface cutanée que le gel douche ; il assèche la peau ; appliquer un lait corporel hydratant et nourrissant.

Les sels de bain

FORMES GALÉNIQUES	UTILISATION
Famille : cristaux solides. Ce sont des cristaux à base de carbonate ou de bicarbonate et chlorure de sodium. On ajoute des : - **neutralisants du calcaire** ; - **colorants** (hydrosolubles) ; - **parfums**.	Verser quelques poignées de sels de bain dans l'eau tiède du bain ; les cristaux fondent et propagent un parfum agréable et relaxant ; rincer la peau à l'eau. Leur action est parfumante et non nettoyante.

ACTIVITÉ 1 À l'aide du document 1 « Les produits pour le bain et la douche » :

1. Relier les éléments correspondants.

PRODUITS		FORMES GALÉNIQUES
Huile de douche	●	● Cristaux solides
Gel douche	●	● Solution colloïdale (gel)
Crème de douche	●	● Solution vraie lipophile
Sels de bain	●	● Émulsion
Bain moussant	●	

2 Citer les agents responsables du nettoyage de la peau.

....

3 Indiquer la fonction des agents nettoyants.

....

....

....

4 Citer les trois conditions pour qu'un produit nettoyant respecte l'intégrité de la peau.

....

....

....

....

Document 2

LES DÉODORANTS ET ANTIPERSPIRANTS

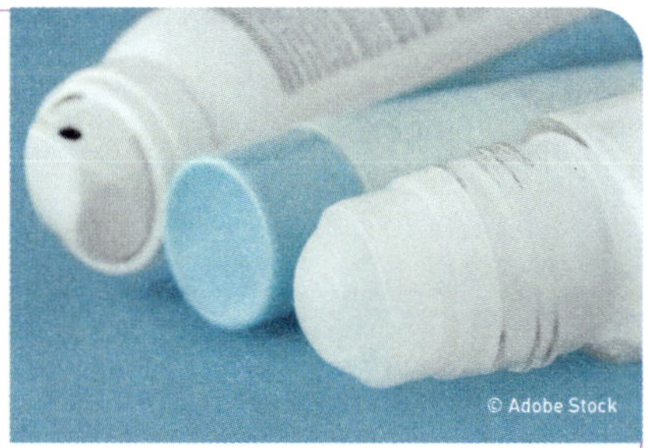
© Adobe Stock

Les déodorants corrigent les mauvaises odeurs dues aux bactéries naturelles présentes sur la peau. Elles se nourrissent de la sueur et entraînent une odeur désagréable.

Les antiperspirants contrôlent la transpiration, c'est-à-dire la sueur.

Les déodorants et antiperspirants permettent de :

- limiter les mauvaises odeurs dues à la décomposition de la sueur fabriquée par la glande sudoripare eccrine par les bactéries ;
- parfumer la peau.

Les déodorants et antiperspirants sont de plus en plus formulés sans alcool, sans parabens et sans sels d'aluminium pour respecter l'intégrité de la peau.

Les **conditionnements des déodorants et antiperspirants** sont multiples : aérosol, stick, *roll-on*, poudre, lingette, crème, patch.

Les déodorants

FORMES GALÉNIQUES	UTILISATION
Famille des solutions : solution hydrophile, solution colloïdale (gel) **Famille des dispersions : aérosol** (émulsion + gaz), **parfums** **Autres : poudre, patch** On ajoute des : - **agents antibactériens** : triclosan, ammonium quaternaire, chlorhexidine ; - **séquestrants** (contre les odeurs) : acides gras, antioxydants ; - **agents absorbants** : silice, talc ; - **agents adoucissants**.	Appliquer au niveau des aisselles, sur une peau saine, propre et sèche. Ne pas utiliser après une épilation ou une exposition solaire.

Les antiperspirants

FORMES GALÉNIQUES	UTILISATION
Famille des solutions : solution hydrophile, solution colloïdale (gel) **Famille des dispersions : aérosol** (émulsion + gaz) **Autres : poudre, patch** On ajoute des : - **agents astringents** : sels d'aluminium, pierre d'alun ; - **agents absorbants :** silice, talc ; - **agents adoucissants :** huiles essentielles.	Appliquer au niveau des aisselles, sur une peau saine, propre et sèche. Ne pas utiliser après une épilation ou une exposition solaire. Ne pas appliquer sur une longue durée ; arrêter quand le flux de sueur s'estompe.

ACTIVITÉ 2 À l'aide du document 2 « Les déodorants et antiperspirants » :

1. Indiquer la fonction des déodorants.

....

2. Expliquer d'où viennent les mauvaises odeurs à la surface de la peau des aisselles.

....

....

....

3. Indiquer les formes galéniques des déodorants et antiperspirants.

....

4. Citer les composés permettant de limiter les mauvaises odeurs.

....

....

5. Citer les composés permettant de limiter la transpiration.

....

6. Indiquer la différence entre un déodorant et un antitranspirant.

....

7. Indiquer le nom des glandes responsables de la transpiration.

....

2.2 Les produits pour le rasage et les produits capillaires

- C31 : Accueillir et prendre en charge la clientèle
- C32 : Conseiller et vendre des produits cosmétiques et des prestations esthétiques

Document 1

LES PRODUITS POUR LE RASAGE

Les produits de rasage ont une action mécanique, c'est-à-dire couper le poil au plus près de la surface cutanée.

Il existe une technique à sec, le rasoir électrique et une technique humide avec un rasoir à lame.

Les **conditionnements des produits de rasage à sec** sont les flacons et les flacons à pompe.

© Adobe Stock

La lotion pré-rasage

FORMES GALÉNIQUES	UTILISATION
Famille des solutions : solution vraie hydrophile alcoolique On ajoute des : - **agents antiseptiques :** alcool, triclosan, acide salicylique ; - **agents astringents :** sels d'aluminium ; - **agents lubrifiants :** silicones ; - **agents rafraichissants :** menthol, camphre ; - **colorants** (hydrosolubles) ; - **parfums**.	Appliquer la lotion avec les doigts sur les zones à raser, laisser la peau absorber le produit, passer le rasoir. Ne pas rincer. La lotion pré-rasage favorise l'érection et le durcissement du poil ; elle lubrifie le poil, sèche la peau pour améliorer la glisse du rasoir sans irritation.

>>

Document 1 > suite

Les **conditionnements des produits de rasage humide** sont de différents types : pot, stick, savon, aérosol, tube.

La crème à raser moussante

FORMES GALÉNIQUES	UTILISATION
Famille des dispersions : émulsion H/E (savon + eau + glycérine) On ajoute des : - **agents adoucissants** : calendula ; - **agents apaisants** : azulène ; - **agents hémostatiques** : alun ; - **agents hydratants** : aloe vera ; - **humectants** : sorbitol ; - **agents filmogènes** : silicones ; - **agents antibactériens** : triclosan.	Appliquer sur la peau en couche moyenne. La mousse est obtenue par frottement circulaire du blaireau préalablement humidifié sur la crème à raser moussante. Elle nécessite un rinçage soigneux pour ne pas irriter la peau.

La mousse à raser

FORMES GALÉNIQUES	UTILISATION
Famille des dispersions : mousse On ajoute des : - **agents apaisants** : azulene ; - **humectants** : sorbitol ; - **agents filmogènes** : silicones ; - **agents antibactériens** : triclosan ; - **agent de gonflage** : isopentane ; - **agent nettoyants** : tensio-actifs amphotères.	Secouer la bombe de mousse avant emploi. Appliquer sur la peau en couche épaisse. Elle nécessite un rinçage soigneux pour ne pas irriter la peau.

Le savon à barbe

FORMES GALÉNIQUES	UTILISATION
Famille : syndet solide On ajoute des : - **agents apaisants** : allantoïne ; - **agents hémostatiques** : alun ; - **agents hydratants** : aloe vera ; - **agents antibactériens** : triclosan.	Appliquer sur la peau en couche. La mousse est obtenue par frottement circulaire du blaireau préalablement humidifié sur le savon. Elle nécessite un rinçage soigneux pour ne pas irriter la peau.

Les **produits après rasage** créent une sensation de fraîcheur et de bien-être ; calment les irritations, favorisent la cicatrisation des petites coupures et diminuent le temps de saignement.

Les **conditionnements des produits après rasage** sont de différents types : flacon, flacon à pompe, pulvérisateur, tube, pot, stick.

Les lotions après-rasage

FORMES GALÉNIQUES	UTILISATION
Famille des solutions : solution vraie hydrophile alcoolique On ajoute des : - **agents rafraîchissants** : menthol ; - **agents astringents** : alun de potassium ; - **agents antibactériens** : triclosan ; - **agents apaisants** : allantoïne ; - **agents cicatrisants** : sels de zinc.	Appliquer la lotion à l'aide des doigts ou de la paume des mains. Laisser pénétrer et ne pas rincer. Ne pas utiliser sur une peau lésée ou réactive, à cause de l'alcool présent dans la lotion.

>>

Document 1 > suite

Autres produits après-rasage

FORMES GALÉNIQUES	UTILISATION
Famille des solutions : solution colloïdale (gel) **Famille des dispersions** : émulsion, baume On ajoute des : - **agents antiseptiques** : alcool (pas toujours) ; - **agents apaisants** : allantoïne ; - **parfums**.	Appliquer sur la peau en couche fine. Ces textures évitent les tiraillements ; assouplissent la peau ; limitent la desquamation ; calment le feu du rasoir. Elles parfument la peau.

Mes infos +++

....

....

....

....

....

....

ACTIVITÉ 1 À l'aide du document 1 « Les produits pour le rasage » :

1. Indiquer la forme galénique des produits cosmétiques ci-dessous.

LES FORMES GALÉNIQUES			
Lotion après-rasage	Les crèmes à raser moussantes	Les mousses à raser	Les gels à raser
....	....	....	....

2. Citer les qualités des produits de rasage.

....

....

....

....

3. Citer deux avantages d'un produit après rasage.

....

....

....

....

4. Indiquer la forme galénique des lotions pré-rasage.

....

....

Document 2

LES PRODUITS CAPILLAIRES

Les shampoings permettent le lavage des cheveux et du cuir chevelu en les débarrassant des impuretés et du sébum sans être trop détergents. Ils doivent laisser la chevelure souple, brillante, facile à coiffer. Ils parfument la chevelure.

Ils ne doivent pas modifier le pH acide du cuir chevelu, ni irriter les yeux.

Les **conditionnements des shampoings** sont de différents types : flacon, flacon à pompe, tube.

Les shampoings à utiliser à l'eau

FORMES GALÉNIQUES	UTILISATION
Famille des solutions : **solution colloïdale** (gel), **solution vraie hydrophile**. On ajoute des : - **agents nettoyants** : tensio-actifs anioniques, non ioniques et amphotères ; - **actifs** : efficacité et spécificité du shampoing ; - **épaississants/gélifiants** ; - **correcteurs de pH** : acide lactique ; - **conservateurs antimicrobiens** ; - **agents filmogènes** : silicones ; - **conservateurs** ; - **colorants hydrosolubles** ; - **parfums**.	Mouiller les cheveux et le cuir chevelu. Prélever une noisette de shampoing et la faire mousser sur l'ensemble de la chevelure et du cuir chevelu grâce à des mouvements circulaires. Éviter le contact avec les yeux. Rincer abondamment la chevelure et le cuir chevelu à l'eau.

Les shampoings secs absorbent l'excès de sébum et de salissures essentiellement sur la fibre capillaire et peu sur le cuir chevelu ; éliminés ensuite par un brossage, ils redonnent de la fraîcheur aux cheveux. Ils sont en texture poudre.

Le **conditionnement des shampoings secs** est souvent sous la forme d'un aérosol.

Les shampoings solides

FORMES GALÉNIQUES	UTILISATION
Autre : **shampoing solide**. On ajoute des : - **tensio actif naturel :** savon de Marseille ; - **surgraissant :** huile de ricin ; - **brillance :** miel.	Mouiller les cheveux. Mélanger l'eau et le shampoing solide. Déposer la mousse sur les cheveux. Effectuer des mouvements circulaires sur la chevelure et le cuir chevelu. Rincer abondamment à l'eau la chevelure et le cuir chevelu.

Les shampoings secs

FORMES GALÉNIQUES	UTILISATION
Autre : **poudre**. On ajoute des : - **agents absorbants des graisses** : talc, kaolin, silice, amidon de riz et maïs ; - **agents détergents antiseptique** : borax.	Pulvériser sur la chevelure à environ 30 cm. Attendre quelques minutes pour que la poudre absorbe le sébum et les salissures. Brosser la chevelure. L'utilisation du shampoing sec est occasionnelle ; il ne remplace pas le shampoing.

Mes infos +++

>>

Document 2 > suite

Les masques capillaires sont des préparations destinées à l'application directe sur le cuir chevelu et la chevelure pour assurer les soins contre la séborrhée, la sécheresse, la décoloration, la perte des cheveux, les pellicules, etc.

Ils doivent être assez consistants pour ne pas couler, s'éliminer facilement, être efficaces.

Les **conditionnements des masques capillaires** sont de différentes formes : pot, tube, flacon, flacon à pompe.

© Adobe Stock

Les masques capillaires

FORMES GALÉNIQUES	UTILISATION
Famille des dispersions : émulsion **Autres** : baume, pâte On ajoute des principes actifs : - **agents lissants des écailles de la fibre capillaire** : tensio-actifs cationiques ; - **agents surgraissants** : silicones ; - **agents absorbants** : argile, huiles essentielles, antiseptiques.	Appliquer le masque après le shampoing sur la chevelure propre et essorée ; laisser agir environ 15 min ; rincer abondamment.

ACTIVITÉ 2 À l'aide du document 2 « Les produits capillaires » :

1. Indiquer l'action d'un shampoing.

....

....

....

....

2. Citer les deux types de shampoing.

....

....

3. Citer trois qualités que doivent avoir les shampoings.

....

....

....

4. Indiquer le nom des substances responsables de l'efficacité d'un produit.

....

....

Je m'évalue

1 Entourer dans la grille ci-dessous les mots donnés dans la liste. Ils peuvent se trouver horizontalement, verticalement ou en diagonale, de gauche à droite et de droite à gauche.

M	E	L	Y	Z	X	Y	N	E	S	T	G	A	S	C
U	X	Z	S	Q	R	T	J	Q	T	V	N	M	O	G
F	G	J	A	J	Y	H	N	N	K	T	I	L	L	F
R	X	A	N	S	E	G	A	A	I	A	O	N	U	W
A	Q	Q	B	S	T	I	R	M	S	R	P	R	T	T
P	B	I	S	S	F	N	I	C	A	I	M	J	I	P
X	B	U	V	I	O	C	E	N	S	H	A	X	O	P
O	O	K	L	V	R	R	T	G	C	O	H	P	N	H
M	Z	E	O	O	L	Z	B	F	N	M	S	L	A	B
R	G	X	B	F	I	T	C	A	O	I	S	N	E	T
N	O	I	S	L	U	M	E	U	N	J	R	E	M	G
S	E	D	E	T	E	R	G	E	N	T	G	T	F	G
N	B	A	U	M	E	C	Y	X	C	C	N	O	S	G
P	O	F	E	M	I	Y	F	Y	H	C	X	W	A	A
V	G	I	E	W	Q	Q	Y	P	Q	L	N	E	F	B

ABSORBANT
ASTRINGENT
DÉTERGENT
MOUSSE
SOLUTION
ANTIMICROBIEN
BAUME
ÉMULSION
PARFUM
TENSIOACTIF
APAISANT
COLORANT
GÉLIFIANT
SHAMPOING

Évaluez-vous !

Flashez le QR code ou retrouvez l'exercice de fin de chapitre 2 en version interactive sur

www.lienmini.fr/11061-Test2

3 Le comportement professionnel

- C31 : Accueillir et prendre en charge la clientèle
- C32 : Conseiller et vendre des produits cosmétiques et des prestations esthétiques

3.1 La présentation et l'attitude

© Adobe Stock

Situation professionnelle

Ce matin, Julie vous fait remarquer que votre présentation n'est pas adaptée (pantalon trop long et coiffure négligée). De plus, elle vous reproche parfois votre comportement peu avenant face à la clientèle.

Être capable de
- indiquer et justifier les caractéristiques d'une tenue professionnelle adaptée ;
- présenter et justifier le langage et la posture professionnelle à adopter.

Document 1

ACCUEILLIR LES CLIENTS AVEC UNE ATTITUDE POSITIVE

Le client ne pousse pas seulement la porte d'un institut de beauté pour y recevoir un soin ou y acheter un produit, mais aussi pour y rencontrer quelqu'un.

Avoir une attitude globale positive dépend de l'attitude mentale de l'esthéticienne. Elle aura une influence positive ou négative sur le contact avec la clientèle.

Ne pas oublier, que c'est au moment de l'accueil que le client garde une bonne ou mauvaise impression de l'institut de beauté.

© Adobe Stock

Le client juge l'apparence de l'esthéticienne dans les 17 premières secondes. Une attitude adaptée est valorisée par un comportement gestuel et verbal.

Penser que l'image d'un institut de beauté, c'est aussi l'image du personnel qui la compose.

L'esthétique est un métier lié à la mode, c'est pourquoi **la tenue vestimentaire** est importante.

Les vêtements du personnel doivent de préférence se rapprocher des tendances actuelles, donnant ainsi à l'institut de beauté une image de modernité, de jeunesse et de qualité.

Les règles de présentation d'une esthéticienne :

- Refléter l'image du sérieux, de la disponibilité et de l'amabilité.
- Porter des vêtements sobres, propres et bien coupés et pas trop courts s'il s'agit d'une jupe ou d'une robe. C'est le signe d'un environnement professionnel de qualité.
- Avoir les cheveux coiffés, régulièrement lavés et soignés, et de préférence attachés si travail en cabine.
- Avoir les ongles manucurés et coupés à la bonne longueur et sans vernis.
- Porter des chaussures adaptées à la silhouette avec un talon de 3 à 5 centimètres afin d'éviter la fatigue et les douleurs dorsales.
- Avoir un maquillage harmonieusement accordé à sa personnalité, à la couleur de ses cheveux et à sa tenue vestimentaire.
- Avoir une hygiène corporelle irréprochable.
- Recouvrir toutes les coupures ou petites plaies d'un pansement approprié.

La tenue professionnelle est parfois imposée dans certains instituts de beauté, et en particulier ceux étant franchisés ou appartenant à un groupe.

ACTIVITÉ 1 À l'aide du document 1 « Accueillir les clients avec une attitude positive » :

1. Dans la liste des propositions ci-dessous, souligner les attitudes mentales positives.
   - S'intéresser à la clientèle.
   - Être agressif.
   - Juger la clientèle.
   - Être jalouse de la réussite d'une de ses collègues.
   - Chercher à comprendre une cliente.
   - Résoudre une situation complexe.
   - Écouter, rechercher et trouver des solutions adaptées à la demande de la clientèle.
   - Rejeter la responsabilité sur les collègues ou sur l'employeur.
   - S'enrichir de la réussite d'une collègue.

2. Observer les personnages ci-dessous, puis lister les points positifs et négatifs de leur tenue vestimentaire. Entourer la présentation idéale pour la profession d'un(e) esthéticien(ne) en cabine.

A	B	C	D

Document 2

DONNER LE MEILLEUR DE SOI-MÊME

LA RÈGLE DES 4 × 20

Le principe des 20 premières secondes

Nous percevons d'instinct dans les 20 premières secondes des signaux de communication (celles au cours desquelles le client va vous voir). Qu'elle soit bonne ou mauvaise, nous avons déjà une opinion. Pensez à soigner le regard (franc), le sourire (sincère et chaleureux) et saluer d'un « geste naturel ».

Les 20 premiers gestes

Les premiers gestes, c'est ce que vous dégagez à travers votre look, votre attitude, le regard, les mimiques, la poignée de main. Tout ce qui est non verbal est toujours fortement ressenti par le client. Évitez de rester derrière votre comptoir, allez vers le client « bras ouverts » et occupez l'espace, car la confiance s'instaure, elle ne se décrète pas.

Les 20 premiers mots

Faites court, mais soyez bon(ne) ! Ce sont vos premières paroles qui donneront aux clients envie ou non de vous écouter. Inutile de se perdre dans un vocabulaire pompeux. Dites simplement : « Bonjour, madame (monsieur), que puis-je pour vous ? »

Contrairement aux idées reçues, le ton de la voix a beaucoup plus d'impact que les mots que vous allez utiliser. Soignez le langage et le vocabulaire (l'intonation de la voix doit être enthousiaste et rassurante).

Les 20 cm entre votre visage et votre interlocuteur

Le visage est le reflet de nos sentiments. Un visage ouvert, souriant au regard franc est un atout supplémentaire pour favoriser l'accueil.

ACTIVITÉ 2 À l'aide du document 2 « Donner le meilleur de soi-même » :

1. Souligner dans le document 2 les quatre étapes de la règle des 4 × 20, puis compléter le tableau.

Étapes 4 × 20	Les 20 premières	Les 20 premiers	Les 20 premiers mots	Les 20 centimètres entre votre visage et votre interlocuteur
Ce que vous devez faire	....	....	....	....
Ce que vous ne devez pas faire	....	....	....	....

Document 3

LES ATTITUDES CORPORELLES DANS LA COMMUNICATION

Il faut savoir que dans la compréhension d'un message verbal :

- la gestuelle compte pour 55 % ;
- l'intonation pour 30 % ;
- le sens des mots pour 7 %.

© Adobe Stock

Nous sommes d'abord vus, ensuite entendus, éventuellement compris. Pour toutes ces raisons, nous pouvons dire que les expressions gestuelles sont un langage.

Les postures

Il y a des postures physiques qui génèrent des attitudes différentes et qui peuvent marquer le client. Elles se décomposent en deux familles :

- l'extension : attitude de domination ;
- la contraction : attitude de soumission.

L'idéal est d'être dans sa verticalité, ni en extension, ni contracté.e, tiré.e vers le haut, le buste en ouverture.

Le mouvement vers l'avant → attitude de partage et d'ouverture aux autres.

Le mouvement vers l'arrière → attitude de fuite et de crainte.

Les gestes

Notre gestuelle est le révélateur de notre état de communication.

Les gestes « fermés » sont dirigés vers soi. Ils ne peuvent convaincre et servent uniquement à se rassurer.

Les gestes « ouverts » accompagnent votre message et soulignent certains points. Ce sont des gestes de partage et d'engagement, tournés vers les autres.

Les gestes ne doivent pas être retenus ; ils traduisent votre assurance et votre désir de communiquer.

Mes infos +++

....

....

....

....

....

....

....

ACTIVITÉ 3 À l'aide du document 3 « Les attitudes corporelles dans la communication » :

1. Compléter le tableau ci-dessous.

On comprend un message verbal par :	
....	7 %
....	30 %
....	55 %

2 Retrouver le geste approprié à chaque situation : geste fermé ou geste ouvert.

A Geste	**B** Geste ....

- Préciser l'attitude à tenir lors de l'accueil de la clientèle.

....

3 Décoder les postures ci-dessous et entourer celle qui est appropriée pour accueillir un client.

Attitude A	Attitude B	Attitude C

....	....	....

Situation professionnelle

Au cours de la journée, Julie vous demande de répondre au téléphone lorsque les conseillères vendeuses sont occupées. Pour cela, elle vous explique la marche à suivre.

Document 4

LA COMMUNICATION TÉLÉPHONIQUE

Le téléphone est un outil de communication, il est une des connexions de l'institut de beauté avec le monde extérieur et utilisé principalement pour la prise de rendez-vous.

Les règles pour répondre au téléphone à l'institut

- Répondre à un appel toujours avant la troisième sonnerie.
- Se souvenir que le client ne vous voit pas : le ton de votre voix est donc essentiel. Ce ton doit être aimable et souriant (le sourire s'entend et véhicule de la sympathie).
- Répondre par exemple « Institut des Lilas, bonjour, Audrey à votre service ».
- Le client répondra généralement en indiquant son nom. Si ce n'est pas le cas, demandez-lui : « À qui ai-je l'honneur ? ». Puis utiliser son nom lors de la confirmation du rendez-vous convenu.
- Parler clairement et calmement (éviter les mots négatifs).
- Ne pas donner de conseils par téléphone.
- Ne pas dire au client ce qu'il ne peut pas obtenir, mais au contraire ce qui peut lui être proposé pour l'arranger.
- Demandez au client son numéro de téléphone afin de confirmer le rendez-vous ou de le prévenir en cas de contretemps.
- Reformuler ce qui vient d'être noté : date et heure du rendez-vous, nom de l'esthéticienne, services souhaités…
- Attendre que le client raccroche avant de raccrocher.

Les mots à éviter

- Les termes négatifs comme : *non - ne pas - pas du tout - pas d'accord – impossible*.
- Les phrases du type : « Est-ce que vous n'auriez pas besoin de… » qui attirent le « non » du client.
- Les mots qui jettent de l'inquiétude chez le client comme : *souci – ennui – inconvénient – contrariété – risque – danger – regret – reproche.*

  Il faut au contraire répéter des mots qui rassurent comme : *tranquille – rassuré – sécurité – avantage – confiance – satisfaction.*

ACTIVITÉ 4 À l'aide du document 4 « La communication téléphonique » :

1 Imaginer pour chacune des situations suivantes ce que pense la cliente au téléphone.

Situation	Ressenti de la cliente
Vous décrochez alors que vous étiez en train de rire avec vos collègues ; ils continuent leurs ricanements.	....
Vous décrochez le téléphone à la sixième sonnerie.	....
Vous avez décroché, mais vous continuez de dialoguer avec une cliente qui est sur le point de partir.	....

2 Compléter ce dialogue d'accueil téléphonique avec Mme Marem.

Vidéo 2'21"
Bac pro Esthétique (ECP) - Lycée Marie Le Franc
www.lienmini.fr/11061-BP

Conseillère (Marion) :

....

Mme Marem :
Bonjour, Marion, c'est Madame Marem à l'appareil, je souhaite prendre rendez-vous pour un soin du visage avec Élisa.

Conseillère (Marion) :

....

Mme Marem :
Je souhaiterais venir mercredi.

Conseillère (Marion) :

....

Mme Marem :
Oui, très bien, mercredi 10 mars à 14 heures.

Conseillère (Marion) :

....

Mme Marem :
Bien sûr, le voici : 06 03 80 71 33.

Conseillère (Marion) :

....

....

Mme Marem :
Merci, Marion, bonne journée à vous également et à mercredi.

3 Reformuler les phrases en utilisant des mots positifs comme dans l'exemple.

Je choisis des mots positifs pour faire passer un message positif et agréable

Ne dites pas	Dites
Exemple : *C'est pas mal ce que tu as fait aujourd'hui !*	*C'est bien ce que tu as fait aujourd'hui !*
Ce n'est pas désagréable de maquiller ce type de visage.	....
Ce fond de teint n'est vraiment pas couvrant.	....
Ne vous faites pas de soucis, vous n'aurez pas d'ennuis de sécheresse avec ce produit.	....

3.2 L'hygiène

Situation professionnelle

Isabelle, responsable de la parfumerie, informe l'ensemble de l'équipe qu'il est primordial de participer à l'hygiène de l'entreprise pour lui assurer une bonne image de marque. Elle vous informe alors sur les risques de contamination et les principes généraux d'hygiène en milieu professionnel.

© Adobe Stock

Être capable de

- indiquer et justifier les conditions d'hygiène à respecter avant, pendant et après tout acte professionnel.

Document 1

LES ORIGINES DES CONTAMINATIONS DANS L'EXERCICE DE LA PROFESSION

Certains soins esthétiques peuvent exposer à du sang ou à des liquides biologiques contaminés par l'intermédiaire de matériels, de linges souillés ou de plaies. Ils exposent donc à des risques infectieux pour l'esthéticienne et la cliente.

En effet, certaines techniques nécessitent l'utilisation :		
- d'outils coupants (ciseaux, pince à envies, pince coupe-ongles…), qui peuvent être à l'origine de coupures, de plaies.	- de produits chimiques (solvants, dissolvants, colophane, détergents, désinfectants), qui peuvent être à l'origine de maux de tête, de problèmes respiratoires, de dermatoses…	- d'appareils chauffants (appareils à cire) qui peuvent provoquer des brûlures.
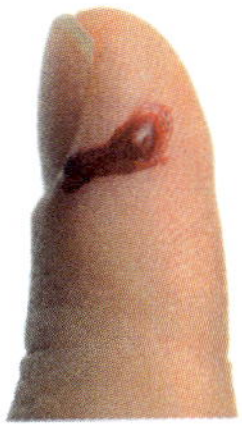 © Adobe Stock	 © Adobe Stock	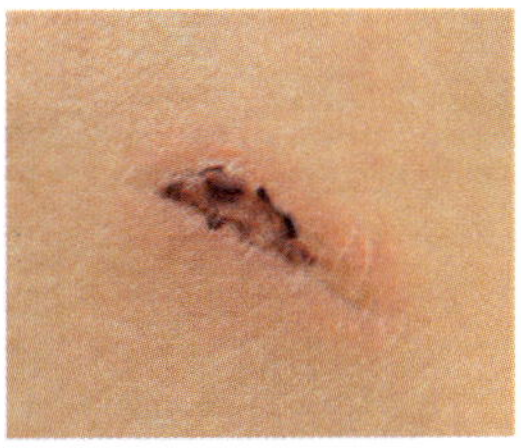 © Adobe Stock

Les deux types de contamination

- **La contamination directe :** la cliente contamine l'esthéticienne par contact avec la peau, une lésion, via un instrument ou une surface inerte contaminée (lit de soin).
- **La contamination indirecte :** l'esthéticienne utilise un instrument contaminé par une cliente sur une autre cliente, donc elle transmet des germes entre 2 clientes.

Les vecteurs de transmission des contaminations

La cliente à risques, porteuse de germes pathogènes ou de maladies contagieuses.

L'esthéticienne, source de contamination par la quantité de contacts avec la clientèle. Les contacts sont multiples : avec les mains, la peau, les instruments, les brosses, les pinceaux (soins et maquillage), les surfaces inertes (plan de travail, lit de soin…), le sang (épilation des aisselles et du maillot).

ACTIVITÉ 1 À l'aide du document 1 « Les origines des contaminations dans l'exercice de la profession » :

1. Citer les deux types de contamination.

....

2. Citer quatre vecteurs de transmission de germes entre l'esthéticienne et la cliente.

....

....

3. Indiquer deux techniques propices à la transmission de micro-organismes.

....

4. Indiquer le risque majeur d'une transmission de sang contaminé d'une cliente à l'esthéticienne.

....

Document 2

LES RISQUES DE CONTAMINATIONS DANS L'EXERCICE DE LA PROFESSION

Les risques biologiques sont majorés par le fait que l'esthéticienne n'est pas toujours consciente du véritable risque infectieux et qu'elle ne prend pas tous les moyens de protection nécessaires (des gants, par exemple), car ils sont perçus comme créant des barrières entre elle et sa clientèle.

En outre, elle ne dirige pas suffisamment les clientes à risques vers le corps médical.

ACTIVITÉ 2 À l'aide du document 2 « Les risques de contaminations dans l'exercice de la profession » :

1. Citer l'élément de protection évitant le risque infectieux. ....

Document 3

LES PRINCIPES GÉNÉRAUX D'HYGIÈNE

Les mesures de prévention

- L'hygiène personnelle (le port de moyens de protection individuelle, comme les gants, la blouse, ainsi que l'hygiène des mains) et le suivi des règles d'hygiène générale des locaux, outils et matériels.
- Une ventilation suffisante pour éviter l'accumulation de composés volatils.
- Une conduite adaptée à tenir en cas d'exposition au sang ; la vaccination.
- L'utilisation de matériels ergonomiques et de sécurité.
- La bonne gestion et l'élimination des déchets.
- Une formation aux bons gestes et attitudes.

Les règles d'hygiène de base dans un institut de beauté

- Le nettoyage des mains de l'esthéticienne et de la cliente : retirer les salissures portées sur les mains grâce à de l'eau tiède et à du savon liquide.

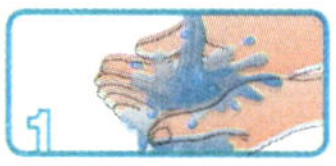

Mouillez-vous les mains avec de l'eau.

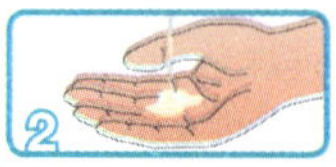

Versez du savon dans le creux de votre main.

Frottez-vous les mains de 15 à 20 secondes : les doigts, les paumes, le dessus des mains et les poignets.

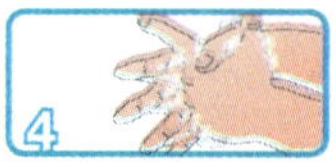

Entrelaçez vos mains pour nettoyer la zone entre les doigts.

Nettoyez également les ongles.

Rincez-vous les mains sous l'eau.

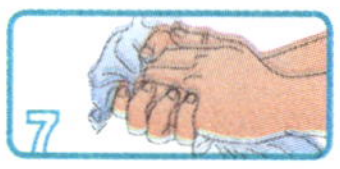

Séchez-vous les mains si possible avec un essuie-main à usage unique.

Fermez le robinet avec l'essuie-main puis jetez-le dans une poubelle.

Si vous n'avez pas d'eau ni de savon, utilisez une solution hydroalcoolique pour adopter les mêmes gestes (étapes 2, 3, 4 et 5). Veillez à vous frotter les mains jusqu'à ce qu'elles soient bien sèches.

Source : INPES

>>

Document 3 > suite

- L'antisepsie des mains de l'esthéticienne et de la cliente : appliquer une solution hydro-alcoolique pour éliminer les micro-organismes présents sur les mains après le nettoyage.
- L'antisepsie de la zone à épiler.
- Le nettoyage et la désinfection des surfaces inertes (lit de soin, plan de travail…).
- Le nettoyage, la désinfection et la stérilisation des instruments.

Règles d'hygiène	Définitions
Asepsie	Ensemble des mesures au résultat momentané visant à empêcher tout apport de micro-organismes sur un tissu vivant colonisé par des microbes ou une infection.
Antisepsie	Action d'appliquer des produits antiseptiques sur des tissus vivants. Les antiseptiques (ex. : solution hydro-alcoolique) sont des préparations ayant pour but de tuer les micro-organismes lors d'une colonisation ou d'une infection sur des tissus vivants.
Désinfection	Méthode au résultat momentané permettant de tuer les micro-organismes et/ou inactiver les virus sur des milieux contaminés inertes ou sur des tissus sains.
Bactériostatique	Phénomène ou substance (un antibiotique, par exemple) qui empêche la croissance et la prolifération des microbes dans un milieu, mais cette action ne tue pas.
Stérilisation	Méthode au résultat momentané permettant de tuer les micro-organismes et/ou inactiver les virus présents sur du matériel inerte nettoyé et désinfecté.
Décontamination	Opération au résultat momentané permettant de réduire de façon significative le nombre de micro-organismes présents sur un matériel ou une surface souillés et contaminés.

Source : www.officiel-prevention.com

ACTIVITÉ 3 À l'aide du document 3 « Les principes généraux d'hygiène » :

1 Relier les règles d'hygiène aux définitions correspondantes.

Noms des règles d'hygiène			Action principale
Stérilisation	•	•	Tuer les micro-organismes lors d'une colonisation ou d'une infection sur des tissus vivants.
Désinfection	•	•	Tuer les micro-organismes et/ou inactiver les virus sur des milieux contaminés inertes ou sur des tissus sains.
Antisepsie	•	•	Tuer les micro-organismes et/ou inactiver les virus présents sur du matériel inerte, nettoyé et désinfecté.

2 Replacer dans l'ordre les étapes du lavage des mains de 1 à 6.

Étapes du lavage des mains					
Sécher les mains	Mouiller les mains	Mousser et frotter le savon liquide	Rincer le savon liquide	Prendre du savon liquide	Fermer le robinet
……..	……..	……..	……..	……..	……..

Document 4

LES ACTIONS DES PRODUITS DE DÉSINFECTION

© Adobe Stock

Chaque produit possède un spectre d'activité plus ou moins grand, mesuré sur des surfaces propres et sèches et selon la famille de désinfectant à laquelle il appartient. Les normes **AFNOR** permettent de délivrer la conformité des produits aux exigences françaises pour l'activité germicide du produit par rapport à son usage. La normalisation en France est réglementée par la loi du 24 mai 1941 qui a créé l'Association française de normalisation (**AFNOR**).

La mission de l'AFNOR est d'animer et de coordonner le processus d'élaboration des normes et de promouvoir leur application en France. Exemples de marquage : NF, CE, ISO.

L'AFNOR représente la France auprès de l'organisation International de normalisation (ISO) et du comité européen de normalisation (CEN).

La norme CE confère le droit de libre circulation sur l'ensemble du territoire de l'Union Européenne.

Dénomination	Définition
Bactéricide	Produit ou procédé ayant la propriété de tuer les bactéries dans des conditions définies par les normes AFNOR.
Sporicide	Produit ou procédé ayant la propriété de tuer les spores bactériennes dans des conditions définies par les normes AFNOR.
Fongicide	Produit ou procédé ayant la propriété de tuer les champignons microscopiques dans les conditions définies par les normes AFNOR.
Virucide	Produit ou procédé ayant la propriété d'inactiver les virus, dans les conditions définies par les normes AFNOR.

ACTIVITÉ 4 À l'aide du document 4 « Les produits de désinfection » :

1. Donner la signification du suffixe *-cide*.

....

2. Indiquer les différentes actions des produits de désinfection.

....

....

....

....

3. Indiquer le nom de l'association française qui délivre le marquage NF en France.

....

4. Indiquer les deux critères permettant de classer les produits désinfectants.

....

....

5. Remplir le tableau ci-dessous.

	Produits de désinfection			
	Bactéricide	Sporicide	Fongicide	Virucide
Actions	....	....	....	....

Document 5

LE PORT DE GANTS DE PROTECTION

Les techniques à risques en institut

Des risques de saignement peuvent subvenir lors de certaines techniques esthétiques ; celles-ci nécessitent donc le port de gants de protection (ex. : épilation du maillot, des aisselles, zones où la peau est sensible et les poils durs).

Le rôle des gants

Ils protègent l'esthéticienne de la contamination de la cliente à risques.

- **Précautions à prendre dans l'utilisation des gants :**

- Toujours se laver les mains à l'aide d'un savon doux et d'un désinfectant avant de porter des gants.
- S'il n'est pas unique, un gant peut être vecteur de contamination pour la cliente.
- Un gant n'est pas imperméable même intact, il laisse passer les bactéries lors d'une utilisation longue ou répétée.

Cependant, ne pas utiliser spontanément les gants à chaque technique : privilégier le contact de vos mains sur la peau, outil de travail précieux dans la qualité des techniques esthétiques et le relationnel auprès de la clientèle.

- **La qualité des gants :**

- Latex : élastiques, résistants, ils s'ajustent facilement à la main et peuvent être utilisés pour des techniques nécéssitant une grande dextérité (ex. : dermo-pigmentation).
- Vinyle : moins résistants, ils sont utilisés pour l'épilation.

- **Les soins des mains : les crèmes de soin**

Elles permettent de prévenir les lésions qui peuvent favoriser les infections. Abîmées par le lavage répétitif, les mains ont besoin d'être protégées régulièrement par une crème nourrissante (en fin de matinée et en fin de journée).

© Adobe Stock

Mes infos +++

ACTIVITÉ 5 À l'aide du document 5 « Le port de gants de protection » :

1. Indiquer deux techniques esthétiques pour lesquelles le port des gants de protection est recommandé.

...

...

2. Indiquer la précaution à prendre, hors le port de gants, afin d'éviter des lésions.

...

...

3. Répondre à l'affirmation suivante par oui ou non.

- Le gant est un moyen infaillible contre la transmission de micro-organismes.

☐ Oui ☐ Non

- Justifier votre réponse.

...

...

Situation professionnelle

Élisa, esthéticienne, vous informe également sur l'hygiène des instruments, des appareils et des accessoires utilisés lors des techniques de soins visage.

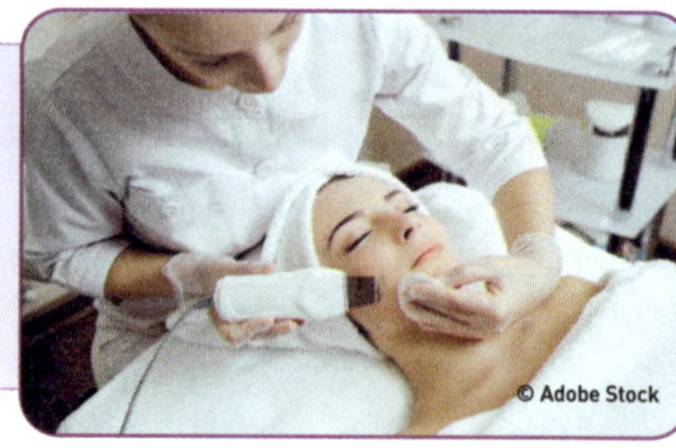
© Adobe Stock

Document 6

L'HYGIÈNE DES INSTRUMENTS

Les objectifs de l'hygiène professionnelle du matériel en institut

- Limiter les risques de contamination pour l'esthéticienne et la cliente liés à l'usage des instruments, des appareils et des accessoires dans les techniques esthétiques.
- Assurer une durée de vie plus longue des appareils et du matériel par un entretien quotidien.
- Rassurer et sécuriser la clientèle sur les procédures d'hygiène, et en particulier sur la propreté du matériel utilisé dans les soins esthétiques.

Le protocole d'hygiène des instruments et des équipements

Étape 1 : Nettoyage

Utiliser un détergent (savon liquide) avec de l'eau tiède pour retirer les salissures présentes sur le matériel. Faire mousser, puis rincer. Sécher le matériel.

Étape 2 : Désinfection

Utiliser des lingettes désinfectantes à base d'alcool, un désinfectant en spray ou sur un chiffon pour le matériel, les appareils et les accessoires afin d'éliminer les micro-organismes et/ou d'inactiver les virus.

Étape 3 : Stérilisation

Utiliser un bac à décontamination permettant de tuer les micro-organismes et/ou d'inactiver les virus restant sur le matériel ou les accessoires nettoyés et désinfectés.

Les trois étapes doivent être respectées pour optimiser le résultat de décontamination du matériel.

La stérilisation est indispensable pour une décontamination totale du matériel.

Les produits utilisés pour la décontamination du matériel et des équipements

Types de produits	Mode d'action	Utilisation	Mode d'emploi
Détergent Tensio-actif de synthèse	Décoller les salissures sur la surface inerte.	Première étape de nettoyage du matériel.	Diluer dans de l'eau chaude, bien rincer et sécher.
Solvant Acétone	Éliminer les salissures grasses.	Pour les traces de cire sur les appareils et le matériel.	Imbiber un drap d'examen et frotter sur les résidus de cire.
Désinfectant Alcool 70° ou 90°	Éliminer les micro-organismes sur les surfaces nettoyées propres.	Matériels, instruments, appareils.	Appliquer sur un chiffon ou des lingettes désinfectantes.

Source : www.probeauticinstitut.com

ACTIVITÉ 6 À l'aide du document 6 « L'hygiène des instruments » :

1 Replacer dans l'ordre et retrouver le nom des étapes du protocole de l'hygiène du matériel.

 © pbi	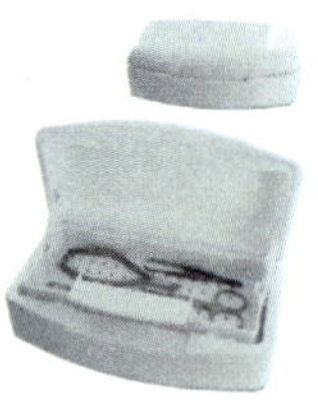 © pbi	 © pbi
N°	N°	N° ....
Étape :	Étape :	Étape : ....

2 Répondre à l'affirmation par vrai ou faux.

- La stérilisation du matériel ne nécessite pas les étapes de nettoyage et de désinfection.

☐ Vrai ☐ Faux

- Justifier.

....

3 Indiquer les trois objectifs de la décontamination.

....

....

....

4 Retrouver le nom des produits d'entretien à utiliser pour l'appareil et les instruments ci-dessous.

 Appareil à cire	 Bâtonnets	 Pinceau masque	 Spatule inox
....	....	....	....

© pbi

Document 7

L'HYGIÈNE DES APPAREILS ET ACCESSOIRES

Le but de l'hygiène des appareils et des accessoires

- Assurer une durée de vie plus longue des appareils.
- Éviter tout risque de contamination de l'esthéticienne et de la cliente.
- Rassurer et fidéliser la clientèle sur le professionnalisme de l'institut.

L'hygiène des appareils

• L'appareil à adduction d'ozone ❶

L'eau contenue dans la cuve peut se contaminer par une stagnation prolongée de plusieurs jours. Il est donc indispensable de vider la cuve tous les jours. L'eau portée à ébullition peut présenter des germes notamment les premières gouttelettes qui ne seront pas montées suffisamment en température.

L'entartrage des résistances peut favoriser l'implantation de micro-organismes. Il est donc indispensable de détartrer régulièrement l'appareil avec du vinaigre blanc.

L'appareil doit être désinfecté à chaque utilisation.

• Le Lucas-Championnière ❷

La solution contenue dans le godet qui n'est ni chauffée, ni émise par un gaz se contamine rapidement. Il faut donc nettoyer les godets après chaque utilisation avec un détergent et un désinfectant.

Il faut aussi détartrer régulièrement la chaudière.

L'appareil doit être désinfecté à chaque utilisation.

• L'appareil à haute fréquence ❸

Les électrodes doivent être nettoyées et désinfectées à chaque utilisation avec un détergent et un désinfectant.

L'appareil doit être désinfecté à chaque utilisation.

❶ 

© pbi

❷ 

© pbi

❸ 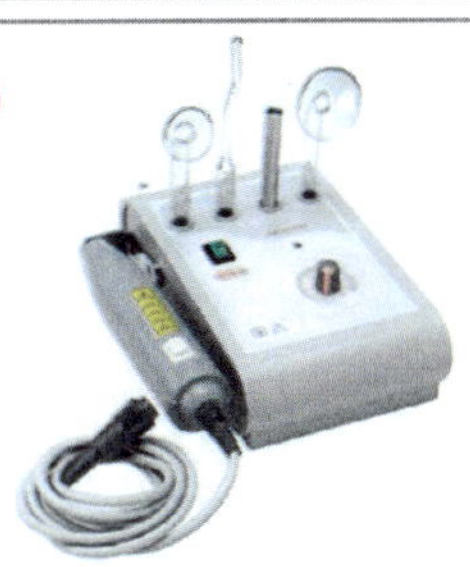

© pbi

>>

Document 7 > suite

• L'appareil à brosses rotatives ❹

Les brosses renferment des produits cosmétiques et un grand nombre de micro-organismes ; elles doivent être nettoyées et désinfectées à chaque utilisation avec un détergent et un désinfectant.

L'appareil doit être désinfecté à chaque utilisation.

• L'appareil à dépresso-aspiration ❺

Les ventouses et le tuyau souple qui absorbent les excès de sébum, les comédons, les squames sont difficiles à entretenir. Après chaque utilisation, les ventouses doivent être mises à tremper dans un détergent puis désinfectées, rincées et séchées.

L'appareil doit être désinfecté à chaque utilisation.

• L'appareil à épilation ❻

Par la technique de tyndallisation, la chauffe et le refroidissement successifs de la cire permettent la stérilisation de la cire.

Le point de fusion de la cire ne correspond pas toujours à la température nécessaire pour détruire tous les micro-organismes présents dans la cire. Il est donc préférable de pas utiliser un même pot de cire pour un grand nombre de clientes.

La spatule doit être changée ou désinfectée à chaque utilisation car elle est en contact avec la peau de la cliente.

L'appareil doit être désinfecté à chaque utilisation.

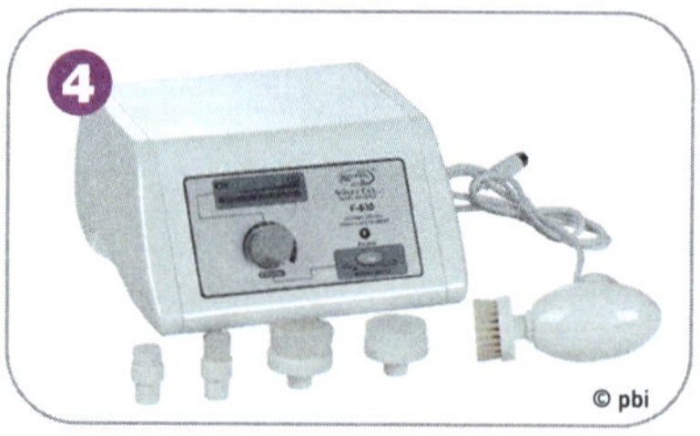
4 © pbi

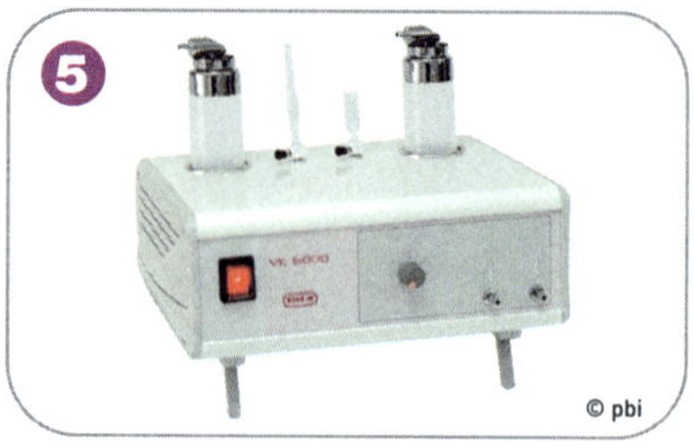
5 © pbi

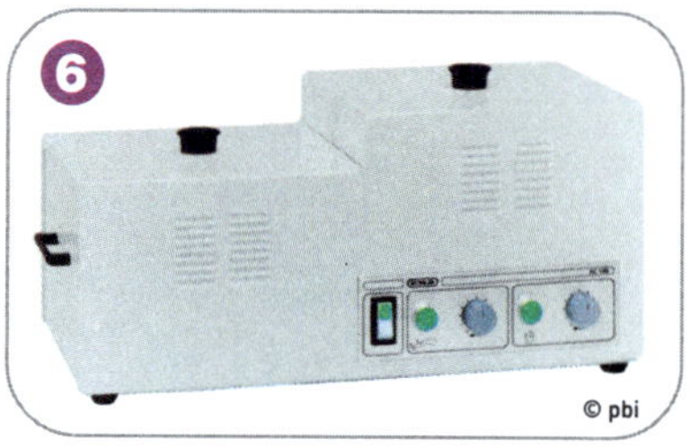
6 © pbi

L'hygiène des accessoires des appareils

Les godets, les électrodes, les brosses, les ventouses doivent être nettoyés avec un détergent et désinfectés avec un désinfectant et stérilisés dans le bac à décontamination.

Il existe aussi des produits 2 en 1 : détergent et désinfectant, plus rapides d'utilisation mais moins efficaces.

ACTIVITÉ 7 À l'aide du document 7 « L'hygiène des appareils et accessoires » :

❶ Indiquer le triple intérêt de l'hygiène des appareils et des accessoires.

....

....

....

❷ Citer les trois étapes à effectuer pour assurer l'hygiène des accessoires des appareils.

....

....

....

❸ Indiquer le ou les noms des éléments contaminants dans les appareils ci-dessous.

Le Lucas Championnière	L'appareil à cire	L'appareil à brosses rotatives	L'appareil à dépresso-aspiration	L'appareil à adduction d'ozone
....	....	....	....	....
....	....	....	....	....
....	....	....	....	....
....	....	....	....	....

Situation professionnelle

Alors qu'Élisa vous présente les cabines, elle vous demande de prendre en charge le linge de l'institut. Pour cela, vous vous informez auprès d'elle des protocoles d'entretien.

Document 8

LES MESURES D'HYGIÈNE EN COLLECTIVITÉ

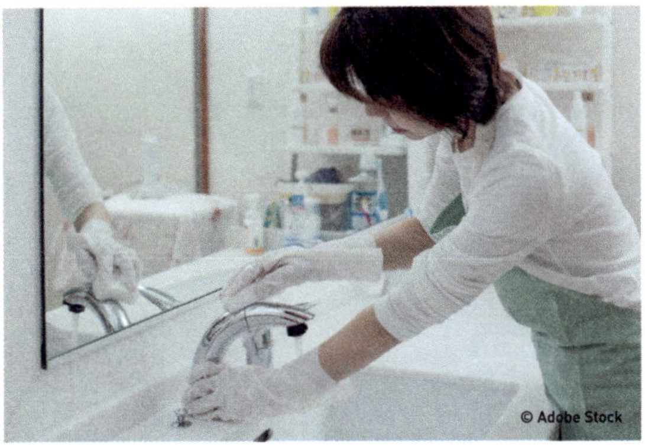

L'application des règles d'hygiène garde une place essentielle dans la prévention des maladies transmissibles en collectivité pour lutter contre les sources de contamination et réduire les moyens de transmission.

Les mesures d'hygiène portent sur l'hygiène des locaux, du matériel, du linge et l'hygiène individuelle des professionnelles. Une application rigoureuse et quotidienne de ces mesures permet de s'opposer à la propagation des agents infectieux.

Les mesures préventives d'hygiène du linge

Les règles d'hygiène du linge doivent être appliquées au quotidien dans les centres esthétiques accueillant de la clientèle.

- Le linge en contact direct avec la clientèle doit être changé à chaque utilisation : les draps de bain et serviettes de toilette, les coussins à manucurie, les charlottes, les bandeaux, les gants de toilette, les peignoirs, les paréos…
- Pour minimiser les risques de transmission de micro-organismes, les housses des lits de soin sont protégées par un drap d'examen, également changé à chaque utilisation.

Source : www.sante.gouv.fr

Mes infos +++

....

....

ACTIVITÉ 8 À l'aide du document 8 « Les mesures d'hygiène en collectivité » :

1. Indiquer le risque encouru lors d'une mauvaise hygiène du linge en milieu professionnel.

....

2. Citer trois exemples de linge lavable en contact avec la cliente qui doivent être changés après chaque prestation de service.

....

....

3. Répondre à l'affirmation suivante par vrai ou faux.
   - Le linge est le seul moyen de transmission de micro-organismes.

   ☐ Vrai ☐ Faux

   Justifier.

....

....

Document 9

L'HYGIÈNE DU LINGE LAVABLE

Le linge lavable		
Pour la cliente	Pour le fauteuil ou pour le lit de soin	Pour les sorties de douche
Peignoirs ou paréos, draps de bain, charlottes, bandeaux, serviettes de toilette, gants de toilette.	Serviettes en éponge, housses de protection (en éponge ou jetable), housses d'accoudoir, housses de tabouret.	Tapis, mules.

Quand changer le linge lavable ?

Le linge propre laissé à l'air ambiant peut porter des micro-organismes, qui se déplacent grâce aux poussières du textile, d'où la nécessité de le ranger dans un endroit fermé.

Quels micro-organismes peut-on trouver dans le linge ?

- **Les staphylocoques :** présents chez l'homme, dans l'environnement et aussi dans le linge, ils provoquent des abcès ou des infections sur les plaies.
- **Les pyocyaniques :** présents dans les milieux humides et le linge séché, ils provoquent des infections sur les plaies.

À quoi sert le lavage du linge ?

- L'obtention de la **propreté sensorielle** : le linge est propre, sans taches, bien séché, repassé et plié, il dégage une odeur agréable et un toucher doux.
- L'obtention de la **propreté microbiologique** : c'est la désinfection du linge pour éviter la propagation de micro-organismes sur les clients et le matériel.

Quelles sont les trois étapes nécessaires pour l'entretien du linge ?

• Le retrait du linge sale

Le linge doit être retiré en fin de soin pour éviter de contaminer l'environnement, le matériel ou la clientèle. Il doit être stocké dans un endroit approprié (bac à linge fermé ou sac à linge) et placé dans la buanderie en attente d'être lavé.

• Le nettoyage et la désinfection du linge par le lavage

La température appropriée et la durée du lavage permettent une bonne décontamination justifiée par un double effet : *un effet mécanique de brassage*, en présence de l'eau chaude et d'un détergent pour enlever les taches ; *un effet thermique* – la température de 90 °C est nécessaire pour tuer les micro-organismes pendant une lessive d'environ 60 minutes. Les fabricants de lessive recommandent d'utiliser en complément de l'eau de Javel (désinfectant puissant) pour le linge blanc pendant le lavage. La chaleur du fer à repasser détruit les derniers germes résiduels.

• Le stockage du linge propre

L'air ambiant est une source de contamination importante. Pour garder l'efficacité du lavage, il est donc recommandé de ranger le linge dans un endroit propre, sec et fermé.

ACTIVITÉ 9 À l'aide du document 9 « L'hygiène du linge lavable » :

1 Remplir le tableau ci-dessous.

Le protocole de l'entretien du linge

Étapes	Principales caractéristiques
....	....
....	....
....	....

2 Citer les noms des deux micro-organismes présents dans le linge.

....

3 Indiquer à quelle fréquence doit être changé le linge lavable en contact avec la clientèle.

....

Document 10

LE LINGE JETABLE OU LINGE À USAGE UNIQUE

L'usage du linge jetable remplace dans certains cas le linge lavable.

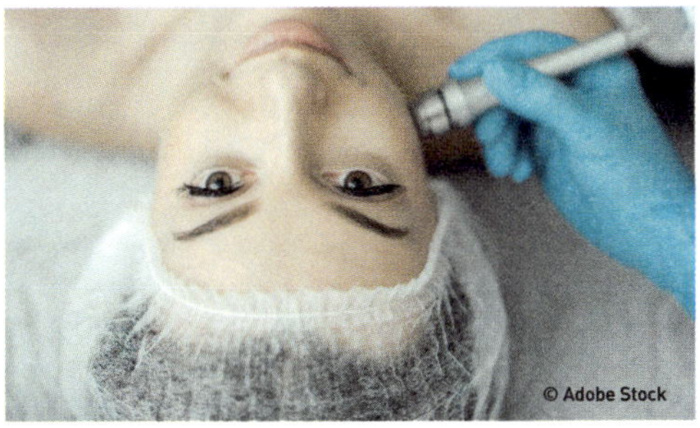

© Adobe Stock

Les différents linges à usage unique

Protection de la cliente	Protection des fauteuils et des lits de soins
Peignoirs ou paréos, charlottes, bandeaux, slips, sandales.	Papiers de protection en rouleau ou en bandes prédécoupées, housses de lit.

Les avantages et les inconvénients

Avantages	- Diminution des risques de transmission des germes. - Sécurisation de la cliente : linges conditionnés en sachet individuel. - Gain de temps (pas de lavage, séchage ni repassage). - Gain de place (pas de linge sale à stocker). - Simplicité et facilité d'emploi (produit jeté après utilisation).
Inconvénients	- Gestion rigoureuse nécessaire pour ne pas avoir de rupture de stock. - Coût. - Augmentation du volume des stocks et des déchets (pas écologique). - Moindre confort pour la cliente (texture du tissu moins agréable). - Tailles pas toujours adaptées à la morphologie de la cliente.

ACTIVITÉ 10 À l'aide du document 10 « Le linge jetable ou linge à usage unique » :

1 Compléter les deux tableaux ci-dessous.

Avantages du linge à usage unique pour l'esthéticienne	Inconvénients du linge à usage unique pour l'esthéticienne
....	....
....	....
....	....
....	....
....	....

Avantages du linge à usage unique pour la cliente	Inconvénients du linge à usage unique pour la cliente
....	....
....	....
....	....

Situation professionnelle

Vous apprenez par Julie que vous avez l'opportunité de participer à une formation portant sur l'hygiène des locaux et des équipements en milieu professionnel. Vous décidez alors de vous y inscrire.

© Adobe Stock

Document 11

L'ENTRETIEN ET LA MAINTENANCE DES LOCAUX ET DES ÉQUIPEMENTS

Le nettoyage est une opération d'entretien et de maintenance des locaux dont l'objectif principal est d'assurer un aspect agréable (notion de confort) et un niveau de propreté (notion d'hygiène et de prévention des risques).

© Adobe Stock

Les critères d'une bonne hygiène des locaux et des équipements

La propreté est l'absence de salissures adhérentes ou non sur une surface ou dans l'air.

Un protocole d'entretien des locaux et des équipements permet d'assurer une bonne hygiène professionnelle en précisant le déroulement précis et la fréquence des opérations d'hygiène ; les produits utilisés et leurs conditions d'utilisation ; les procédures d'entretien et de maintenance.

Le nettoyage consiste à éliminer les souillures ou salissures visibles ou invisibles, adhérentes ou non, d'un support.

Les souillures adhérentes sont des dépôts ou des taches qui se déposent et collent plus ou moins au support.

Les déchets	Les dépoussiérages
Les emballages, les draps d'examen, linges jetables, consommables, cartons…	Les poussières en suspension dans l'air, les particules solides (résidus extérieurs ou de produits séchés) ou liquides (gouttelettes d'eau des vapeurs des pulvérisateurs) se déposent sur les sols, les murs et les meubles de rangement. Leur retrait s'effectue avec un chiffon imbibé d'huile minérale sur les meubles, un aspirateur, un balai et une pelle, une raclette ou un balai serpillière imbibé de produit détergent sur les sols.
Les produits chimiques et organiques : résidus de cire, de produits cosmétiques, poils, aliments.	

La connaissance de la composition du support et de celle des souillures permet de choisir le produit d'entretien approprié.

L'efficacité du nettoyage dépend de la température de l'eau, de la concentration du technicien et de l'action mécanique du frottement.

L'utilisation de certains produits réservés au circuit professionnel nécessite une **fiche de données de sécurité** (FDS). Ce document renseigne sur la composition, les propriétés, les caractéristiques physico-chimiques et surtout le mode d'utilisation, comme la concentration des mélanges. On y trouve également des données concernant les premiers soins, la toxicité et les précautions de manipulation.

L'ensemble de ces connaissances facilite la rédaction du protocole de nettoyage.

Source : www.officiel-prevention.com

Mes infos +++

ACTIVITÉ 11 À l'aide du document 11 « L'entretien et la maintenance des locaux et des équipements » :

1. Indiquer l'objectif du nettoyage des locaux et des équipements.

....

2. Indiquer les deux formes de salissures présentes dans les locaux et sur les équipements.

....

....

3. Indiquer les facteurs favorisant l'efficacité du nettoyage des locaux et des équipements.

....

....

....

....

4. Certains produits d'entretien nécessitent des précautions particulières d'utilisation.
   - Citer le nom du document que joint le fabricant au produit d'entretien à risque.

....

Document 12

LES FAMILLES DE PRODUITS D'ENTRETIEN

Famille de produits Exemples de produits	Mode d'action	Utilisation	Mode d'emploi	Fréquence d'utilisation
© Adobe Stock **Détergents** Crème à récurer (tensio-actif) Gel WC 	Composé chimique qui nettoie les salissures sur une surface inerte.	- sol : carrelage, revêtement plastifié ; - plan de travail ; - matériel ; - lavabo ; - sanitaires.	Diluer dans de l'eau chaude, bien rincer.	À utiliser tous les jours sur les différents revêtements.
© Adobe Stock **Abrasifs** Poudre à récurer (silice pulvérisée + tensio-actif) 	Produit contenant des particules solides qui augmentent le frottement pour nettoyer et dégraisser des surfaces polies.	- sol : carrelage ; - lavabo ; - sanitaires.	Utiliser sur une surface humide, bien rincer.	À utiliser 1 fois par semaine pour parfaire le nettoyage.
© Adobe Stock **Solvants** Produit à vitres (alcool) Produit à cire (acétone) 	Liquide capable de dissoudre des salissures grasses ou des traces de cire.	- miroir ; - surfaces vitrées ; - traces de cire.	Imbiber sur un chiffon.	À utiliser tous les jours sur les surfaces vitrées et les traces de cire.
© Adobe Stock **Désinfectants** Alcool Eau de Javel 	Éliminent les micro-organismes sur les surfaces propres.	- sol ; - sanitaires ; - équipements ; - matériels ; - instruments.	Imbiber sur un chiffon ou utiliser des lingettes désinfectantes.	À utiliser tous les jours sur les différents revêtements.

ACTIVITÉ 12 À l'aide du document 12 « Les familles de produits d'entretien » :

1. Lister les quatre familles de produits d'entretien.

....

2 Compléter le tableau ci-dessous.

Salissures	Produits d'entretien à utiliser
Trace de cire sur le sol	....
....	Détergent
Tache grasse très adhérente dans un lavabo	....
....	Désinfectant

Document 13

LES MESURES DE PRÉVENTION DANS LA MANIPULATION DES PRODUITS D'ENTRETIEN

Des mesures de prévention sont indispensables pour manipuler les produits d'entretien :

- Avant l'utilisation, lire attentivement l'étiquette du mode d'utilisation du produit et se procurer la FDS du produit.
- Ne pas mélanger plusieurs produits, en particulier un détartrant (acide) et un produit contenant de la Javel : risque de dégagement de chlore (gaz toxique).
- Respecter les dosages et les modes opératoires.
- Lors de la dilution d'un produit, verser d'abord l'eau dans le contenant, ensuite le produit, pour éviter les projections.
- Ranger le produit après utilisation.
- Stocker les produits d'entretien dans des locaux prévus à cet effet.
- Ne jamais abandonner du matériel ou un produit en dehors des emplacements autorisés.
- Éviter que les techniques et produits utilisés pour le nettoyage des sols ne conduisent à des glissades susceptibles de constituer un danger pour les clients et les salariés.

© Adobe Stock

Source : www.officiel-prevention.com

ACTIVITÉ 13 À l'aide du document 13 « Les mesures de prévention dans la manipulation des produits d'entretien » :

1 Citer quatre mesures de prévention des risques dans la manipulation des produits d'entretien.

....

....

....

....

2 En vous appuyant sur vos connaissances, relier les types de produit à leur symboles.

Types de produits			Symboles
Produits corrosifs	•	•	
Produits toxiques ou mortels	•	•	
Produits dangereux pour la santé (nocif, irritant)	•	•	
Produits dangereux pour l'environnement	•	•	
Produits inflammables	•	•	
Produits très dangereux pour la santé (cancérigènes)	•	•	

Je m'évalue

La présentation et le savoir-être

1 Cocher les bonnes réponses.

a. Le client juge l'apparence de l'esthéticienne dans les... ☐ 17 premières secondes ☐ 60 premières secondes	**b.** Une attitude positive est valorisée par un comportement : ☐ gestuel et verbal ☐ ignorant et verbal
c. La présentation d'une esthéticienne doit : ☐ refléter l'image du sérieux ☐ refléter l'image de la disponibilité	**d.** L'esthéticienne doit porter des chaussures avec un talon de 3 à 5 centimètres pour : ☐ éviter les cors et durillons ☐ éviter la fatigue et les douleurs dorsales

2 Compléter la règle des 4 × 20 :

- Les 20 premières ....
- Les 20 premiers ....
- Les 20 premiers ....
- Les 20 cm entre ....

3 **Vous êtes Sarah, esthéticienne à l'institut des Amandiers. Vous répondez au téléphone en l'absence de votre responsable, Mme Estienne. Prendre connaissance de la conversation téléphonique ci-dessous, puis écrire le message à transmettre à votre employeur que vous collerez sur son bureau.**

– Institut des Amandiers, bonjour, Sarah à votre service.
– Oui, bonjour, veuillez me passer votre patronne, s'il vous plaît.
– Madame Estienne ? Elle est absente jusqu'à demain après-midi, monsieur.
– Bon, alors dites-lui que la livraison de la commande des établissements Girardot sera retardée. Je pense qu'elle pourra se faire jeudi en 8. Elle peut bien sûr me rappeler. Je suis Monsieur Bertrand, représentant de la marque Girardot, au 01 46 08 19 24.
– Bien, monsieur Bertrand, je lui transmettrai votre message dès son retour.
– Au revoir…

ENTRAÎNEZ-VOUS !

- En binôme, simulez un entretien téléphonique.
- Parlez devant un miroir en vous regardant dans les yeux, cela vous aidera à trouver les attitudes convaincantes.
- Enregistrez-vous.
- Et recommencez… C'est en forgeant qu'on devient forgeron !

Évaluez-vous !

Flashez le QR code ou retrouvez l'exercice de fin de chapitre 3 en version interactive sur

www.lienmini.fr/11061-Test3

Je m'évalue

4 Relier les éléments correspondants entre eux.

La décontamination des instruments

Nettoyage •	• Opération visant à tuer les micro-organismes et/ou inactiver les virus présents sur du matériel propre et désinfecté.
Désinfection •	• Opération visant à retirer les salissures présentes sur le matériel.
Stérilisation •	• Opération visant à éliminer les micro-organismes et/ou inactiver les virus présents sur du matériel nettoyé.

5 Retrouver les mots d'après les définitions.

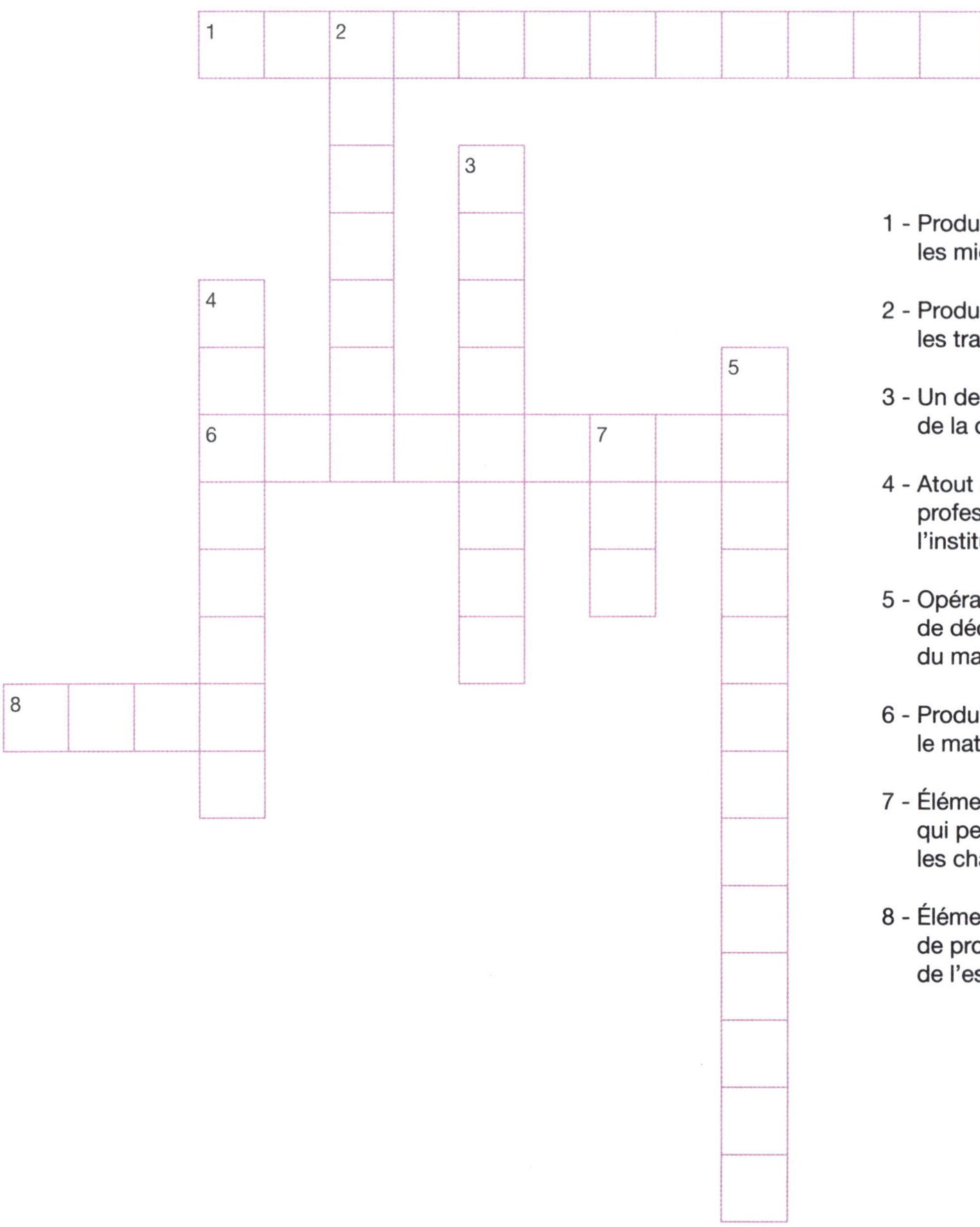

1 - Produit servant à éliminer les micro-organismes.

2 - Produit servant à éliminer les traces de cire.

3 - Un des objectifs de la décontamination.

4 - Atout d'une bonne hygiène professionnelle pour l'institut.

5 - Opération finale de décontamination du matériel.

6 - Produit servant à nettoyer le matériel.

7 - Élément qui peut contaminer les chaudières.

8 - Élément permettant de protéger les mains de l'esthéticienne.

Je m'évalue

❻ Pour chaque affirmation, cocher vrai ou faux.

- **a.** Il n'y a pas de transmission de micro-organismes par le linge.

☐ Vrai ☐ Faux

- **b.** Le linge se lave en fin de semaine.

☐ Vrai ☐ Faux

- **c.** Le linge à usage unique n'a que des avantages.

☐ Vrai ☐ Faux

- **d.** Pour l'entretien du linge en milieu professionnel, il faut suivre trois étapes de nettoyage et de désinfection.

☐ Vrai ☐ Faux

- **e.** Le linge lavable en contact avec le client doit être changé après chaque soin esthétique.

☐ Vrai ☐ Faux

- **f.** Une fois propre et sec, le linge lavable doit être rangé à l'air ambiant.

☐ Vrai ☐ Faux

- **g.** La cliente est sécurisée lorsqu'elle utilise un sachet individuel de linge jetable.

☐ Vrai ☐ Faux

- **h.** Les peignoirs, les charlottes, les bandeaux, les slips et les sandales existent en linge jetable.

☐ Vrai ☐ Faux

- **i.** Il n'y a que des inconvénients à utiliser du linge jetable.

☐ Vrai ☐ Faux

- **j.** L'obtention de la propreté sensorielle du linge lavable est obtenue par l'utilisation d'eau chaude et de lessive.

☐ Vrai ☐ Faux

- **k.** La désinfection du linge est obtenue par un lavage à 30 °C.

☐ Vrai ☐ Faux

- **l.** Le linge à usage unique diminue les risques de transmission de micro-organismes.

☐ Vrai ☐ Faux

Je m'évalue

❼ Citer les deux catégories de linge utilisé en milieu professionnel.

....

....

❽ Noter la définition des termes suivants.

- Nettoyage : ....
- Désinfection : ....

❾ Indiquer deux équipements et deux mobiliers contaminants dans une cabine.

....

❿ Pour l'affirmation suivante, cocher vrai ou faux.

- Les produits d'entretien ne sont pas dangereux.

☐ Vrai

☐ Faux

Justifier.

....

⓫ Donner le sens des lettres FDS.

....

⓬ Remplir le tableau ci-dessous.

Les produits d'entretien	Principales caractéristiques
....	Produit qui élimine les micro-organismes sur les surfaces propres
....	Produit capable de dissoudre des salissures grasses ou des traces de cire pour les éliminer.
....	Produit contenant des particules solides pour nettoyer et dégraisser des surfaces polies
....	Produit qui nettoie les salissures sur une surface inerte

⓭ Rechercher le sens de ce cryptogramme.

A	B	C	D	E	F	G	H	I	J	K	L	M	N	O	P	Q	R	S	T	U	V	W	X	Y	Z
1	2	3	4	5	6	7	8	9	10	11	12	13	14	15	16	17	18	19	20	21	22	23	24	25	26

	'					È		
12	'	8	25	7	9	5	14	5

7	1	18	1	14	20	9	20

12	1

		É							
16	18	5	22	5	14	20	9	15	14

4	5	19

18	9	19	17	21	5	19

16	18	15	6	5	19	19	9	15	14	14	5	12	19

4 Les principes de base de la communication en vente

- C31 : Accueillir et prendre en charge la clientèle
- C32 : Conseiller et vendre des produits cosmétiques et des prestations esthétiques

4.1 Le schéma de communication

Situation professionnelle

Dans le cadre de votre formation, vous devez développer des compétences dans le domaine de la vente. Isabelle décide alors de vous inscrire à une formation organisée par une grande marque de parfumerie afin de vous aider à développer votre sens de la communication.

© Adobe Stock

Être capable de
- définir les éléments du schéma de communication ;
- définir l'objectif du message.

Document 1

LES ÉLÉMENTS D'UNE COMMUNICATION

© Adobe Stock

La communication est l'action d'établir une relation avec autrui, de transmettre une information à quelqu'un.

Pour communiquer, il faut être au moins deux : un **émetteur** qui envoie le **message** (information que l'on veut transmettre) et un **récepteur** qui reçoit le message.

Pour transmettre ce message, l'émetteur utilise un **canal**, c'est-à-dire le moyen de diffusion du message. Il peut être :
- auditif, pour le canal qui utilise l'ouïe ;
- visuel, pour le canal qui utilise la vue ;
- audiovisuel, pour le canal qui utilise les deux sens.

Pour transmettre le message, l'émetteur peut utiliser un outil ou un média : un écrit, un téléphone, un ordinateur, etc. Parfois, seul le support est visible (par exemple, un panneau publicitaire est le support, l'émetteur est le fabricant du produit).

L'**effet retour** (*feed back*) et/ou la reformulation permettent de vérifier si le récepteur a bien compris le message en apportant une réponse à l'émetteur.

Schéma du processus de communication

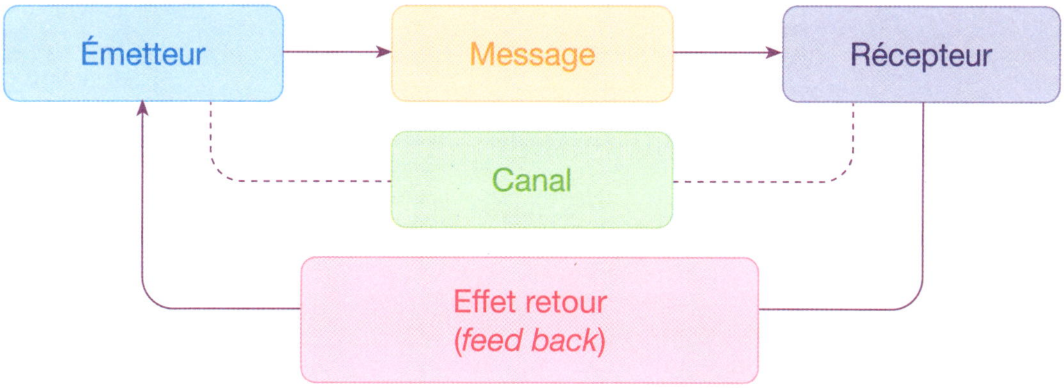

ACTIVITÉ 1 À l'aide du document 1 « Les éléments d'une communication » :

1 Placer les quatre mots en couleur du document 1 dans le tableau ci-dessous, en suivant l'exemple.

Qui ?	Émetteur	Celui qui a l'initiative du message.
Quoi ?	....	C'est l'ensemble des informations à transmettre.
Comment ?	....	C'est le moyen utilisé pour transmettre le message.
À qui ?	....	Celui qui reçoit le message.
Avec quel effet ?	....	C'est le résultat occasionné par la transmission de l'information.

2 Découvrir la situation ci-dessous, puis compléter le schéma du processus de communication.

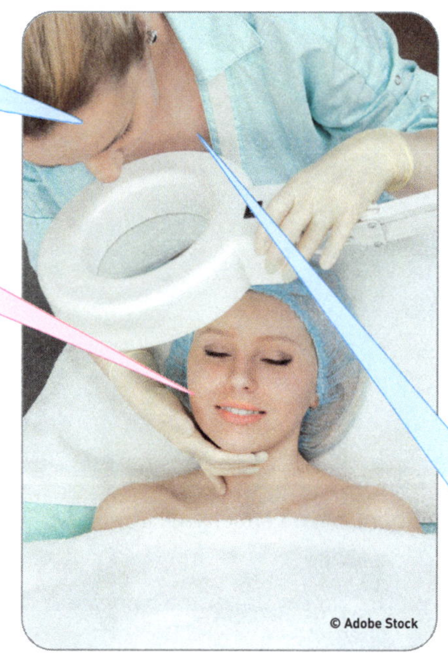

Émetteur : .... → Message : .... → Récepteur : ....

Canal : ....

Effet retour : ....

- C31 : Accueillir et prendre en charge la clientèle
- C32 : Conseiller et vendre des produits cosmétiques et des prestations esthétiques

4.2 Les formes de communication verbale et non verbale

Situation professionnelle

Lors de cette formation vous sont présentées les différentes formes de communication verbale et non verbale.

Être capable de

- définir chacune des formes de communication.

Document 1

LES FORMES DE COMMUNICATION

La communication verbale

C'est une façon d'exprimer une idée, un besoin, un désir… C'est une manière directe et spontanée de s'adresser à l'autre. Il ne faut toutefois pas croire que chaque fois que l'on ouvre la bouche, on réalise une communication efficace ! Il est important de formuler un message selon le niveau de langage (vocabulaire, syntaxe et style) adapté à la personne que l'on a en face de soi. On distingue le langage « familier », « courant » et « soutenu ».
La communication verbale peut également être écrite.

La communication non verbale

Elle est constituée de gestes, d'attitudes, de symboles, d'expressions faciales et de mouvements corporels. Cette communication renforce et crédibilise le message verbal lorsqu'elle est adaptée, mais peut décrédibiliser ce même message, si elle est inadaptée. Certains signes échappent parfois à notre conscience : gestes, posture, expression, tenue vestimentaire, etc.

ACTIVITÉ 1 À l'aide du document 1 « Les formes de communication » :

1 Pour chacune de ces situations, déterminer s'il s'agit d'une communication verbale ou d'une communication non verbale. Entourer votre réponse.

- **a.** Votre cliente vous dit qu'elle souhaiterait avoir votre avis sur la couleur du fond de teint qui lui conviendrait le mieux.

  Communication verbale

  Communication non verbale

- **b.** Vous faites signe à votre cliente qui a choisi une couleur de rouge à lèvres qu'il ne conviendra pas à sa tenue vestimentaire.

  Communication verbale

  Communication non verbale

- **c.** Vous êtes déçue par l'annonce que votre responsable vient de vous faire et faites la moue.

  Communication verbale

  Communication non verbale

- **d.** Une client au téléphone demande à avoir un rendez-vous rapidement.

  Communication verbale

  Communication non verbale

2 Indiquer le type de langage correspondant aux phrases proposées.

Propositions	Type de langage
« Ce client est très chouette. »	....
« Cette esthéticienne est fort aimable. »	....
« Ce collègue est très sympathique. »	....
« Ce boulot était dur. »	....
« Tu viens me chercher au centre de formation ? »	....
« Je souhaiterais réaliser un stage dans votre institut de beauté. »	....

Document 2

COMMUNIQUER, C'EST AUSSI ÉCOUTER

L'esthéticienne, par l'écoute active et le questionnement, cherche à connaître la nature du besoin ou les raisons qui motivent les choix du client.

Pratiquer l'écoute active, c'est :

Communication verbale :	Communication non verbale :
– Écouter attentivement ce que dit le client et comment il le dit.	– Observer son comportement (regard, gestes, attitude).

L'écoute active permet à l'esthéticienne de :

- Questionner au bon moment afin de maintenir une conversation et d'obtenir des renseignements.
  Utiliser le plus possible des questions de façon à favoriser l'expression de l'autre, par exemple : « Que désirez-vous ? », « Quelles sont vos attentes ? », « Que voulez-vous dire par… ? », « Qu'est-ce qui est important pour vous ? », etc.
- Mémoriser les informations données par le client pour les réutiliser au cours de l'entretien.
- Reformuler pour reprendre l'essentiel des propos du client, afin de vérifier une information ou d'expliquer ce que l'on a compris.
  Il est d'usage de commencer par « Si je vous ai bien compris… » ou de finir par : « … je n'ai rien oublié ? », « n'est-ce pas ? », « En résumé… ».

Utiliser le questionnement

Il est nécessaire de connaître les différents types de questions :

- **La question ouverte**
  → Le client est amené à donner toutes sortes de réponses, il n'est pas guidé dans sa réponse.
- **La question fermée**
  → Le client répond par oui et par non, ou bien il n'y a qu'une réponse possible.
- **La question alternative**
  → Le client a le choix entre deux possibilités.

ACTIVITÉ 2 À l'aide du document 2 « Communiquer, c'est aussi écouter » :

1. Inscrire dans ce schéma les verbes d'action pour pratiquer l'écoute active (ils sont surlignés en rose dans le document 2).

Écouter

Écoute active

....

....

....

....

2. Cocher les bonnes réponses.

Reformuler, c'est :

- ☐ Observer la gestuelle du client.
- ☐ Vérifier une information.
- ☐ Faire taire un client trop bavard.
- ☐ Reprendre l'essentiel des propos du client.
- ☐ Créer le dialogue.
- ☐ Valider des informations et obtenir un accord.

3. Retrouver le type de question dans ces trois situations de communication.

Question : Vous vous maquillez le teint ?

Réponse : Non, jamais !

Question ....

Question : Que pensez-vous de votre maquillage ?

Réponse : Je le trouve trop léger, etc.

Question ....

Question : Pour réaliser votre essai maquillage, vous préférez aujourd'hui ou la semaine prochaine ?

Réponse : Aujourd'hui

Question ....

4.3 Les techniques de communication

Situation professionnelle

Lors de votre formation, vous apprenez que certains facteurs peuvent gêner une communication et qu'il est important de pouvoir identifier les différents freins à la communication.

© Adobe Stock

Être capable de

- indiquer les intérêts de chacune des techniques de communication (beauté connectée) ;
- citer les principaux freins à la communication.

Document 1

OBJETS CONNECTÉS : VERS UNE NOUVELLE ROUTINE BEAUTÉ ULTRA-PERSONNALISÉE ?

Il est clair que lorsqu'on parle de digital, il est difficile de faire un lien avec le monde de la beauté. Et pourtant, le secteur s'empare des nouvelles technologies pour améliorer notre routine soin et cosmétique. À la recherche de performance et de nouvelles expériences à offrir aux consommateurs, zoom sur les objets connectés de la beauté !

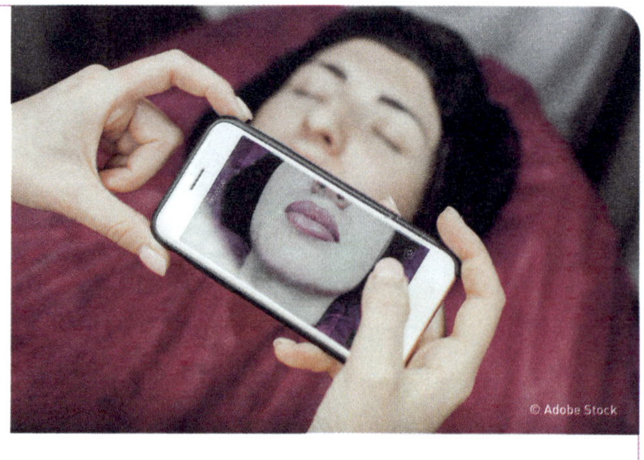
© Adobe Stock

Avec la démocratisation du numérique, difficile d'échapper à l'internet des objets.

Le concept de la beauté connectée comporte deux principaux objectifs : offrir de nouvelles expériences aux consommateurs et surtout améliorer la performance des cosmétiques. En effet, chacun d'entre nous est différent et nécessite des produits adaptés à sa peau, ses cheveux, etc. Pour autant, il n'est pas toujours évident de savoir ce qui est bon pour nous. De même, nos besoins peuvent varier très rapidement au fil des saisons ou par période de stress, par exemple.

Contrairement aux produits de beauté classiques, **certains objets connectés proposent des services personnalisés.** Maquillage, soins de la peau, entretien des cheveux... C'est une véritable plus-value que les marques commencent à exploiter pour offrir un meilleur bénéfice aux consommateurs !

ACTIVITÉ 1 À l'aide du document 1 « La beauté connectée : le renouveau des cosmétiques grâce aux objets connectés » :

1. Indiquer l'intérêt d'utiliser une application « beauté connectée ».

....

....

....

2. Citer des exemples d'applications dédiées aux soins de la peau.

....

....

....

....

....

Document 2

LES FREINS À LA COMMUNICATION

Les difficultés de communication liées aux personnes	- L'émetteur emploie un langage qui n'est pas adapté au récepteur. - Le récepteur est distrait et manque d'attention. - L'émetteur ou le récepteur ressentent des sentiments qui peuvent nuire à la compréhension du message (influence du comportement non verbal inconscient). - L'émetteur ou le récepteur sont influencés par le contexte relationnel et changent leur comportement.
Les difficultés de communication liées au contexte environnemental	- Il y a des bruits dérangeants (musique, sonneries, conversations, etc.). - Il y a des intervenants extérieurs qui interfèrent (clients, collègues, etc.). - Il y a des supports de communication (ordinateur, télévision, messages écrits, etc.) qui captent l'attention mais qui ne font pas partie du message initial. - Les supports de communication utilisés ne fonctionnent pas correctement.

Favoriser la communication interpersonnelle

- **L'émetteur** doit adapter son langage à celui de son interlocuteur, s'assurer, par un questionnement et une reformulation, de la bonne compréhension du récepteur, avoir conscience de l'influence de son comportement non verbal.
- **Le récepteur** doit faire preuve d'attention et poser des questions si besoin, reformuler le message pour s'assurer de sa bonne compréhension auprès de l'émetteur.
- **Le lieu** doit être adapté afin que les obstacles liés à l'environnement soient les plus réduits possibles.

© Adobe Stock

ACTIVITÉ 2 À l'aide du document 2 « Les freins à la communication » :

1. Relever les freins à la communication dans ces scènes et proposer des solutions afin de remédier aux difficultés à communiquer.

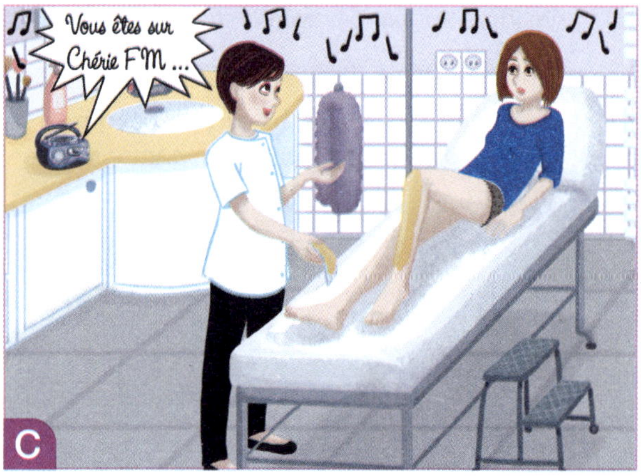

	Difficultés de communication constatées	Type de difficultés	Solutions proposées
A	Langage non approprié de l'esthéticienne	Liée à la personne	....
B	....	Liée au contexte environnemental	....
C	....	Liée au contexte environnemental	....
D	....	Liée à la personne	....

Je m'évalue

Les éléments d'une communication

Évaluez-vous !
Flashez le QR code ou retrouvez l'exercice de fin de chapitre 4 en version interactive sur
www.lienmini.fr/11061-Test4

1 Définir les termes suivants :

- Émetteur : ....
- Récepteur : ....
- Message : ....
- Canal : ....
- Effet retour : ....
....

2 Lire la note d'Isabelle que vous avez trouvée ce matin en arrivant à l'institut avec Élisa, puis établir le schéma du processus de communication pour toutes les tâches que demande Isabelle.

Bonjour à toutes les deux,

Je vais arriver un peu en retard ce matin car j'ai un rendez-vous. Veuillez réaliser les quelques tâches ci-dessous :

1. Élisa, téléphonez à Mme Da Silva pour lui confirmer son RDV avec vous pour son soin visage demain à 14 h.
2. (Vous), connectez-vous sur le site PBI.fr et abonnez-vous à la newsletter.

Merci d'avance et à tout à l'heure,
Isabelle

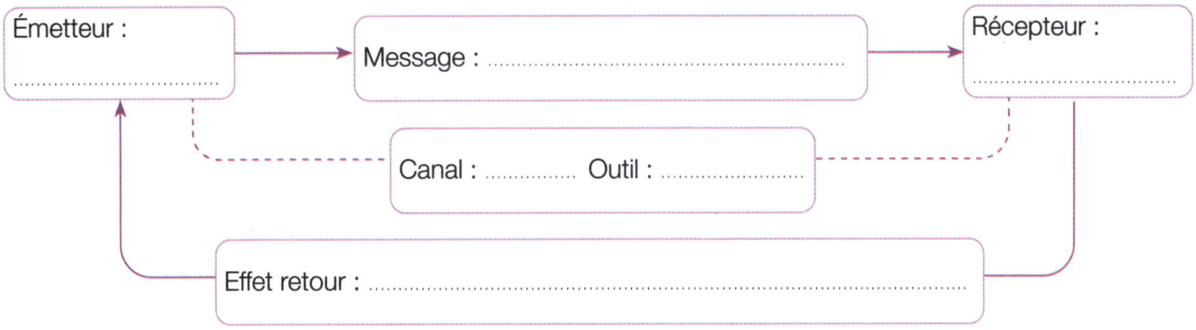

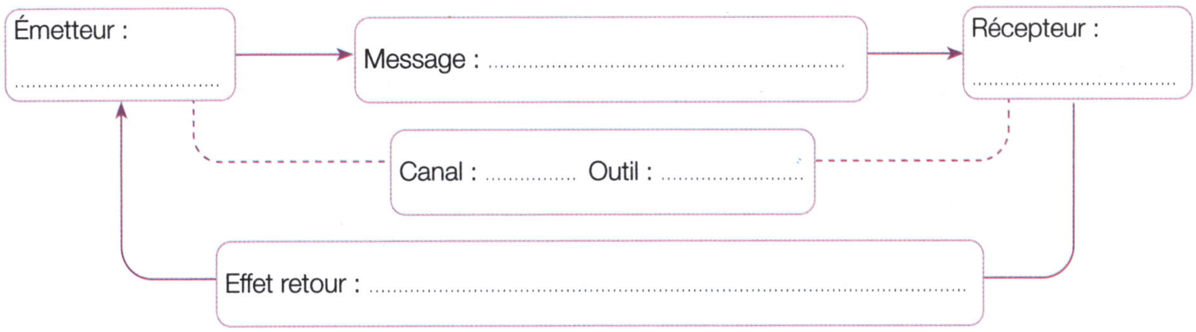

Je m'évalue

La communication verbale

3 Noter le niveau de langage de chacune de ces situations. Puis, dans la colonne « vocabulaire », barrer les adjectifs qui ne correspondent pas.

Situation	Langage	Le vocabulaire est :
Auriez-vous l'amabilité de me renseigner ? Je recherche un fond de teint léger pour ma mère car elle aime rester naturelle !	....	recherché, populaire, clair, banal, simple, incorrect, argotique
Bonjour, Caroline, aujourd'hui je viens vous présenter la nouvelle gamme de produits de maquillage.	....	recherché, populaire, clair, banal, simple, incorrect, argotique
Comment elle est sapée pour la teuf de c'soir… MDR !	....	recherché, populaire, clair, banal, simple, incorrect, argotique

La communication non verbale

4 Retrouver dans la grille ci-dessous les mots proposés.

M	P	R	L	R	E	Q	N	J	J	U	I	V	É	H
E	W	R	X	A	A	D	Q	U	N	H	Ê	L	M	X
R	P	K	É	T	N	G	U	E	A	T	V	E	O	M
U	Y	O	E	S	X	G	T	T	E	V	S	N	T	P
T	U	G	A	T	E	U	A	M	I	R	H	R	I	E
S	Q	E	G	L	O	N	E	G	E	T	C	E	O	X
O	W	X	Z	S	L	N	T	G	E	K	T	P	N	M
P	B	P	H	X	T	O	A	A	U	O	C	A	K	O
E	R	R	C	O	U	R	A	N	T	T	T	S	Y	Y
K	T	E	K	H	D	R	E	I	L	I	M	A	F	A
Z	G	S	A	D	Z	L	A	R	A	U	O	D	E	F
G	U	S	E	R	U	L	L	A	K	F	P	N	Y	P
Z	L	I	D	G	D	F	I	Y	K	S	I	P	R	I
P	Y	O	Q	U	K	K	Y	B	H	P	X	Y	R	U
S	Q	N	H	W	S	Z	K	N	A	M	V	O	G	C

ATTITUDE
FAMILIER
POSTURE
SOUTENU
COURANT
GESTE
PRÉSENTATION
VÊTEMENT
ALLURE
EXPRESSION
LANGAGE
REGARD
ÉMOTION

Je m'évalue

L'écoute active et le questionnement

5 Noter les 5 verbes d'action qui caractérisent l'écoute active (document 2 p. 62).

....

6 Citer les 3 types de questions que l'on peut utiliser.

....

....

....

7 Pour faire une synthèse sur la stratégie de questionnement, compléter ce tableau.

Vous souhaitez...	Vous utilisez...
- Obtenir un maximum d'informations. - Laisser au client toute liberté de réponse.	....
- Obtenir des informations précises. - Laisser au client un choix limité de réponses.	....
Proposer un choix entre deux réponses possibles.	....

8 Proposer un exemple de question pour chacun des trois types de questions.

....

....

....

....

Les freins à la communication

9 Indiquer si les affirmations suivantes sont vraies ou fausses, en cochant la bonne réponse.

- **a.** La communication est facile lorsque le récepteur est distrait.
  - ☐ Vrai
  - ☐ Faux
- **b.** La routine peut empêcher de bien comprendre un message.
  - ☐ Vrai
  - ☐ Faux
- **c.** Entre la naissance du message et le moment où il est reçu, le message subit des déperditions.
  - ☐ Vrai
  - ☐ Faux
- **d.** Dans une communication, les bruits peuvent intervenir au cours de chaque étape.
  - ☐ Vrai
  - ☐ Faux

5 Les typologies comportementales de la clientèle

- C31 : Accueillir et prendre en charge la clientèle
- C32 : Conseiller et vendre des produits cosmétiques et des prestations esthétiques

Situation professionnelle

Au cours de votre PFMP, vous vous apercevez que vous rencontrez différents types de clients et qu'il faut vous adapter à chacun d'eux. Pour cela, Marion, conseillère vendeuse, vous propose de vous exercer en jouant le rôle de différents clients.

© Adobe Stock

Être capable de

- identifier les comportements et motivations de la cliente ;
- adapter son attitude.

Document 1

LES DIFFÉRENTS TYPES DE CLIENTS

© Adobe Stock

Pour un vendeur, il est souvent intéressant de chercher à identifier les grandes familles (ou typologies) de clients qu'il est amené à rencontrer. Cette identification permet de mieux comprendre l'importance de ne pas développer un comportement de vente trop standardisé.

En revanche, le vendeur devra toujours relativiser ces classifications et **ne jamais oublier certaines vérités simples**, notamment :

- L'habit ne fait pas le moine – il faut éviter des jugements trop hâtifs, basés sur une simple apparence. L'être humain est bien plus complexe qu'il n'y paraît.
- L'humilité est une qualité essentielle du bon vendeur.
- Il faut prendre en compte l'âge, le sexe ainsi que le style de vie de chaque client.

Le client « je sais tout »

C'est un classique comportemental de celui qui, pour exister, a besoin de paraître en montrant qu'il en sait plus que les autres. Il se fera un plaisir de vous dire que vous avez tort ou que vous avez dit une ânerie.

Le client idéal

Sympathique, poli, il peut manier l'humour de diverses façons et apprécie que l'on recherche ses besoins concrets pour mieux le servir. Il a les moyens financiers et ne se soucie que du meilleur choix.

Le client qui est toujours d'accord

Il dit très souvent « d'accord », « oui, je comprends », « oui » et ne pose pas de questions.

Le client hâbleur

Il crâne, se vante, parle fort sur un air de supériorité entendue. Il se présente volontiers comme le client qui ne compte pas, qui a un relationnel impressionnant. Le problème avec lui, c'est qu'on ne sait pas ce qui est vrai et ce qui est faux.

Le client poseur de questions

Il veut prendre le temps de bien comprendre, d'où bon nombre de questions souvent pertinentes mais parfois accessoires.

Le client agressif

Il ne peut s'empêcher d'être pugnace, impoli, parlant d'un ton brusque, n'hésitant pas à évoquer les défauts de votre profession ou formulant des demandes impossibles. Et s'il peut y avoir conflit, il sera partant, notamment en employant sa phrase favorite : « Je veux voir le patron ! ».

Le client « qui regarde »

C'est souvent un client qui, dès que vous le sollicitez, se sent pris au piège et se met en position de défense en vous disant : « Non merci, je vais réfléchir ».

ACTIVITÉ 1 À l'aide du document 1 « Les différents types de clients » :

1 **Relier les types de clients aux attitudes idéales de l'esthéticienne.**

Types de clients		Attitudes idéales de l'esthéticien.ne
Le client « je sais tout » ●		● Répondez à sa bonne humeur par un brin d'humour. Soyez avant tout le professionnel qu'il recherche. Posez-lui les questions nécessaires, allez à l'essentiel et évitez le verbiage et les artifices inutiles.
Le client idéal ●		● Dites-lui votre admiration pour son savoir. Évitez la confrontation, même s'il dit des bêtises, car cela vous serait fatal. Faites-le parler sur sa vision d'un produit ou d'un service. Vous compléterez au fur et à mesure sur le ton de la suggestion.
Le client qui est toujours d'accord ●		● Essayez de le faire parler en lui posant des questions ouvertes. Tentez une question saugrenue pour apprécier la réaction.
Le client hâbleur ●		● Soyez empathique et posez-lui des questions sur ce qu'il a évoqué d'exceptionnel comme ses relations : « Vous avez travaillé avec… ? ». Limitez la démonstration technique.
Le client poseur de questions ●		● Soyez d'accord sur tout en employant un ton calme (« Je comprends… » ; « Vous avez raison. » ; « Je sais »). Dites-lui que pour vous c'est pareil, et que pour cette raison vous serez son premier défenseur. Règle générale : quand on vous oppose du négatif, renvoyez du positif.
Le client agressif ●		● Allez à l'essentiel et utilisez les questions fermées pour obtenir les réponses que vous souhaitez. Acceptez tout d'abord de lui consacrer plus de temps que pour d'autres car son potentiel est peut-être plus important qu'il n'y paraît.
Le client qui regarde ●		● Oubliez la formule : « Je peux vous aider ? ». Abordez-le par une question sans aucun rapport avec votre produit ou service : « Il y a du monde en ville ? ». Montrez-lui que vous n'êtes pas seulement là pour vendre.

Je m'évalue

❶ Indiquer l'intérêt d'identifier les différents types de clients.

....

....

....

....

❷ Expliquer le proverbe : « L'habit ne fait pas le moine ».

....

....

....

....

❸ Trouver le bon terme pour chaque définition.

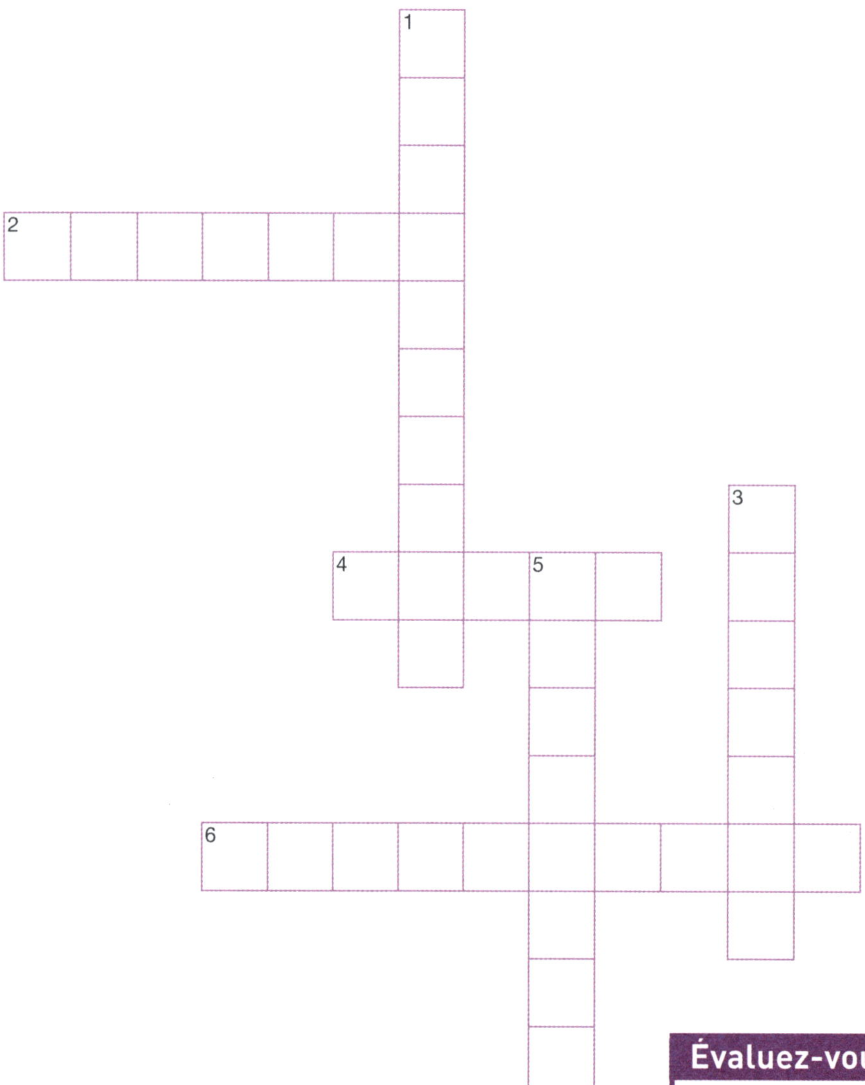

Horizontal

2 - Qui se vante, parle fort

4 - Très sympathique et apprécie vos conseils

6 - A besoin de paraître

Vertical

1 - Qui dit « je vais réfléchir »

3 - Pose beaucoup de questions

5 - Impoli, désagréable

Évaluez-vous !

Flashez le QR code ou retrouvez l'exercice de fin de chapitre 5 en version interactive sur

www.lienmini.fr/11061-Test5

6 Les étapes de la vente

- C31 : Accueillir et prendre en charge la clientèle
- C32 : Conseiller et vendre des produits cosmétiques et des prestations esthétiques

Situation professionnelle

Parmi les objectifs à atteindre durant votre période de formation en milieu professionnel de quatre semaines, vous devez acquérir les connaissances nécessaires liées à l'acte de vente. Avec l'aide d'Élisa et de Marion, vous découvrez dans un premier temps l'importance de l'accueil et la recherche des besoins du client.

© Adobe Stock

Être capable de

- indiquer les éléments pour créer un climat d'accueil favorable ;
- énoncer les différents types de questionnement et préciser leurs intérêts ;
- justifier l'intérêt de la reformulation.

Document 1

L'ACCUEIL, LA RECHERCHE DES BESOINS ET LA REFORMULATION

L'accueil

© Adobe Stock

Les différents critères pour établir un climat d'accueil favorable :

- **Expression orale :** un niveau de langage correct, de la politesse, de la courtoisie.
- **Gestuelle :** les bras et les mains ouverts, pas de gestes fermés, négatifs (ex. : bras croisés).
- **Attitude :** avenante, souriante, accueillante pour donner envie au client de rester dans le magasin et de demander conseil. Toujours formuler une phrase d'accueil, par exemple : « Bonjour, madame ! »
- **Hygiène de l'esthéticienne :** une tenue propre et repassée (blouse ou tenue sobre à l'image de l'institut/parfumerie), des ongles manucurés, les cheveux attachés, un maquillage léger, parfumée.
- **La vitrine, la façade** reflètent l'image du magasin.

La recherche des besoins du client

- **Prendre en compte la personnalité du client :** analyse psychologique, l'identifier par l'observation : âge apparent, style vestimentaire, statut social, comportement, aspect esthétique.
- **Rechercher les habitudes du client :** questionner, s'informer, l'interroger, l'observer (examen visuel et tactile : par exemple le toucher de la peau du client).
- **Les différents types de questionnement :**
  - **les questions ouvertes** permettent au client d'exprimer et d'expliquer ses attentes ; elles ouvrent un dialogue avec le client ;
  - **les questions fermées** permettent d'avoir une réponse précise (exemple : « oui » ou « non ») ;
  - **les questions alternatives** incitent le client à faire un choix entre plusieurs propositions.

La reformulation claire des informations recueillies

Elle permet de s'assurer que vous avez saisi correctement la demande du client et de préciser éventuellement ses attentes.

Mes infos +++

ACTIVITÉ 1 À l'aide du document 1 « Les premières étapes d'une vente » :

1 Indiquer les critères qui permettent de créer un climat d'accueil favorable.

....

....

....

....

....

....

2 Préciser l'intérêt d'effectuer la recherche des besoins du client lors d'une vente.

....

....

....

3 Indiquer si les questions suivantes sont ouvertes ou fermées, en cochant dans le tableau ci-dessous.

Questions	Ouvertes	Fermées
Qui s'occupe de vous habituellement ?		
Que pensez-vous de votre maquillage ?		
Que souhaitez-vous comme texture ?		
Est-ce que vous aimez cette fragrance ?		
Souhaitez-vous un rouge à lèvres rouge ?		
Qu'avez-vous pensé de la dose d'essai que je vous ai remise lors de votre dernière visite ?		

4 Citer l'étape indispensable pour vous assurer que vous allez répondre aux attentes du client.

....

5 Reformuler la situation de communication suivante :

« Je désire un rendez-vous pour une épilation jambes entières mardi à 18 heures avec Élisa. Est-ce possible ? »

....

....

Situation professionnelle

Étant en PFMP avec Hannah dans la parfumerie, actuellement en formation CAP, Élisa vous propose de travailler en binôme sur la présentation et l'argumentation d'un produit. Elle vous donne, pour cela, une crème de soin.

Être capable de

- **préciser les objectifs de la présentation et de la démonstration du produit ou de la prestation ;**
- **énumérer les éléments à prendre en compte pour l'argumentaire.**

Document 2

PRÉSENTATION ET ARGUMENTATION D'UN PRODUIT OU D'UNE PRESTATION DE SERVICES

La présentation du produit cosmétique et/ou de la prestation de services

Présenter le produit et/ou la prestation de services correspondant effectivement aux besoins du client (parler du conditionnement, de la contenance, de la texture, du côté design…). Indiquer le prix qui peut être un bon argument de vente, puis les présenter de manière attractive (le client doit le toucher ou le tester si c'est possible). Attention : Ne pas présenter trop de produits pour éviter la confusion (trois produits paraissent être un maximum).

L'argumentation

Mettre en valeur le produit ou le service. Se servir d'un vocabulaire professionnel, technique et donner les conseils d'utilisation. Argumenter en justifiant les actions et les effets physiologiques du produit et/ou de la prestation de services, afin de convaincre de l'intérêt du produit et/ou de la prestation de services.

ACTIVITÉ 2 À l'aide du document 2 :

1. À partir d'un produit cosmétique de votre choix, présenter et argumenter celui-ci.

COLLER ICI LA PHOTO DU PRODUIT	**PRÉSENTATION DU PRODUIT CHOISI** Nom du produit : …………… Marque du produit : …………… Conditionnement (flacon, pot, tube, etc.) : …………… Contenance : …………… Look du produit : …………… Texture : ……………

ARGUMENTATION

Principes actifs : ……………

……………

Actions : ……………

……………

Effets physiologiques obtenus : ……………

……………

Utilisation : ……………

……………

Situation professionnelle

Marion choisit de jouer le rôle d'une cliente difficile à convaincre. Elle vous demande de trouver, en tant que vendeuse, une solution à ses refus, grâce aux différents conseils qu'elle vous a transmis.

© Adobe Stock

Être capable de

- indiquer les différents types d'objections et les techniques de réponse aux objections.

Document 3

LA RÉPONSE AUX OBJECTIONS

Un client émet une objection lorsqu'il s'oppose aux propositions que lui fait l'esthéticienne. Il est nécessaire de détecter les objections afin de pouvoir y répondre.

© Adobe Stock

Il existe deux types d'objections :

- **Les objections sincères :** le client a une bonne raison de ne pas vouloir acheter un produit. Elles reposent sur des faits indiscutables.
- **Les objections prétextes :** le client refuse d'acheter le produit pour une raison qu'il ne veut pas communiquer. Il invente un prétexte pour ne pas acheter.

Les techniques pour répondre aux objections

Avant tout, il faut écouter et accepter les objections des clients.
Il faut les traiter de manière positive, sans quoi elles resteront un frein à l'achat.

- **Anticiper :** devancer et traiter une objection avant qu'elle ne soit exprimée.
- **Transformer l'objection en argument :** se servir de l'objection formulée par le client pour donner ou redonner un argument. Faire une démonstration.
- **Apporter un témoignage extérieur :** s'appuyer sur des témoignages positifs de clients, pour rassurer.
- **Utiliser le « oui mais... » :** pour éviter de dire non, donner raison au client, pour pouvoir lui démontrer plus facilement qu'il a tort et rétablir un climat positif.
- **Montrer au client que son objection a été prise en compte** et que l'on y répondra plus tard.
- **Reformuler de façon interrogative :** transformer l'objection en question pour mieux comprendre le client.

ACTIVITÉ 3 À l'aide du document 3 « La réponse aux objections » :

1 Répondre aux objections suivantes :

- **a.** « Je n'ai pas le temps d'appliquer tous ces produits ! »

  Réponse : ....

  ....

  ....

  ....

- **b.** « Il y a trop de choses, je ne saurais pas toutes les utiliser ! »

  Réponse : ....

  ....

  ....

- **c.** « Ce produit est trop cher ! »

  Réponse : ....

  ....

  ....

Situation professionnelle

Pour continuer à vous entraîner, Marion vous demande d'observer et d'écouter Élisa, qui va proposer à sa nouvelle cliente un produit complémentaire suite à un soin visage en cabine.

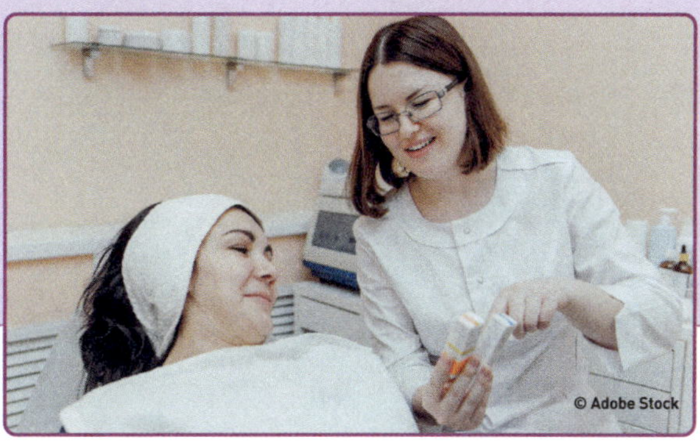

Être capable de

- **présenter l'intérêt d'une vente additionnelle ;**
- **différencier la vente additionnelle complémentaire et la vente additionnelle supplémentaire.**

Document 4

LA VENTE ADDITIONNELLE

La vente additionnelle consiste à vendre un produit ou une prestation complémentaire ou supplémentaire à celui initialement acheté ou voulu.

Ses avantages sont plus qu'évidents : plus de chiffre d'affaires et donc plus d'argent pour l'entreprise, et un meilleur retour sur l'investissement fait pour acquérir le client.

Il existe deux formes de vente additionnelle :

- **La vente complémentaire** correspond au cas où le produit vendu en plus est un accessoire ou un service lié au produit principal acheté.
- **La vente supplémentaire** consiste simplement à profiter de la présence du client pour lui proposer un autre produit qui n'est pas lié au premier.

ACTIVITÉ 4 À l'aide du document 4 « La vente additionnelle » :

1. Cocher la ou les bonnes réponses. Une vente additionnelle permet :
   - ☐ de répondre plus précisément aux besoins du client.
   - ☐ d'augmenter le chiffre d'affaires de l'institut.
   - ☐ de fidéliser un nouveau client.

2. Proposer une vente additionnelle complémentaire pour la vente principale du produit suivant : un gommage visage.

....

3. Proposer une vente additionnelle supplémentaire pour la vente principale du produit suivant : un rouge à lèvres.

....

Je m'évalue

Évaluez-vous !
Flashez le QR code ou retrouvez l'exercice de fin de chapitre 6 en version interactive sur
www.lienmini.fr/11061-Test6

❶ Citer les trois types de questions ainsi que leurs caractéristiques.

Types de questions	Caractéristiques
....	....
....	....
....	....

❷ Les objections sont-elles sincères ou prétextes ? Entourer la bonne réponse.

- **a.** « Même si c'est la mode, j'ai horreur du vernis à ongles ! »
  Objection sincère
  Objection prétexte
- **b.** « Je vais réfléchir pour l'achat de cette crème de soin… »
  Objection sincère
  Objection prétexte
- **c.** « Il faut que j'en parle à mon mari. Je ne sais pas s'il aimera cette couleur de rouge à lèvres. »
  Objection sincère
  Objection prétexte

❸ Expliquer la différence entre un produit additionnel complémentaire et un produit additionnel supplémentaire.

....

....

....

Je m'évalue

❹ Trouver les techniques utilisées pour répondre à des objections.

Phrases	Techniques utilisées
Les clientes qui ont acheté cette crème pour les mains en sont très satisfaites ; demandez à Mme David que vous connaissez.	…………
C'est vrai que ce rouge à lèvres est intense, ceci dit, l'association avec le vernis est d'une grande élégance.	…………
Oui, vous avez raison de parler du prix, mais je peux vous garantir que ce produit reste la solution la plus efficace.	…………

❺ Cocher la bonne réponse : vrai ou faux.

- **a.** L'attitude, les gestes sont des signes non verbaux.

☐ Vrai ☐ Faux

- **b.** Dès qu'un client demande des précisions sur un produit ou une prestation de services, c'est qu'il est intéressé.

☐ Vrai ☐ Faux

❻ Citer la règle à respecter concernant le nombre de produits à présenter. Expliquer pourquoi.

…………………………………………………………………………………………

…………………………………………………………………………………………

…………………………………………………………………………………………

…………………………………………………………………………………………

7 La conclusion de la vente

- C31 : Accueillir et prendre en charge la clientèle
- C32 : Conseiller et vendre des produits cosmétiques et des prestations esthétiques

7.1 L'encaissement - Les documents consécutifs à la vente

Situation professionnelle

À la suite de sa vente additionnelle, Élisa se dirige vers le comptoir pour encaisser sa cliente. Vous êtes attentive au déroulement des étapes.

Être capable de

- indiquer les techniques de conclusion de la vente ;
- s'assurer de l'adéquation du montant facturé et du montant encaissé ;
- différencier les modes de règlement ;
- préciser les rôles des documents consécutifs à la vente.

Document 1

LES ÉTAPES FINALES POUR CONCLURE L'ACTE DE VENTE

S'assurer que la cliente confirme l'achat du produit et/ou de la prestation (signaux d'achat).

Les techniques de conclusion de la vente

- Alternative : « Préférez-vous le petit ou le grand ? »
- Indirecte, crochet : « Vous avez trois produits pour le prix de deux ! »
- Regret ballon : « Il ne vous reste plus que trois jours pour profiter de l'offre promotionnelle ! »
- Bilan récapitulation : « Si j'ai bien compris, vous souhaitez un maquillage léger… »
- Bobine : « Après le test, le client est convaincu. »
- Peau de l'ours : « Avec ce produit, j'aurai une mine superbe ! »

ACTIVITÉ 1 À l'aide du document 1 « Les étapes finales pour conclure l'acte de vente » :

1 Cocher les bonnes réponses.

a. On peut considérer comme signal d'achat le fait que la cliente…

- ☐ semble ravie de votre démonstration de maquillage.
- ☐ écoute la conversation du client d'à côté.
- ☐ pose des questions sur la durée du soin.

b. Une prise de congé réussie permet :

- ☐ de mieux vendre un produit.
- ☐ de confirmer l'acte d'achat d'un produit.
- ☐ de donner envie au client de revenir.

Document 2

LES DIFFÉRENTES FORMES DE PAIEMENT

Les transactions financières avec des professionnels ou des particuliers sont le dénominateur commun de toutes les entreprises, qu'elles soient artisanales, commerciales ou industrielles.

De ce fait, plusieurs moyens de paiement sont mis à la disposition des entreprises qui ont, généralement, le choix de recourir au procédé qu'elles préfèrent, sauf obligation légale.

Les différentes formes de paiement mises à disposition des entreprises

- Espèces.
- Chèque.
- Carte bancaire, téléphone.
- Virement, prélèvement et télépaiement.

Les documents à remettre au client

L'esthéticienne est obligée de remettre une note à son client :
- dès que le montant de la prestation atteint 25 € (TVA incluse) ;
- ou si le client le lui demande (peu importe dans ce cas le montant de la prestation).

Source : www.petite-entreprise.net

© Adobe Stock

Document 3

CARACTÉRISTIQUES GÉNÉRALES DES DIFFÉRENTS MODES DE PAIEMENT

La carte bancaire

Une carte bancaire permet de payer ses achats chez un commerçant affilié. Elle peut permettre de réaliser des achats à distance (par Internet, par téléphone, par correspondance).

Quelles sont les étapes d'encaissement à l'aide d'un terminal de paiement électronique ?

- Artisan : saisir le montant de la prestation à régler sur le TPE à l'aide du clavier.
- Artisan ou client : introduire la carte dans la fente prévue à cet effet et suivre les instructions sur l'écran.
- Client : vérifier l'exactitude du montant à régler sur l'écran. Saisir son code à l'abri des regards.
- Artisan : remettre le premier justificatif au client, éventuellement à faire signer par le client.
- Artisan : conserver le double du justificatif en caisse.

Le chèque

Le paiement par chèque permet des transferts d'argent entre deux titulaires d'un compte bancaire, sans transport d'espèces ni déplacement dans un établissement bancaire et sans système électronique (caisse en libre-service, site Internet, etc.).

Quelles sont les étapes d'encaissement par chèque bancaire ?

- Annoncer au client le prix à régler.
- Proposer un stylo indélébile de couleur bleue ou noire au client.
- Laisser le temps nécessaire au client de rédiger son chèque.
- Vérifier que la somme en chiffres et que la somme en lettres sont identiques.
- Contrôler l'exactitude de la signature à l'aide d'une pièce d'identité.
- Reporter au dos du chèque le numéro et la nature de la pièce d'identité ainsi que la date et le lieu d'émission.

Les espèces

Le paiement en espèces est réglementé. Pour les professionnels, le montant d'un règlement en espèces est limité.

Quelles sont les étapes d'un encaissement en espèces ?

- Annoncer au client le prix à régler.
- Vérifier la somme versée par le client.
- Conserver la somme versée par le client à la vue afin d'éviter toute contestation.
- Procéder à la détection de faux billets. En cas de faux billets, exiger un autre moyen de paiement et informer le client.
- Rendre la monnaie en décomptant les pièces puis les billets.
- Faire valider le rendu de monnaie par le client.
- Mettre en caisse l'espèce versée par le client.

Le paiement sans contact par téléphone

On l'appelle M-Paiement ou paiement mobile.

Quelles sont les étapes d'un encaissement par téléphone ?

- Le client recherche sa carte bancaire sur son téléphone.
- Il pose le smartphone sur le terminal sans contact.
- Un bip sonore signale que la transaction est effectuée.

Source : www.service-public.fr

ACTIVITÉ 2 À l'aide des documents 2 et 3 :

1 Observer les cartes ci-dessous et barrer les cartes qui ne sont pas des cartes de paiement.

© Adobe Stock

2 Retrouver les verbes d'action correspondants.

- .... au client le prix à régler.
- .... un stylo indélébile de couleur bleue ou noire au client.
- .... le temps nécessaire au client de rédiger son chèque.
- .... que la somme en chiffres et que la somme en lettres sont identiques.
- .... l'exactitude de la signature à l'aide d'une pièce d'identité.
- .... au dos du chèque le numéro et la nature de la pièce d'identité ainsi que la date et le lieu d'émission.

3 Observer ce chèque complété par Mme Charrière et relever les erreurs.

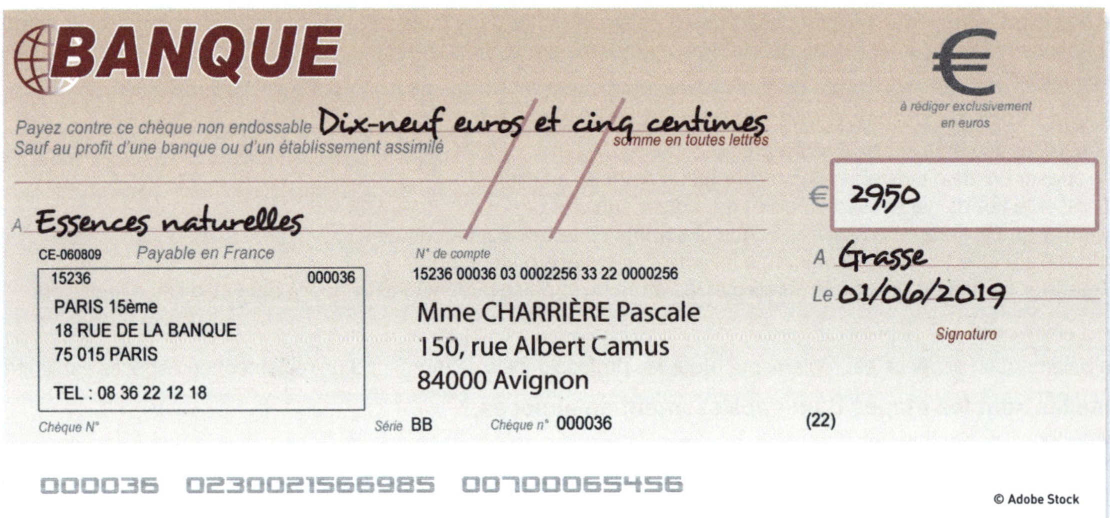

- Erreurs constatées :

....

....

....

....

4 Compléter le tableau ci-dessous.

Problèmes rencontrés lors de l'encaissement de Mme Montaigne

Description des étapes d'encaissement
Élisa demande la somme de 56 €. Mme Montaigne remet 60 € à Élisa, qu'elle range dans le tiroir-caisse. Élisa lui rend 4 €. Mme Montaigne dit à Élisa qu'elle s'est trompée car elle lui a donné un billet de 50 € et un billet de 20 €.
Analyse des étapes d'encaissement
a. Indiquer sur quoi porte la contestation de Mme Montaigne. ....
b. Préciser l'erreur d'Élisa. ....
c. Mentionner ce qu'Élisa aurait dû faire. ....

7.2 La prise de congé

Situation professionnelle

À la suite de ses ventes, Élisa met un point d'honneur à respecter certaines règles dans le but de donner envie à ses clientes de revenir.

Être capable de

- **énumérer les éléments permettant une prise de congé efficace.**

Document 1

LA PRISE DE CONGÉ

C'est la dernière impression laissée au client par l'esthéticienne. Elle doit servir à le rassurer et à l'inciter à revenir…

1 – Le rassurer sur son achat ou sa prestation.

2 – L'accompagner vers la caisse, proposer une carte de fidélité, encaisser avec tact et diplomatie, contrôler le règlement (chèque, carte de crédit, espèces), offrir des doses d'essai et, enfin, convenir d'un éventuel prochain rendez-vous.

3 – Le raccompagner (proposer de le parfumer), le remercier, le saluer très poliment.

ACTIVITÉ 1 À l'aide du document 1 « La prise de congé » :

1 Citer les trois étapes d'une prise de congé réussie.

……………………………………………………………………………………………………

……………………………………………………………………………………………………

……………………………………………………………………………………………………

……………………………………………………………………………………………………

……………………………………………………………………………………………………

……………………………………………………………………………………………………

2 Rédiger, sous forme de dialogue, la prise de congé d'une de vos futures clientes.

……………………………………………………………………………………………………

……………………………………………………………………………………………………

……………………………………………………………………………………………………

……………………………………………………………………………………………………

……………………………………………………………………………………………………

……………………………………………………………………………………………………

……………………………………………………………………………………………………

……………………………………………………………………………………………………

……………………………………………………………………………………………………

……………………………………………………………………………………………………

……………………………………………………………………………………………………

……………………………………………………………………………………………………

Je m'évalue

Évaluez-vous !

Flashez le QR code ou retrouvez l'exercice de fin de chapitre 7 en version interactive sur

www.lienmini.fr/11061-Test7

❶ Cocher la bonne réponse : vrai ou faux.

Les techniques de conclusion sont destinées à laisser le client réfléchir.

Vrai ☐ Faux ☐

❷ Indiquer l'intérêt d'une prise de congé réussie.

....

❸ Citer trois techniques de conclusion de vente.

....

....

❹ Citer les principaux modes de paiement.

....

....

❺ Indiquer le montant à partir duquel la professionnelle doit remettre une note au client pour toute prestation.

....

❻ Citer les 7 étapes d'un encaissement en espèces.

....

....

....

....

....

....

....

....

....

❼ À partir de votre expérience en PFMP et de vos connaissances, indiquer toutes les étapes d'un acte de vente.

....

....

....

....

....

....

....

....

....

....

....

La tenue de caisse

- C31 : Accueillir et prendre en charge la clientèle
- C32 : Conseiller et vendre des produits cosmétiques et des prestations esthétiques

Situation professionnelle

Julie s'apprête à déposer la recette de la journée à la banque. Elle vous informe des différentes opérations bancaires qu'il est possible d'effectuer.

© Adobe Stock

Être capable de

- indiquer les opérations à effectuer.

Document 1

LE COMPTE BANCAIRE

Le compte bancaire professionnel est obligatoire pour les artisans et les commerçants, il participe à la bonne gestion des finances de l'entreprise. Il permet de :

- différencier les flux privés et professionnels ;
- simplifier la gestion de la trésorerie de l'entreprise.

Un compte professionnel est un compte bancaire qui dispose de services appropriés : chéquier, carte bancaire, ouverture de crédit, carnet de remise de chèque…

Document 2

L'ENCAISSEMENT

Les versements en espèces ou par chèque permettent de créditer quotidiennement le compte bancaire professionnel.

Les versements d'espèces

La professionnelle effectue un dépôt d'espèce dans la banque où se trouve son compte bancaire et remplit obligatoirement un bordereau de versement d'espèces.

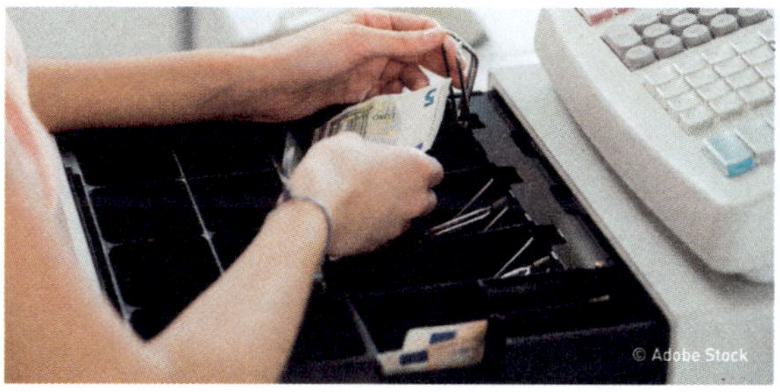
© Adobe Stock

Il indique :

- le détail de la somme versée, en billets et en pièces ;
- le nom de la professionnelle ;
- le numéro du compte de la professionnelle ;
- la date ;
- la signature de la professionnelle.

Les espèces sont déposées dans un automate. Le bordereau est délivré en double exemplaire, l'original pour la banque et le double pour le dépositaire.

Les versements par chèque

La professionnelle complète un bordereau de remise de chèque pré-rempli (son nom et prénom, son numéro de compte, le nom de son agence bancaire).

Elle doit y indiquer :

- le nombre de chèques ;
- le montant total de la remise de chèque ;
- la date du dépôt.

Les chèques doivent être signés au verso par la professionnelle.

Aussi, pour sa comptabilité, elle doit compléter et conserver dans un carnet certaines informations pour avoir une trace comptable et dans le cas où la banque rejette un chèque (chèque mal rempli, compte sans provision…) ce qui lui permettra de retrouver et de joindre facilement son client en cas de litige.

Le carnet contient :

- le nom, l'adresse et la banque des clients ;
- le montant des chèques.

Document 3

LE DÉCAISSEMENT

Le décaissement débite le compte bancaire professionnel.

© Adobe Stock

Les virements

La professionnelle peut mettre en place des virements dans le cas où la somme est identique tous les mois de l'année, par exemple :

- payer son loyer ;
- virement de son salaire et de celui de ses salariés.

Les prélèvements

La professionnelle utilise les prélèvements pour honorer l'ensemble de ses charges liées à son activité professionnelle : eau, électricité, assurances, URSSAF, comptable, remboursements de crédits…

Les paiements par chèque ou par carte bancaire

La professionnelle peut utiliser le chèque ou sa carte bancaire, comme moyen de paiement, pour payer par exemple :

- ses fournisseurs ;
- des règlements liés à son activité professionnelle (essence, repas, décorations…).

Mes infos +++

....

....

ACTIVITÉ 1 À l'aide des documents 1, 2 et 3 :

1. Indiquer la définition de l'encaissement.

....

....

2. Citer les deux types de versements.

....

....

3. Indiquer la définition de décaissement.

....

4. Indiquer le nom du document qui sert au dépôt de chèque.

....

5. Indiquer le rôle du chèque et de la carte bancaire pour la professionnelle.

....

....

....

6. La professionnelle doit payer ses charges. Citer des exemples de charges.

....

....

....

Je m'évalue

Évaluez-vous !

Flashez le QR code ou retrouvez l'exercice de fin de chapitre 8 en version interactive sur

www.lienmini.fr/11061-Test8

1 Répondre à l'affirmation suivante.

Le compte professionnel est le même que le compte personnel.

Vrai ☐ Faux ☐

Justifier :

2 Indiquer le nom du document qui sert au dépôt d'espèce.

3 Indiquer les informations figurant sur le bordereau de versement d'espèces.

4 Indiquer les informations figurant sur le bordereau de remise de chèque.

5 Citer les moyens de décaissements.

6 Indiquer les cas où la professionnelle a recours au décaissement.

9 La fidélisation de la clientèle

- C31 : Accueillir et prendre en charge la clientèle
- C32 : Conseiller et vendre des produits cosmétiques et des prestations esthétiques

Situation professionnelle

À la suite de l'encaissement, Élisa présente la carte de fidélité à sa nouvelle cliente. Vous en profitez pour l'écouter et observer la mise en place d'un programme de fidélisation.

Être capable de

- définir l'intérêt de la fidélisation de la clientèle ;
- lister les différents outils de fidélisation et préciser leurs intérêts.

Document 1

LA FIDÉLISATION DE LA CLIENTÈLE

Les programmes de fidélité s'inscrivent dans une démarche de relation client et de fidélisation. Ils sont devenus un outil clé dans un contexte de concurrence accrue et de volatilité des consommateurs.

Lorsque les clients ont une multitude de choix, leur fidélisation devient un enjeu majeur pour votre entreprise. Maintenir une clientèle fidèle est essentiel pour améliorer l'image de marque et la notoriété de votre entreprise, tout en augmentant les ventes et les profits.

Cependant, avec l'autonomie croissante des consommateurs dans leur processus d'achat, cela est de plus en plus difficile. Ils ont désormais la possibilité de comparer les prix et les offres en ligne, ce qui augmente leur volatilité.

Le programme de fidélité

De plus en plus d'organisations établissent des programmes de fidélité. Plus les consommateurs achètent un article ou bénéficient d'une prestation, plus ils reçoivent des récompenses. Vous pouvez être plus original en invitant vos clients les plus fidèles à des soirées privées ou à tester un produit en avant-première.

Organiser des offres spéciales et des récompenses est une stratégie efficace pour encourager les clients à revenir régulièrement. Les récompenses peuvent être sous la forme de points ou de cadeaux exclusifs. Nous sommes généralement plus enclins à dépenser lorsqu'il y a une incitation supplémentaire et que l'on se sent valorisé. Pour que ces offres et récompenses soient efficaces, il est important de les personnaliser pour chaque personne et de les adapter à leurs préférences et à leur comportement d'achat.

La fidélisation du client *via* des programmes de fidélité est une initiative gagnant-gagnant. Pour le client, c'est l'opportunité d'accéder à des réductions ou des offres spéciales. Pour vous, c'est l'occasion de le voir revenir plusieurs fois.

Les outils de fidélisation de la clientèle

Il existe divers outils de fidélisation :

- la carte de fidélité est destinée à inciter le client à revenir afin de bénéficier d'avantages (remises, cadeaux...). Celle-ci peut être sous forme papier ou informatisée ;
- le mailing (envoi de mail) permet de prévenir les clients fidèles (à partir du fichier clients) d'une offre promotionnelle, par exemple, dans le but de les attirer à la parfumerie ;
- le publipostage (envoi de courrier) poursuit le même but que le mailing ;
- la « date anniversaire » permet d'offrir un cadeau lors de l'anniversaire de la cliente, par l'envoi d'un courrier nominatif ;
- l'enquête de satisfaction : ces informations vous permettront de mieux comprendre les attentes de vos clients et de personnaliser votre communication et vos offres en conséquence.

Source : Jérôme Collomb, www.myfeedback.com

Mes infos +++

ACTIVITÉ 1 À l'aide du document 1 « La fidélisation » :

1. Indiquer l'objectif principal d'une fidélisation.

2. Citer trois avantages à mettre en place un programme de fidélité au sein d'une entreprise.

3. Durant vos PFMP, citer les différents moyens de fidélisation que vous avez pu recenser.

4. D'après vous, quel est l'intérêt d'avoir les cartes de fidélités informatisées.

5. Nommer à partir des illustrations ci-dessous chaque outil de fidélisation.

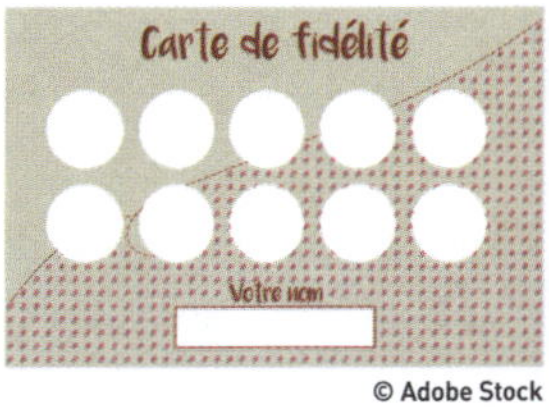

© Adobe Stock

© Adobe Stock

© Adobe Stock

© Adobe Stock

Je m'évalue

Évaluez-vous !

Flashez le QR code ou retrouvez l'exercice de fin de chapitre 9 en version interactive sur

www.lienmini.fr/11061-Test9

❶ En tant que responsable d'un institut de beauté, vous devez réfléchir à la création d'une carte de fidélité. Celle-ci devra être attractive et comporter les informations essentielles.

Recto

Verso

❷ Indiquer les intérêts de mettre en place un programme de fidélisation dans un institut de beauté.

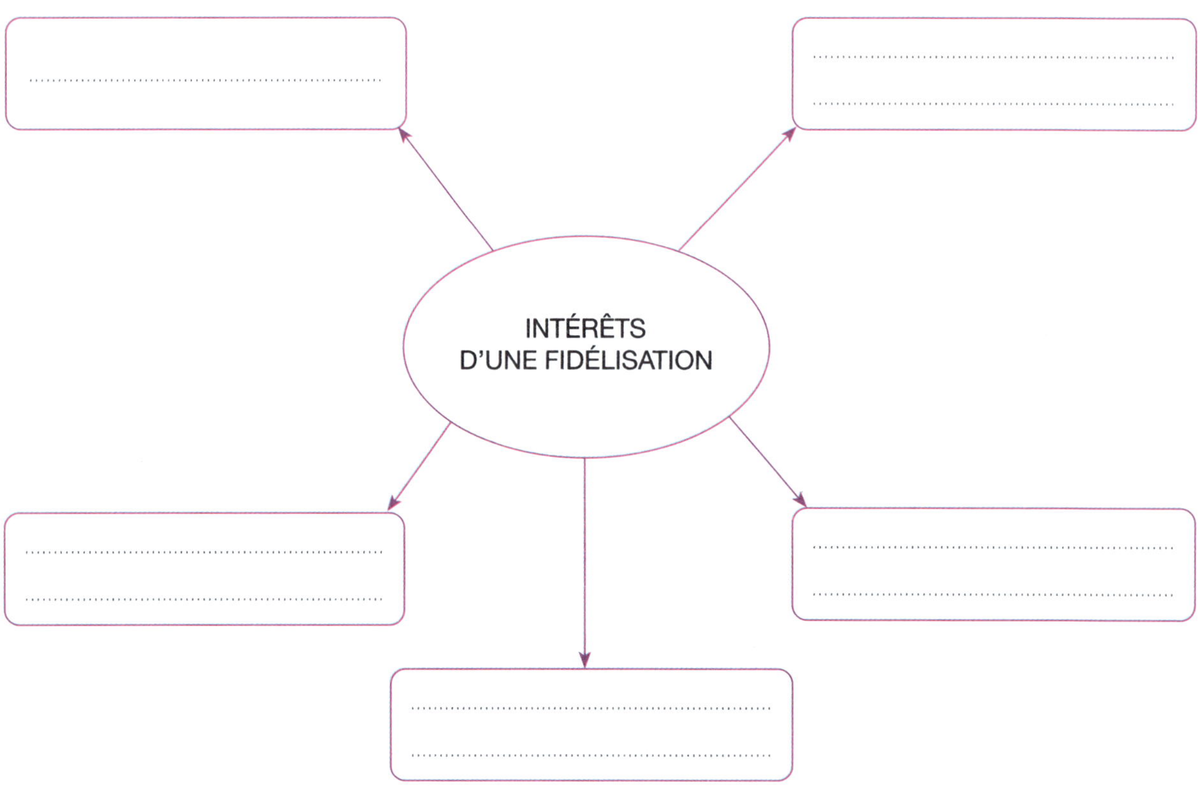

Je m'évalue

❸ Entourer dans la grille ci-dessous les mots donnés dans la liste. Ils peuvent se trouver horizontalement, verticalement ou en diagonale, de gauche à droite et de droite à gauche.

La fidélisation

Q	P	P	E	J	I	M	P	S	S	C	F	E	K	C
K	S	R	U	G	A	P	E	H	V	H	I	M	U	C
I	F	W	J	I	A	G	C	F	E	Z	D	M	E	P
S	L	E	L	N	A	T	N	B	E	N	E	A	U	B
Z	Z	I	T	T	V	C	S	L	A	S	L	R	Q	O
U	N	D	N	R	J	Q	U	O	T	C	I	G	Z	K
G	I	A	C	J	A	O	Y	A	P	K	T	O	B	S
B	V	P	A	O	K	C	I	V	I	I	E	R	U	T
A	S	L	I	T	U	O	I	V	M	J	L	P	R	K
F	C	A	C	E	K	R	S	O	R	N	V	B	V	Y
R	O	E	K	T	D	L	R	A	A	M	J	U	U	H
Y	I	Y	E	M	H	T	V	I	P	C	D	N	D	P
T	G	X	Z	J	I	A	U	X	E	I	I	D	C	M
N	O	M	I	N	A	T	I	F	Z	R	Z	I	O	N
G	G	V	B	C	T	M	P	A	N	T	N	N	N	R

AVANTAGES	CARTE	COURRIER
FIDELITE	MAILING	NOMINATIF
OUTILS	PROGRAMME	PUBLIPOSTAGE

10 Les outils d'aide à la vente

- C31 : Accueillir et prendre en charge la clientèle
- C32 : Conseiller et vendre des produits cosmétiques et des prestations esthétiques

Situation professionnelle

Isabelle, responsable de la parfumerie, constate que le chiffre d'affaires est en baisse cette période et décide de mettre en place différentes méthodes afin d'y remédier. Elle vous en fait part et vous explique chacune d'elle.

© Adobe Stock

Être capable de
- énoncer les principaux outils d'aide à la vente ;
- justifier l'intérêt d'un fichier clients ;
- énoncer la réglementation relative au fichier informatisé.

Document 1

LES OUTILS D'AIDE À LA VENTE

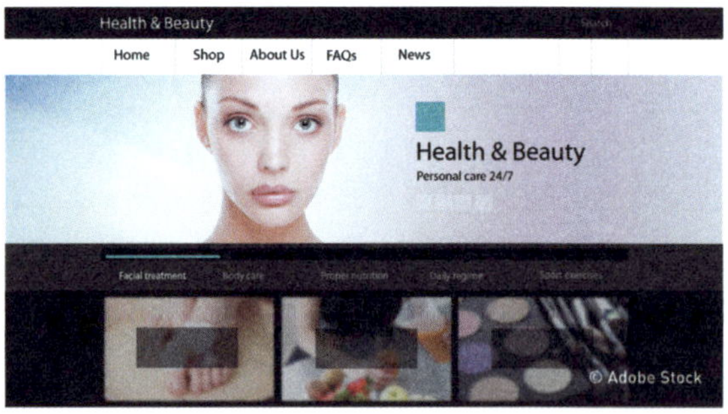

© Adobe Stock

Un site Internet

Il est désormais indispensable d'avoir non seulement un site Internet pour qu'une entreprise soit référencée, mais surtout de le mettre à jour régulièrement. Ce site est un outil de vente à part entière pour se faire connaître et augmenter le panier moyen par client.

La réservation en ligne

Environ 30 % des réservations de soins en ligne sont faites en dehors des heures d'ouverture du spa ou de l'institut. Les clients sont bien souvent débordés et cela peut se révéler être un frein supplémentaire à la vente, on ne leur propose qu'une réservation par téléphone.

Le logiciel de gestion de l'institut de beauté

Il existe des plateformes simples, intuitives et efficaces pour gérer les plannings de RDV et augmenter les ventes. Un logiciel est également un outil de gestion à part entière.

Le partage des avis des clients de l'institut de beauté

Internet permet de faire d'une pierre deux coups grâce aux partages d'avis des clients qui sont mis en avant : cela fidélise et permet d'acquérir de nouveaux clients.

Source : Tiphaine Modeste, www.expertisespabienetre.fr

Les réseaux sociaux

La vente *via* les réseaux sociaux, aussi appelée social selling, consiste à attirer les internautes sur votre compte Facebook, Instagram, TikTok, Pinterest, Snapchat… et à les convaincre d'acheter vos produits ou services. Ce canal de vente est très efficace. 64 % des utilisateurs des réseaux sociaux y ont effectué un achat en 2021, et ce chiffre devrait doubler d'ici 2025 selon Accenture.

Source : francenum.gouv.fr, 2023

ACTIVITÉ 1 À l'aide du document 1 « Les outils d'aide à la vente » :

1. Lister les principaux outils d'aide à la vente.

....

....

....

....

2. Indiquer l'outil permettant de mettre en avant des nouveautés, promotions…

....

Document 2

LE FICHIER CLIENTS

© Adobe Stock

Bien connaître sa clientèle est une des clefs du succès pour augmenter le chiffre d'affaires de l'entreprise, car cela permet de :

- proposer le bon produit ;
- au bon client ;
- au bon moment.

La règle des 20/80 se vérifie souvent quand on analyse la clientèle d'une entreprise : 20 % des clients représentent 80 % du volume d'affaires. Avoir un fichier clients et connaître ses caractéristiques est donc un atout décisif pour améliorer le chiffre d'affaires et donc la profitabilité de l'entreprise.

Ce fichier doit permettre de sélectionner les clients afin :

- d'accroître le volume du chiffre d'affaires ;
- d'augmenter le nombre de nouveaux clients grâce au bouche-à-oreille des clients satisfaits ;
- de fidéliser les clients avec des nouveaux produits, des offres spéciales ;
- de communiquer au bon moment (dates anniversaire…).

Source : Jacques-Yves Toulemonde, Réseau de veille en tourisme, Chaire de tourisme Transat.
http://veilletourisme.ca/2007/12/06/creer-son-fichier-clients-pour-quoi-faire/

Mes infos +++

....

....

....

....

....

ACTIVITÉ 2 À l'aide du document 2 « Le fichier client » :

1. Selon vous et d'après votre expérience en PFMP, citer les informations répertoriées sur un fichier client.

....

....

....

....

....

2. Expliquer l'intérêt d'avoir un fichier client pour une entreprise.

....

....

....

....

....

Document 3

LE RÈGLEMENT GÉNÉRAL SUR LA PROTECTION DES DONNÉES

Le Règlement général de protection des données (RGPD) est un texte européen entré en vigueur le 25 mai 2018. Il a été conçu pour renforcer les droits des personnes et responsabiliser les acteurs traitant des données.

Qu'est-ce qui relève des données personnelles ? Une donnée personnelle est décrite par la Commission nationale de l'informatique et des libertés (CNIL) comme « toute information se rapportant à une personne physique identifiée ou identifiable ».

Lorsqu'une opération ou un ensemble d'opérations portant sur des données personnelles sont effectuées, on considère qu'il s'agit de traitement de données. La CNIL délivre 6 bons réflexes pour appliquer le RGPD et prendre les mesures nécessaires pour garantir une utilisation des données personnelles collectées transparente et respectueuse de la vie privée des personnes concernées :

- ne collectez que les données vraiment nécessaires ;
- soyez transparent ;
- respectez le droit des personnes en matière de consultation, de rectification ou de suppression des données ;
- gardez la maîtrise des informations que vous collectez ;
- identifiez les risques liées à votre traitement de données ;
- déployez des dispositifs de sécurisation des données collectées (physiques et numériques).

L'expression du consentement est définie : les utilisateurs doivent être informés de l'usage de leurs données et doivent en principe donner leur accord pour le traitement de leurs données, ou pouvoir s'y opposer.

Le droit à la portabilité des données : ce nouveau droit permet à une personne de récupérer les données qu'elle a fournies sous une forme aisément réutilisable, et, le cas échéant, de les transférer ensuite à un tiers. Il s'agit ici de redonner aux personnes la maîtrise de leurs données.

Un droit à réparation des dommages matériel ou moral : toute personne ayant subi un dommage matériel ou moral du fait d'une violation du présent règlement a le droit d'obtenir réparation du préjudice subi.

ACTIVITÉ 3 À l'aide du document 3 « Le Règlement général sur la protection des données » :

1. Indiquez le texte qui réglemente la protection des données.

....

2. Indiquez l'organisme chargé en France de la protection des données.

....

....

3. Répondre « Vrai ou Faux » aux affirmations suivantes.

- **a.** Le consentement est toujours nécessaire.

  Vrai ☐ Faux ☐

  Justifier : ....

- **b.** Il est possible de renseigner toutes sortes d'informations.

  Vrai ☐ Faux ☐

  Justifier : ....

- **c.** Les fichiers clients doivent être sécurisés.

  Vrai ☐ Faux ☐

  Justifier : ....

  ....

- **d.** Les données collectées peuvent être récupérées par toute personne intéressée.

  Vrai ☐ Faux ☐

  Justifier : ....

  ....

Je m'évalue

Évaluez-vous !

Flashez le QR code ou retrouvez l'exercice de fin de chapitre 10 en version interactive sur

www.lienmini.fr/11061-Test10

1 En tant que future responsable d'un institut de beauté, la directrice de l'institut de beauté vous confie la rédaction d'une page du site Internet de cet institut en mettant en avant une nouvelle prestation : le soin visage collagène.
Rédiger les textes de cette page de présentation et prévoir des emplacements pour des images.

Je m'évalue

2 Entourer dans la grille ci-dessous les mots donnés dans la liste. Ils peuvent se trouver horizontalement, verticalement ou en diagonale, de gauche à droite et de droite à gauche.

Les outils d'aide à la vente

S	T	Q	E	O	N	I	Y	V	A	F	N	F	T	N
N	X	T	N	M	I	O	U	L	T	O	I	X	A	F
O	I	R	T	P	D	Y	I	U	I	D	I	F	T	V
I	J	I	R	Y	Y	W	K	T	E	E	I	A	V	H
T	O	I	E	W	K	P	A	L	S	C	D	V	P	A
A	C	H	P	N	W	V	I	D	H	E	C	R	P	G
M	Q	N	R	B	R	S	C	I	R	V	G	Z	F	D
R	I	D	I	E	E	Y	E	O	Q	V	J	E	J	F
O	R	B	S	R	N	R	J	O	R	E	F	B	M	G
F	W	E	E	N	C	V	W	H	A	K	K	B	P	K
N	R	O	K	L	T	E	N	R	E	T	N	I	G	K
I	N	O	I	T	A	T	N	E	M	E	L	G	E	R
X	R	E	W	H	C	U	P	J	L	C	C	A	H	K
P	N	C	O	M	M	U	N	I	Q	U	E	R	D	D
T	N	U	I	O	N	B	X	V	V	B	N	K	D	L

COMMUNIQUER
FIDELISER
INTERNET
ENTREPRISE
GESTION
REGLEMENTATION
FICHIER CLIENT
INFORMATIONS

11 La publicité des prix et des services

- C31 : Accueillir et prendre en charge la clientèle
- C32 : Conseiller et vendre des produits cosmétiques et des prestations esthétiques

Situation professionnelle

Votre professeur d'esthétique a abordé avant votre PFMP la réglementation concernant la publicité des prix et des tarifs des produits et des prestations de services. À cet effet, vous observez les différents affichages de la parfumerie ainsi que les documents relatifs à celle-ci.

Être capable de

- **présenter les règles de l'affichage obligatoire des prix et des tarifs ;**
- **préciser les conditions de délivrance d'une note et d'une facture et les éléments portés sur ces documents ;**
- **énoncer les missions des organismes de contrôle.**

Document 1

AFFICHAGE DES PRIX : QUELS SONT LES PRINCIPES GÉNÉRAUX À CONNAÎTRE ?

Si certaines règles spécifiques en matière d'affichage dépendent de la nature du bien ou service à vendre, des règles générales existent. La réglementation en vigueur stipule notamment que :

- l'information sur les prix est obligatoire, quelles que soient les modalités de vente : en boutique, sur Internet, à domicile etc. ;
- les prix se doivent d'être indiqués en euros et toutes taxes comprises (TTC), de manière visible et compréhensible ;
- le professionnel est tenu de vous informer, en amont de la vente, même sans demande explicite de votre part, du prix d'un bien ou service ;
- en cas de frais supplémentaires, ceux-ci doivent vous être indiqués ;
- l'affichage des prix doit être visible au lieu d'accueil de la clientèle mais aussi exposé à la vue du public (prestations).

Obligations du vendeur concernant les prix

Vente de produits	Vente de prestations de services
- Informer du prix du produit en l'affichant directement sur le produit en vente ou par le biais d'un panneau ou d'un écriteau placé à proximité de celui-ci. - Indiquer le prix global mais aussi au litre ou au kilo pour les produits alimentaires, d'hygiène ou d'entretien qui sont préemballés. - Afficher le prix global et à l'unité lors de la vente d'un lot de produits.	- Renseigner sur le tarif de ses prestations de manière visible au sein du lieu où il vous accueille. (Cette information peut se faire par le biais d'un catalogue réunissant l'ensemble des prestations et tarifs.)

Promotion et affichage des prix : il existe des règles spécifiques

Depuis le 28 mai 2022, une directive européenne a défini que lorsqu'un professionnel pratique une réduction sur le prix d'un produit, il doit afficher le prix le plus bas pratiqué au cours des 30 jours précédant cette offre.

Source : www.economie.gouv.fr

>>

Document 1 > suite

Les mentions obligatoires d'une note

La note est un document remis par un professionnel à un consommateur.

La remise de note est obligatoire pour toutes les prestations de services si le montant dépasse 25 € TTC. En dessous de 25 €, le consommateur peut demander une note, le professionnel ne peut pas la refuser.

La note doit comporter les mentions suivantes :
- la **date** de la rédaction de la note ;
- le **nom** et l'**adresse du prestataire** ;
- le nom du client, sauf opposition de celui-ci ;
- la **date** et le **lieu** d'exécution de la prestation ;
- le **décompte détaillé**, en quantité et prix, de chaque prestation et produit fourni ou vendu, soit dénomination, prix unitaire et désignation de l'unité à laquelle il s'applique, quantité fournie (sauf si un devis détaillé a été établi auparavant) ;
- la **somme totale à payer** hors taxes et toutes taxes comprises.

La note est remise au client, un double est conservé par le prestataire (au moins deux ans).

Source : www.loire.gouv.fr

ACTIVITÉ 1 À l'aide du document 1 « Les règles de l'affichage obligatoire des prix et des tarifs » :

1. Citer les obligations concernant l'affichage des prix.

L'affichage doit être :

....

....

....

2. Indiquer de quelle façon doit figurer le prix sur un produit cosmétique.

....

3. Énoncer les façons d'indiquer les prix en institut.

....

....

4. Indiquer les lieux d'affichage des prix des prestations de services.

....

....

Document 2

LES MENTIONS OBLIGATOIRES D'UNE FACTURE

© Adobe Stock

- La date de la facture
- Le numéro de la facture
- La date de la vente ou de la prestation de service
- L'identité du vendeur ou du prestataire de services (la dénomination sociale, l'adresse sociale, le numéro de Siren ou Siret, la forme juridique, le capital social, le numéro au répertoire des métiers et département d'immatriculation pour les artisans)
- L'identité de l'acheteur ou du client (nom, adresse du client, adresse de livraison – sauf opposition pour un particulier)
- La désignation et le décompte des produits et services rendus
- Le prix catalogue (hors TVA)
- Le taux de TVA de 20 %
- L'éventuelle réduction de prix
- La somme totale à payer hors taxes (HT) et toutes taxes comprises (TTC)
- L'adresse de facturation
- Les informations sur le paiement (espèces, chèque, carte bancaire)

>>

Document 2 > suite

La facture peut être émise par voie électronique sous réserve que l'acheteur formalise son acceptation. Dans tous les cas, le contenu d'une facture dématérialisée doit correspondre à celui d'une facture papier comportant strictement les mêmes mentions obligatoires. Le déploiement sera progressif entre 2024 et 2026.

Source : www.economie.gouv.fr

Mes infos +++

....

....

....

....

....

....

....

....

....

....

....

....

ACTIVITÉ 2 À l'aide du document 2 « La note et la facture » :

1. Citer la différence entre une note et une facture.

....

....

....

2. Compléter le tableau suivant.

	NOTE	FACTURE
Indications obligatoires	....	....

Document 3

MISSIONS DES ORGANISMES DE CONTRÔLE

La DDPP (Direction départementale de la protection des populations)

Créée le 1er juillet 2010 dans le cadre de la révision générale des politiques publiques (RGPP), la Direction Départementale de la Protection des Population (DDPP) fait partie des nouveaux services de l'État à compétence interministérielle.

Elle relève du Premier Ministre et est placée sous l'autorité du Préfet de Département.

Née de la fusion de la Direction Départementale des Service Vétérinaire (DDSV) et de l'Unité Départementale de la Concurrence, de la Consommation et de la Répression des Fraudes (UDCCRF), la DDPP vise à assurer la sécurité sanitaire et économique des citoyens.

Les domaines d'intervention de la DDPP

Administration de contrôle, la DDPP compte une centaine d'agents et a pour compétence de :

- Garantir la qualité et la sécurité sanitaire des aliments, ainsi que la sécurité des produits non alimentaires et des services.
- Assurer la santé et la protection des animaux.
- Veiller au bon fonctionnement des marchés, à la loyauté des transactions et au respect de la concurrence.
- Pourvoir à la protection de l'environnement.

L'administration fiscale

L'administration fiscale française est composée de la Direction générale des finances publiques (DGFIP) et de la Direction générale des douanes et des droits indirects (DGDDI), qui possèdent chacun des services centraux, des services à compétence nationale et des services territoriaux.

L'administration fiscale est une appellation générique désignant l'ensemble des organismes de l'État ayant pour rôle d'établir le montant des impôts directs et indirects, et de les percevoir.

L'administration fiscale est également chargée de contrôler les contribuables et les professionnels soupçonnés d'échapper au prélèvement de l'impôt, et de réaliser le recouvrement de ce dernier.

Source : www.capa-france.com

ACTIVITÉ 3 À l'aide du document 3 « Missions des organismes de contrôle » :

1. Énoncer la signification de « DDPP ».

....

2. Indiquer de quoi est constituée l'administration fiscale.

....

....

3. Citer les missions de la « DDPP ».

....

....

....

....

....

....

....

4. Indiquer le rôle de l'administration fiscale.

....

....

....

....

Je m'évalue

Évaluez-vous !
Flashez le QR code ou retrouvez l'exercice de fin de chapitre 11 en version interactive sur
www.lienmini.fr/11061-Test11

❶ Compléter le tableau suivant :

Vente de produits	Vente de prestations de services

❷ Déchiffrer le mot mystère !

Consigne : placer dans l'ordre les lettres dans les cases, puis recopier les lettres numérotées afin de déchiffrer l'expression finale.

La note

TADE
15 2

MON DASERES SIRNAO ACSIELO
19 20 21 18 3 11 12 14 13 5

TEILAD SED SEORTTIPSAN
1 7 9

PXRI
8

TONMANT TH TE CTT
4 17 6 10 16

1 2 3 4 5 6 7 8 9 10 11 12 13 14 15 16 17 18 19 20 21

PARTIE

2 Communication

© Adobe Stock

INSTITUT

Naturellement belle

10, place des Tulipes 14130 PONT L'ÉVÊQUE

OUVERTURE DU LUNDI AU SAMEDI DE 10 H À 19 H

www.institut.naturellement.belle.com

Tél. : 02 03 04 05 06

CONTEXTE PROFESSIONNEL

Organigramme du personnel

Madame ROSE
Responsable

- Élisa JULES – Esthéticienne
  - Célia – Stagiaire BAC PRO ECP
- Rebecca KISSANGA – Esthéticienne
  - Amel – Stagiaire CAP ECP

TECHNIQUES DE MARCHANDISAGE

Vitrine spacieuse, moyens de communication (PLV, médias...)

© Adobe Stock

© Adobe Stock

Institut de beauté de 70 m²

- 5 cabines.
- Vente de produits de soin visage et corps.

Typologie de la clientèle

- 65 % femmes (18-65 ans).
- 15 % hommes.
- 20 % adolescentes.

Catégories socio-professionnelles

- Chefs d'entreprise.
- Cadres supérieurs.
- Employés.
- Étudiantes.
- Retraités.

Fichier client informatisé
Planning de rendez-vous.

© Adobe Stock

12 L'image de l'espace vente

- C33 : Mettre en valeur et promouvoir des produits et des prestations

12.1 Les techniques de réalisation des vitrines

Situation professionnelle

Aujourd'hui, Amel s'apprête à changer la vitrine de la parfumerie. Elle vous propose de l'aider dans sa conception. Pour cela, elle vous explique les différentes façons de réaliser une vitrine.

© Adobe Stock

Être capable de - présenter les différents types d'étalage.

Document 1

LA VITRINE : LE MEILLEUR OUTIL DE COMMUNICATION

© Adobe Stock

La vitrine est un outil de communication comme les autres ! C'est elle qui va accrocher et inciter la clientèle à entrer dans votre magasin. Voici quelques techniques simples qui vous aideront à optimiser votre communication et ainsi développer vos ventes.

1. Pensez séduction et cohérence

Votre vitrine, c'est l'image de marque de votre magasin. Premier contact avec la clientèle, elle joue un rôle primordial dans le processus d'achat. Il faut donc la rendre attrayante et créer un univers cohérent entre l'image que vous souhaitez produire et vos articles.

2. Sélectionnez les produits à mettre en avant

Inutile de sortir l'intégralité du magasin ! En surchargeant la vitrine, vous l'étouffez et brouillez les messages, privilégiez donc les produits phares du moment, tout en indiquant leur prix. La vitrine ne doit pas bloquer la visibilité intérieure du magasin mais au contraire laisser apparaître sa profondeur. L'idéal est de disposer les produits à hauteur des yeux et pas tous sur le même plan, pour attirer leur regard.

3. Soignez les couleurs

La règle de base est de ne pas utiliser plus de trois couleurs dans une même vitrine : une mineure, une majeure et une intermédiaire, en respectant une proportion visuelle. Lesquelles privilégier ? Cela dépend de vos produits et du message que vous souhaitez faire passer.

4. Accordez une attention particulière à l'éclairage

L'éclairage participe également à la mise en valeur de vos produits et peut augmenter jusqu'à 20 % les ventes. Les produits doivent être éclairés de façon indirecte sans éblouir les clients.

5. Renouvelez votre vitrine tous les mois

Vous pouvez l'animer au rythme de l'actualité, des promotions, des saisons et des grands événements. En changeant régulièrement de décoration, vous reflétez une image de dynamisme et les passants, toujours surpris, ne se lasseront pas de passer devant votre boutique.

6. Mettez en scène une histoire

Vous déterminez un thème et un message à faire passer en fonction de la saison, de la spécialité de la maison… Votre vitrine doit devenir le vecteur qui permet aux clients de se projeter dans un univers.
Vous l'avez compris, votre vitrine doit donc séduire, surprendre pour susciter le désir et déclencher l'acte d'achat.

Source : https://blog.mediapost.fr

Mes infos +++

ACTIVITÉ 1 À l'aide du document 1 « La vitrine : le meilleur outil de communication » :

1 Cocher vrai ou faux.

	VRAI	FAUX
a. La vitrine est un atout de séduction, un véritable déclencheur d'achat.		
b. Le client se fait une idée de l'institut de beauté ou de la parfumerie en fonction de ce qu'il voit dans la vitrine.		
c. La vitrine doit être renouvelée une fois par an.		
d. Il vaut mieux composer des groupes de produits pour laisser respirer sa vitrine.		
e. Il est conseillé de ne jamais utiliser plus de trois couleurs, car c'est la couleur qui crée l'harmonie.		

2 Observer la vitrine ci-dessous et répondre aux questions suivantes.

- Relever les points forts de cette vitrine.

....

....

....

....

- Indiquer ce qui pourrait l'améliorer.

....

....

Document 2

LES DIFFÉRENTS TYPES D'ÉTALAGES

Qu'est-ce que l'étalage ?

L'étalage est la présentation de produits dans les vitrines intérieures ou extérieures d'un magasin.

© Adobe Stock

Quels sont les objectifs de l'étalage ?

- attirer l'**A**ttention
- éveiller l'**I**ntérêt
- déclencher le **D**ésir
- provoquer l'**A**chat

} **AIDA**

Quels sont les différents types d'étalage ?

- **L'étalage catalogue ou étalage de masse :** l'exposition d'un maximum de produits différents, ou si c'est possible, la présentation de tout l'assortiment. Il vise à impressionner le client en lui donnant un effet d'abondance, signe de bonnes affaires.
- **L'étalage de présélection :** l'exposition d'un échantillon de produits (un par gamme). Il permet de représenter la totalité de l'assortiment.
- **L'étalage de sélection :** l'exposition d'une petite partie de l'assortiment pour présenter les produits les plus caractéristiques.
- **L'étalage de choix ou de prestige :** l'exposition d'un produit d'une seule marque. Il a pour but de mettre en avant la notoriété et de créer une ambiance luxueuse.
- **L'étalage documentaire :** la présentation de produits avec d'autres produits complémentaires qui ne sont pas en vente dans la parfumerie. Il permet de créer une mise en scène en fonction d'une saison, d'une actualité, du calendrier, etc.

Mes infos +++

....

....

....

....

....

....

....

....

ACTIVITÉ 2 À l'aide du document 2 « Les différents types d'étalages » :

1 Définir ce qu'est l'étalage.

....

....

....

2 Indiquer l'étalage qui présente le moins de produits.

....

....

....

3 Compléter le tableau ci-dessous.

Quels étalages ?	Que présenter ?	Pour quoi faire ?
L'étalage catalogue ou étalage de masse	....	....
L'étalage de présélection	....	....
L'étalage de sélection	....	....
L'étalage de choix ou l'étalage de prestige	....	....
L'étalage documentaire	....	....

4 Retrouver le type d'étalage représenté ci-dessous.

....

....

....

....

....

Je m'évalue

❶ Relier les éléments correspondant entre eux.

La vitrine

Nom		Principales caractéristiques
Le thème ●		● C'est celui qui met en valeur le produit.
Les couleurs ●		● C'est trois maximum.
L'éclairage ●		● C'est celui qui colle à l'actualité du moment.
L'étiquetage ●		● C'est indispensable pour faire rêver et inciter le client à entrer.
Le décor, la mise en scène ●		● C'est suivre la législation sur les prix.
Une vitrine soignée ●		● C'est garantir un intérieur propre et confortable.

❷ Citer les différents types d'étalage.

....

....

....

....

....

❸ Indiquer ce qui caractérise les objectifs de l'étalage en complétant les quatre cases.

A........................	I........................	D........................	A........................

Je m’évalue

❹ Déchiffrer le mot mystère !

Consigne : placer dans l’ordre les lettres dans les cases, puis recopier les lettres numérotées afin de déchiffrer l’expression finale.

DE MAESS							
	13				23		

DE PRÉSÉNOLTIEC														
			1		3					22		18	12	

DE SÉCIOTLNE											
			4					7	10		

ED TEEGIPRS										
			16	2		15		21		

DERAMTIUCEON												
	19	11		20		5	6	9	8		17	14

1	2	3	4	5	6	7	8	9	10	11	12		13	14	15		16	17	18	19	20	21	22	23

12.2 Les techniques de marchandisage

Situation professionnelle

Amel vous fait part également du fait qu'un formateur va intervenir au sein de la parfumerie pour expliquer le marchandisage à l'ensemble de l'équipe. Vous profitez de cette opportunité pour comprendre l'importance des différentes techniques de présentation des produits.

© Adobe Stock

Être capable de
- énoncer les règles de marchandisage ;
- différencier les différentes techniques de présentation des produits.

Document 1

LE MARCHANDISAGE

Qu'est-ce que le marchandisage ?

C'est l'ensemble des techniques utilisées par le commerçant pour mettre en valeur les produits qu'il propose à la vente. La présentation marchande des produits dans une parfumerie ou un institut de beauté est essentielle pour inciter les clients à acheter.

Le terme « marchandisage » est la traduction française de *merchandising*.

Quelles sont les règles du marchandisage ?

Le marchandisage doit suivre la règle des 5 B :

- **Bon produit** → notion d'assortiments de produits.
- **Bon moment** → notion de saisonnalité, mais aussi d'opportunités (promotions, etc.).
- **Bonne place** → notion de linéaires, mais aussi d'organisation générale du point de vente.
- **Bonne quantité** → notion de stock suffisant pour éviter la rupture de stock.
- **Bon étiquetage (bon prix et bonne information)**
  → prix accepté par le marché (les consommateurs) et marge suffisante pour le commerçant ;
  → informations nécessaires au consommateur sur les produits ou leur emballage (dont les mentions obligatoires).

© Adobe Stock

ACTIVITÉ 1 À l'aide du document 1 « Le marchandisage » :

1. Définir le marchandisage.

....

....

....

....

2 Relier les éléments correspondant entre eux puis indiquer le but de chacun.

Les 5 B			Caractéristique	But
Bonne place	●	●	Notion de saisonnalité, mais aussi d'opportunités.	....
Bon produit	●	●	Notion de linéaires.	....
Bonne quantité	●	●	Notion d'informations pour les clients.	....
Bon moment	●	●	Notion d'assortiments de produits.	....
Bon étiquetage (bon prix et bonnes informations)	●	●	Notion de stock suffisant.	....

Document 2

LES DIFFÉRENTES TECHNIQUES DE PRÉSENTATION DES PRODUITS

La présentation des produits ne se fait pas au hasard : tout est étudié afin d'assurer un maximum de ventes.

L'implantation des produits par niveaux

Niveaux	Caractéristiques	Règles d'implantation
Niveau du chapeau (> 1,60 m)	- Niveau de vente variables	
Niveau des yeux (1,10 m à 1,60 m)	- Niveau très vendeur. - Les produits sont dans le champ visuel.	- Produits de marque de l'institut ou de la parfumerie.
Niveau des mains (0,60 m à 1,10 m)	- Niveau vendeur. - Le client doit baisser les yeux.	- Produits nouveaux ou peu connus du client. - Produits leaders (connus et recherchés par le client). - Produits de la marque phare.
Niveau des pieds	- Niveau peu vendeur. - Produits peu visibles et peu accessibles.	- Produits courants.

>>

Document 2 > suite

Les différentes présentations des produits

Présentation verticale	Pour mettre en valeur toutes les lignes car elles profitent toutes du meilleur niveau. Produits d'une même famille ou sous-famille présentés en hauteur, **par produit ou par marque**.
Présentation horizontale	Pour mettre en valeur une ligne spécifique de produits, qui sera la seule à bénéficier du meilleur niveau. Produits d'une même famille ou sous-famille présentés en longueur, **par produit ou par marque**.
Présentation pyramidale	Présentation esthétique qui a pour but de mettre en valeur une ligne de produits ou un seul produit en plusieurs exemplaires.

N'oubliez pas que « l'effet de masse » fait vendre, veillez à faire le réassort régulièrement afin que vos rayons soient toujours bien remplis !

Mes infos +++

....

....

ACTIVITÉ 2 À l'aide du document 2 « Les différentes techniques de présentation des produits » :

1. Compléter le tableau ci dessous.

Niveaux	Produits à implanter
....	....
....	....
....	....

2 Retrouver les types d'implantation des produits cosmétiques dans les rayons ci-dessous.

Quel est ce type d'implantation ou de présentation ?

Démaquillant	Démaquillant	Démaquillant
Sérum	Sérum	Sérum
Crème de soin	Crème de soin	Crème de soin

Je suis une implantation ....

Quel est ce type d'implantation ou de présentation ?

Démaquillant	Crème de soin	Sérum
Démaquillant	Crème de soin	Sérum
Démaquillant	Crème de soin	Sérum

Je suis une implantation ....

Quel est ce type d'implantation ou de présentation ?

PBI	PBI	PBI
Make Up For Ever	Make Up For Ever	Make Up For Ever
Beauty Design	Beauty Design	Beauty Design

Je suis une implantation ....

Quel est ce type d'implantation ou de présentation ?

PBI	Make Up For Ever	Beauty Design
PBI	Make Up For Ever	Beauty Design
PBI	Make Up For Ever	Beauty Design

Je suis une implantation ....

3 Faire des recherches, puis représenter, sous forme de schéma, une présentation de produits pyramidale sur trois niveaux.

4 Indiquer l'intérêt de préférer une présentation pyramidale plutôt que les deux autres.

....

....

....

5 Pour chacune de ces affirmations, cocher vrai ou faux.

	VRAI	FAUX
a. Les niveaux de présentation ont le même pouvoir vendeur.		
b. Le niveau des mains est le niveau le plus vendeur.		
c. Le plus haut niveau des rayons ne doit pas dépasser la tête.		
d. Les produits courants doivent être implantés au niveau des yeux.		
e. L'implantation verticale présente les produits sur plusieurs niveaux.		
f. L'implantation horizontale présente les produits sur un seul niveau.		
g. Le niveau des pieds est très vendeur.		

Je m'évalue

❶ Indiquer, ci-dessous, la règle des 5B du marchandisage.

Marchandisage

B……………………………………

B……………………………………

B……………………………………

B……………………………………

B……………………………………

❷ Nommer chaque type de présentation des produits.

Présentation ……………………	Présentation ……………………	Présentation ……………………

12.3 La publicité et l'information sur le lieu de vente

Situation professionnelle

Durant votre PFMP, Isabelle, responsable, reçoit des prospectus de promotion à placer dans son entreprise. Elle demande à Amel de s'occuper de les mettre en place dans la parfumerie et en profite pour vous présenter ces différents moyens de communication.

© Adobe Stock

Être capable de

- **énumérer les différents types de publicité et d'information sur les lieux de vente et hors lieux de vente ;**
- **énoncer la réglementation relative à la publicité et à la vente des produits et des prestations.**

Document 1

LES DIFFÉRENTS TYPES DE COMMUNICATION SUR LE LIEU DE VENTE

Qu'est-ce que la PLV (publicité sur le lieu de vente) ?

La PLV est l'ensemble des supports de communication publicitaire qui sont utilisés pour attirer l'attention du client sur le lieu de vente. C'est une technique de communication incontournable dans un espace de vente.

Quelles sont les caractéristiques de la PLV ?

Elle englobe plusieurs outils permettant l'affichage et la mise en valeur d'un produit ou d'une offre commerciale (réductions, doses d'essai, cadeaux, etc.).

Pour mettre en valeur les produits et services sur le lieu où ils sont présentés, la PLV doit être :

- **Attractive :** faire preuve d'originalité (concept nouveau, divertissant, etc.).
- **Participative :** impliquer le consommateur à réfléchir et/ou à agir afin qu'il s'approprie l'acte d'achat.
- **Incitative :** mettre en évidence les avantages du produit concerné par un slogan, une remise, un prix attractif, etc.

Quel est l'intérêt de la publicité sur le lieu de vente ?

- Mettre en valeur un produit ou une offre commerciale.
- Faire connaître un nouveau produit et ses bénéfices.
- Favoriser l'acte d'achat.
- Organiser l'espace de vente.
- Aider à mémoriser un message publicitaire.

© Adobe Stock

Qu'est-ce que l'ILV (information sur le lieu de vente) ?

L'ILV est un autre moyen de communication. C'est l'ensemble des éléments de signalétique présents sur le lieu de vente pour guider ou orienter le consommateur sur la localisation des rayons ou des produits. Elle peut aussi informer de façon généraliste sur les promotions. Quelle que soit la forme de distribution, un minimum d'information est nécessaire (horaires du magasin, informations sur les produits, leur conservation, leur entretien…).

>>

Document 1 > suite

Exemples de communication sur le lieu de vente	
PLV  © Adobe Stock	**Signalétique intérieure :** - les panneaux publicitaires : posters, kakémonos d'intérieur (panneaux visuels pouvant être suspendus), etc. ; - les chevalets ou porte-produits de comptoir de vente ou de vitrine ; - les écrans multimédias ; - les adhésifs publicitaires sur les vitrines (photos imprimées sur support transparent adhésif) ou sur le sol. **Signalétique extérieure :** - les panneaux publicitaires placés sur le trottoir : kakémonos d'extérieur sur pied, etc.
ILV  © pbi	**Les moyens classiques sont :** - l'enseigne du salon ; - les panneaux, les bandeaux… ; - les affiches, les affichettes (tarifs, promotions, etc.) ; - les catalogues, les guides… ; - les étiquettes, les glissières… **Les nouveaux moyens sont :** - la vidéotransmission (déroulement de soin, techniques de maquillage…) ; - les bornes interactives (on présente l'étiquette ou on sélectionne un produit, et toutes les informations s'affichent sur l'écran) ; - l'écran plasma ; - la dalle holographique (effet 3D).

ACTIVITÉ 1 À l'aide du document 1 « Les différents types de communication sur le lieu de vente » :

1 Compléter les schémas ci-dessous.

La PLV

→ **P**.................................... .... **L**...................... .... **V**....................

L'ILV

→ **I**.................................... .... **L**...................... .... **V**....................

2 Définir une PLV.

....

....

....

3 Citer deux intérêts de la PLV.

....

....

....

....

....

4 Pour chacune des phrases, cocher vrai ou faux.

	Vrai	Faux
La PLV est attractive si l'emballage du produit présenté est de la campagne publicitaire précédente.		
La PLV est représentée par des outils permettant l'affichage et la mise en valeur d'un produit.		
La PLV est une technique de communication où l'on peut proposer des réductions.		
La PLV est une technique de communication où l'on peut proposer des doses d'essai.		
La PLV est représentée par des outils permettant l'affichage et la mise en valeur d'une offre commerciale.		
La PLV est incitative si tous les avantages du produit sont mis en évidence.		
La PLV est participative par l'implication du consommateur à réfléchir et/ou à agir afin qu'il s'approprie l'acte d'achat.		

5 Indiquer la différence entre la PLV et l'ILV.

....

....

....

....

6 Entourer les bonnes propositions (plusieurs choix sont possibles) et indiquer le type de communication : PLV ou ILV.

	Supports de communication	Nom	Lieu d'implantation	PLV ou ILV
A		Panneaux publicitaires Chevalet ou porte-produits Écrans multimédias Adhésifs publicitaires Enseigne de l'institut	Comptoir de vente Comptoir de caisse Vitrine Mural Trottoir	....
B	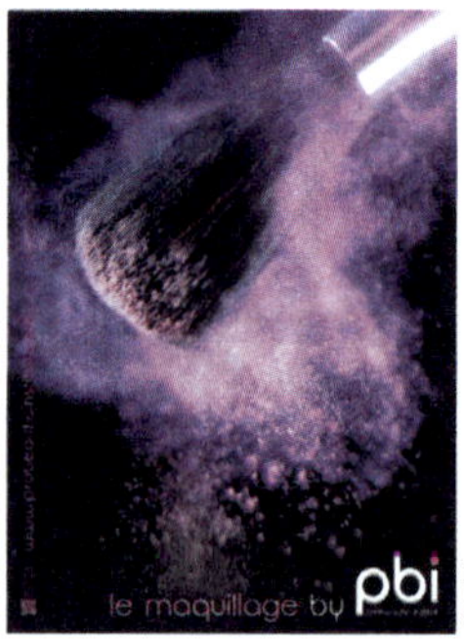	Panneaux publicitaires Chevalet ou portes-produits Écrans multimédias Adhésifs publicitaires Enseigne de l'institut	Comptoir de vente Comptoir de caisse Vitrine Mural Trottoir	....
C		Panneaux publicitaires Chevalet ou porte-produits Écrans multimédias Adhésifs publicitaires Enseigne de l'institut	Comptoir de vente Comptoir de caisse Vitrine Mural Trottoir	....
D		Affiches, affichettes (tarifs, etc.) Catalogues, guides Étiquettes, glissières Bornes interactives	Comptoir de vente Comptoir de caisse Vitrine Mural Trottoir	....
E		Affiches, affichettes (tarifs, promotions, etc.) Catalogues, guides Étiquettes, glissières Bornes interactives	Comptoir de vente Comptoir de caisse Vitrine Mural Trottoir	....

Document 2

LA LÉGISLATION ET LA RÉGLEMENTATION SUR LA PUBLICITÉ ET LA VENTE DES PRODUITS COSMÉTIQUES

Est considérée comme publicité toute communication ayant pour but direct ou indirect de promouvoir la vente de produits.

La publicité pour les produits cosmétiques et d'hygiène corporelle est soumise aux obligations qui découlent des articles 22 à 29 de la loi du 14 juillet 1991 sur les pratiques du commerce et sur l'information et la protection du consommateur modifiée par la loi du 25 mai 1999.

© Adobe Stock

Quelles sont les obligations liées à la publicité des produits cosmétiques ?

Les **affirmations, indications ou représentations portées sur le produit** ou son emballage doivent être confirmées. Ce sont :

- l'identité ;
- la quantité ;
- la composition ;
- le prix ;
- l'origine ;
- la date de fabrication et de péremption ;
- les conditions de vente des prestations qui font l'objet de la publicité ;
- les possibilités d'utilisation ;
- la disponibilité et l'existence des produits présentés.

© Adobe Stock

Document 2 > suite

Descriptif	Caractéristiques
Comparaison de produits	La publicité doit respecter les principes de la concurrence loyale : comparer des produits répondant aux mêmes besoins ou ayant le même objectif.
Offres promotionnelles	Le magasin doit avoir un stock suffisant de produits en fonction de l'ampleur de la publicité, pour permettre aux consommateurs de profiter de l'offre spéciale. La publicité doit indiquer de manière claire et non équivoque la date de la fin de l'offre ou « jusqu'à épuisement des produits ».
Prix	Toute publicité faisant état d'un prix ou d'une réduction de prix doit l'indiquer.
Résultats	La publicité ne doit pas utiliser indûment des résultats de recherches ou des citations tirées d'ouvrages techniques ou scientifiques de manière à exagérer la validité du produit.
Présentation	Le document publicitaire doit comporter la mention « publicité » de manière lisible, apparente et non équivoque. Le choix des signes, des termes ou des couleurs utilisés dans la publicité ne doit pas suggérer des vertus écologiques que le produit ne posséderait pas.
Par courrier électronique	La publicité doit être identifiable d'une manière claire et non équivoque dès sa réception par le destinataire.
Vocabulaire utilisé	L'emploi d'un vocabulaire pseudo-scientifique ou de termes dénués de signification est prohibé. Il importe de veiller à ce que les produits cosmétiques et d'hygiène n'indiquent pas de propriétés curatives ou préventives à l'égard de maladies au sens de la définition du médicament. Exemples : - Le terme « hypoallergénique » est le seul mot dérivé du terme « allergie » qui puisse être utilisé. - Le terme « anticellulite » peut être cité tant qu'il reste dans le domaine de l'embellissement de la peau, de son apparence, de son maintien en bon état. - Les termes « agit sur les signes ou les effets du vieillissement », « atténuation ou diminution des rides ou des ridules » sont envisageables.

Si le produit ne répond pas à ses exigences, c'est de **la publicité mensongère**.

Source : Code de la publicité pour les produits cosmétiques

ACTIVITÉ 2 À l'aide du document 2 « La législation et la réglementation sur la publicité et la vente des produits cosmétiques » :

1. Indiquer si les affirmations suivantes sont vraies ou fausses.

- **a.** Il est possible de réaliser la publicité d'un produit cosmétique que l'on souhaite sans restriction.

  ☐ Vrai ☐ Faux

- **b.** Toute revendication doit s'appuyer sur des preuves appropriées.

  ☐ Vrai ☐ Faux

- **c.** Pour un produit de soins, il est possible d'employer les termes « traitement de la cellulite ».

  ☐ Vrai ☐ Faux

- **d.** Il est possible de parler de résultats probants sans preuve à l'appui.

  ☐ Vrai ☐ Faux

- **e.** On peut dire d'un produit cosmétique qu'il est « hypoallergénique ».

  ☐ Vrai ☐ Faux

- **f.** La publicité peut être mensongère.

  ☐ Vrai ☐ Faux

- **g.** La réglementation de la publicité ne protège pas les consommateurs.

  ☐ Vrai ☐ Faux

2. Relier les éléments correspondant entre eux.

Le vendeur	•	•	doit être adapté et ne comporter aucune indication sur des propriétés curatives ou préventives à l'égard de maladies.
Le vocabulaire utilisé	•	•	doit respecter les principes de la concurrence loyale, c'est-à-dire qu'elle doit comparer des produits répondant aux mêmes besoins ou ayant le même objectif.
Un produit cosmétique	•	•	doit disposer d'un stock suffisant de produits pour permettre aux consommateurs de profiter de l'offre spéciale mise en place.
La comparaison de deux produits cosmétiques	•	•	doit être nettement distinguée par sa présentation et comporter la mention « publicité » de manière lisible, apparente et non équivoque.
La publicité d'un produit	•	•	doit subir des tests ou contrôles afin de s'assurer, entre autre, de son efficacité.

3. Indiquer la date de la loi réglementant la publicité et la vente des produits et des prestations de services.

....

Document 3

LES TRACTS PUBLICITAIRES

© Adobe Stock

Les tracts publicitaires sont aussi appelés ***flyers*** ou **prospectus**. Ce sont des **imprimés** qui sont distribués aux clients ou sur la voie publique. On peut les utiliser dans **un but commercial** pour présenter des prestations de services.

Les mentions à indiquer sur un tract publicitaire

1. La dénomination sociale (nom de l'entreprise).
2. L'adresse de l'entreprise.
3. Le téléphone de l'entreprise.
4. Le SIREN ou le numéro du Registre du commerce et des sociétés (RCS) suivi du nom de la ville où se trouve le greffe.
5. Les informations pratiques (horaires, prestations, marques utilisées, plan d'accès, contact…).
6. Les nouveautés (dates, explications).
7. Les prestations mises en avant.
8. La remise.
9. La validité de la remise.
10. Les mots « Ne pas jeter sur la voie publique ».
11. Le nom et l'adresse de l'imprimeur.

Le flyer doit être rédigé en français

D'après l'article 2 alinéa 2 de la loi Toubon du 4 août 1994 et le décret n° 95-240 du 3 mars 1995, **toute publicité écrite, parlée ou audiovisuelle doit être en langue française**. Cependant, l'utilisation de termes étrangers est permise si ces termes sont traduits en français de façon lisible, audible ou intelligible. En cas de non-respect de cette obligation, la sanction encourue est une contravention de 4e classe (750 euros d'amende).

Le nom et l'adresse de l'imprimeur

En vertu de l'article 3 de la loi du 29 juillet 1881, tout écrit public doit porter la mention du nom et du domicile de l'imprimeur. Si l'imprimeur est également l'auteur de l'imprimé, il est courant de voir inscrit la mention « Imprimé par nos soins ».

En cas de non-respect de cette obligation, la sanction encourue est une sanction pénale (une amende de 3 750 euros).

© Adobe Stock

La mention « Ne pas jeter sur la voie publique »

Cette mention est obligatoire en vertu de l'article L. 541-10-1 du Code de l'environnement. La distribution gratuite sur la voie publique de tracts est soumise aux arrêtés préfectoraux (règlement sanitaire) et municipaux (respect de l'ordre, de la tranquillité et de la salubrité publique). Il convient donc d'en vérifier les restrictions avant toute distribution de tracts sur la voie publique.

Pour des raisons de salubrité publique, lors de la distribution de tracts, il est important de respecter les règles de propreté. Le donneur d'ordre de la distribution de tracts est donc responsable et pourra être sanctionné en cas d'insalubrité de la voie publique due aux tracts et prospectus (articles R. 632-1 et R. 635-8 du Code pénal). La mention « Ne pas jeter sur la voie publique » peut donc avoir une importance en termes de responsabilité.

Mes infos +++

ACTIVITÉ 3 À l'aide du document 3 « Les tracts publicitaires » :

1 Observer le tract publicitaire ci-dessous, puis compléter le tableau en indiquant les mentions correspondant aux numéros.

Institut Naturellement Belle ← (6)

10, place des Tulipes
14130 Pont l'Évêque ← (4)
02 03 04 05 06 ← (1)

www.institut.naturellement.belle.com
Ouvert du lundi au samedi de 9 h 00 à 19 h 00 ← (5)

© Adobe Stock

NOUVEAU
À partir du 22 juin 2025 ← (8)

Venez découvrir nos nouvelles prestations :
- Modelage corporel aux huiles essentielles,
- Soins amincissants orientaux,
- Soins visage Argan. ← (3)

Sur présentation de ce tract, bénéficiez de

20 % de remise ← (9)

sur le montant du soin
(Offre valable jusqu'au 20/07/2025) ← (2)

Ne pas jeter sur la voie publique ← (7)
Imprimé par Devignes 45 avenue Gambetta 75020 Paris ← (10)

RCS : 123 456 785 ← (11)

1	
2	
3	
4	
5	
6	
7	
8	
9	
10	
11	

Je m'évalue

Évaluez-vous !

Flashez le QR code ou retrouvez l'exercice de fin de chapitre 12 en version interactive sur

www.lienmini.fr/11061-Test12

❶ À partir de la publicité du produit cosmétique ci-dessous, identifier les indications réglementaires et non réglementaires relatives à la publicité et à la vente des produits.

© Adobe Stock

- *Traite la cellulite.*
- *Rend la peau plus lisse, plus ferme, plus souple.*
- *Testé en laboratoire.*
- *70 % des femmes ont constaté une perte de centimètres.*
- *20 % des femmes ont constaté une amélioration du grain de peau.*
- *10 % des femmes ont constaté une peau plus souple.*
- *Ce produit est le plus efficace de sa génération.*

Indications réglementaires	Indications non réglementaires

❷ Citer les indications portées sur l'emballage d'un produit cosmétique qui doivent être confirmées.

Je m'évalue

❸ Observer le tract ci-dessous. Puis, dans le tableau, noter les mentions présentes ainsi que les mentions manquantes.

ACADAYSPA

Le bien-être du corps au bout des doigts
2 soins spécifiques pour 2 attentes majeures

Profitez des offres découvertes du 15 mai au 15 juin

Soin relaxant au bambou royal
Détend, harmonise, calme et procure soulagement et bien être.

Soin détoxifiant aux galets de bois exotiques
Amincit et redessine la silhouette. Favorise la microcirculation.

Ambre institut
Soins du visage, épilation, solarium
7 rue de l'Écu - 51100 REIMS
03 26 40 34 11

Mentions présentes sur le tract	Mentions manquantes sur le tract

13 La communication médias et hors médias

• C33 : Mettre en valeur et promouvoir des produits et des prestations

Situation professionnelle

Isabelle a le projet d'agrandir sa parfumerie pour accueillir de nouvelles marques. À cet effet, elle s'informe sur les moyens de communication qu'elle pourra choisir pour informer la clientèle de cet événement.

© Adobe Stock

Être capable de

- repérer les caractéristiques de diffusion des différents médias y compris Internet et leur intérêt ;
- identifier l'impact d'un message publicitaire.

Document 1

LA COMMUNICATION MÉDIAS ET HORS MEDIAS

La communication médias permet de toucher un plus grand nombre de personnes, tandis que la communication hors-médias touche un public plus restreint.

La communication médias

Cette stratégie regroupe six médias publicitaires permettant d'informer et de convaincre les prospecteurs sur un produit ou service. Ces derniers sont la télévision, la presse, l'affichage, la radio, le cinéma et Internet. Elle a pour objectif de modifier une image, une attitude ou une croyance.

© Adobe Stock

• La télévision

Média le plus puissant, la télévision offre des possibilités de ciblage en fonction des programmes, surtout pour la promotion des produits de grande consommation. Elle permet d'obtenir de très bonnes retombées grâce à une audience élevée et permet une grande créativité.

• La presse

La presse permet une excellente possibilité de ciblage (segmentation par opinion, centres d'intérêt, tranches d'âge). Elle permet aussi une certaine stabilité des audiences de la presse quotidienne nationale et régionale, des périodiques, de la presse magazine et de la presse professionnelle.

• L'affichage

L'affichage permet d'informer, d'illustrer un produit à une cible principalement urbaine. Il existe une grande variété de supports : les grands formats, le mobilier urbain, l'affichage mobile (bus, taxi, métro), l'affichage vitrine, les restaurants ou encore les kiosques.

• La radio

La radio peut être généraliste, thématique ou musicale, mais aussi nationale ou locale. Elle permet de sensibiliser un auditoire et d'annoncer un événement. La radio se veut être plus souple que la télévision au niveau des normes avec un coût plus raisonnable. Cependant, la captation d'un public se veut plus difficile en raison du phénomène de zapping.

• Le cinéma

Grâce à une qualité de communication très forte et une bonne mise en valeur (grand écran, possibilité d'une mise en scène, etc.), le cinéma permet de sensibiliser un public principalement âgé entre 18 et 35 ans. Cela permet de réaliser de forts placements de produits pour les marques et d'apporter de l'originalité en matière de publicité. Mais réaliser une action de communication dans un cinéma comporte des inconvénients. Cela représente un coût et des délais de réalisation importants pour toucher au final une petite audience.

• Internet

C'est un média interactif incontournable qui permet à la fois une communication de masse et une communication personnalisée. Internet touche aujourd'hui l'ensemble de la population. Les réseaux sociaux ont un fort impact sur la communication : les influenceurs(euses), les pages et les avis sont incontournables, surtout auprès des jeunes (Instagram, TikTok, Facebook, YouTube...).
Ce média permet notamment de rechercher des informations sur l'entreprise, la prise de rendez-vous en ligne, favorise l'augmentation du nombre de ventes et permet aux marques de gagner en notoriété (possibilité de visionner les avis).

>>

Document 1 > suite

La communication hors médias

A contrario de la communication médias, la communication hors-médias se veut être l'ensemble des actions de communication qui ne passent pas par les médias « traditionnels ». On retrouve comme composants : la promotion des ventes, le marketing direct, les relations publiques, le sponsoring et le parrainage ainsi que la communication événementielle.

• La promotion des ventes

Ce dispositif permet de recruter de nouveaux acheteurs en faisant connaître le produit et d'acquérir les consommateurs des marques concurrentes. Il s'agit également de fidéliser les consommateurs actuels en fonction du nombre de ventes par client et d'augmenter le volume absolu des ventes.

• Le marketing direct

Le marketing direct est une technique de communication qui repose sur la création d'un message personnalisé pour une catégorie de client spécifique. L'objectif est d'obtenir de leur part une réaction immédiate.

• Les relations publiques et relations presses

Pour une entreprise, il s'agit de prendre contact avec les personnes importantes (journalistes et influenceurs) afin de les informer et gagner leur sympathie. Un seul objectif, qu'elles divulguent l'information donnée à un public plus large. Il est question alors de promouvoir l'image d'une organisation, ses produits et services qu'elle a à offrir.

• Le sponsoring, le parrainage

Le parrainage permet à une entreprise d'apporter publiquement son soutien (souvent financier) et d'associer son nom à une manifestation, un projet ou une cause. Le sponsoring est une aide financière ou matérielle apportée par un partenaire, dit annonceur, à un événement ou une personne en échange de formes de visibilité variées.

• La communication événementielle

Faisant partie des piliers du marketing, la communication événementielle repose sur des stratégies telles que la publicité, qui pousse les consommateurs vers l'offre de l'entreprise et aux outils de communication hors-médias, élément que nous venons de voir précédemment.

Document 2

IMPACT D'UN MESSAGE PUBLICITAIRE

L'impact publicitaire est un des éléments d'appréciation de l'efficacité d'un média, support ou campagne publicitaire.

L'impact publicitaire se matérialise par le souvenir laissé à l'individu exposé à un message publicitaire et par ses éventuels changements d'attitudes ou d'opinions éprouvés à l'égard de l'annonceur.

Le cinéma est généralement reconnu comme étant le média publicitaire assurant le meilleur impact publicitaire grâce au caractère « captif » de son audience.

ACTIVITÉ 1 À l'aide des documents 1 et 2 :

1 Lister les différents médias publicitaires.

....

....

....

2 Citer les différents moyens de communication hors médias.

....

....

....

....

....

3 Indiquer l'intérêt d'un message publicitaire.

....

....

Je m'évalue

Évaluez-vous !

Flashez le QR code ou retrouvez l'exercice de fin de chapitre 13 en version interactive sur

www.lienmini.fr/11061-Test13

1 Relier les caractéristiques aux moyens de communication et indiquer s'ils sont « médias » ou « hors médias ».

Moyens de communication	Caractéristiques	Médias ou hors médias
Télévision	Permet d'informer, d'illustrer un produit à une cible principalement urbaine (grande variété de supports).	....
Affichage	Recruter de nouveaux acheteurs et acquérir les consommateurs des marques concurrentes.	....
Presse	Média le plus puissant, offre des possibilités de ciblage en fonction des programmes.	....
Promotion des ventes	Permet de sensibiliser un auditoire et d'annoncer un événement.	....
Marketing direct	Excellente possibilité de ciblage (segmentation par opinion, centres d'intérêts, tranches d'âge).	....
Cinéma	Terrain de jeu souple et polyvalent, permet de toucher un large choix de cible.	....
Internet	Divulguer l'information à un public plus large par le biais de journalistes et influenceurs.	....
Relations publiques	Technique de communication qui repose sur la création d'un message personnalisé.	....
Radio	Qualité de communication très forte et une bonne mise en valeur.	....

2 À partir de recherches, citer un magazine ainsi qu'un événement professionnel dans le secteur de l'esthétique.

....

....

....

L'organisation de la prise de rendez-vous

- C33 : Mettre en valeur et promouvoir des produits et des prestations

Situation professionnelle

Célia est en période de formation en milieu professionnel dans l'institut Naturellement belle. L'institut possède 3 cabines spécifiques et 2 cabines polyvalentes; l'effectif est constitué d'une responsable, de 2 esthéticiennes et de 2 stagiaires. L'institut propose des prestations corps et visage, épilations, maquillages.
Sa professeure lui a demandé de s'informer sur les outils de prise de rendez-vous et de justifier le support choisi par l'institut.

Être capable de
- lister les différents supports d'un planning de rendez-vous.

Document 1

LES DIFFÉRENTS SUPPORTS D'UN PLANNING DE RENDEZ VOUS

Le planning de rendez-vous permet l'organisation du temps de travail du personnel en prenant en compte :
- les congés du personnel;
- les prestations de service à réaliser;
- les données légales des contrats de travail du personnel à respecter;
- la disponibilité des espaces professionnels.

L'agenda

C'est un outil permettant d'associer des actions à des moments et d'organiser ainsi le temps de travail.

Il peut être utilisé dans des petites structures, comme l'institut où la responsable est seule à travailler dans une cabine polyvalente; aussi, elle pourra y noter des rendez-vous personnels.

Cet outil de prise de rendez-vous est déconseillé si l'effectif dépasse une personne car il sera source d'erreur dans l'organisation des rendez-vous.

Les logiciels informatiques

C'est une aide précieuse pour la réalisation de toutes les tâches liées à la gestion du personnel.

Un programme informatique adapté permet de :
- planifier l'emploi du temps quotidien, hebdomadaire ou mensuel des salariés;
- optimiser la présence des salariés : nombre et horaires selon les jours;
- analyser les activités des salariés et leurs performances;
- adapter les tarifs pour générer plus de gains;
- améliorer la productivité (nouvelle organisation de travail, meilleure répartition des tâches).

Il a également une grande utilité en matière de ressources humaines car il prend en charge :
- les congés;
- les RTT;
- les absences;
- les arrêts-maladie, etc.

De plus, ce type de programme informatique est régulièrement mis à jour pour prendre en compte les évolutions législatives en matière d'organisation du temps de travail.

Un outil de planification complet et efficace prend en charge les ressources matérielles de l'entreprise, il peut s'agir :
- des cabines d'institut;
- des appareils esthétiques;
- du nombre de salariés présents dans l'entreprise.

La prise de rendez-vous est simplifiée car la disponibilité des cabines est rapidement visible.

ACTIVITÉ 1 À l'aide du document 1 « Les différents supports d'un planning de rendez-vous » :

1. Citer les deux moyens de prise de rendez-vous.

....

....

2 Répondre à l'affirmation suivante.

Le support de planning de rendez-vous adapté à l'institut est l'agenda.

Vrai ☐ Faux ☐

Justifier : ....

3 Indiquer le rôle principal d'un planning de rendez-vous.

....

Situation professionnelle

Célia demande à sa tutrice de lui expliquer les différentes informations du planning de rendez-vous.

Être capable de

- lister les informations nécessaires sur le planning de rendez-vous.

Document 2

LES INFORMATIONS SUR LE PLANNING DE RENDEZ-VOUS

L'agenda

Les informations recueillies sont basiques par manque de place sur le support papier, elles sont :

- la date ;
- le nom du salarié ;
- le nom de la prestation réalisée et le temps alloué ;
- le nom de la cliente.

Le logiciel informatique

Le logiciel informatique peut contenir beaucoup d'informations :

- la date ;
- le nom du salarié ;
- le nom de la prestation réalisée et le temps alloué ;
- le nom de la cliente ;
- la fiche client ;
- le planning de l'ensemble du personnel et le temps de travail effectué ;
- les cabines occupées ;
- le stock de produits cabines et vente ;
- les dates de formation du personnel ;
- les ventes de produits et les prestations réalisées par jour, par mois.

Exemple de logiciel :

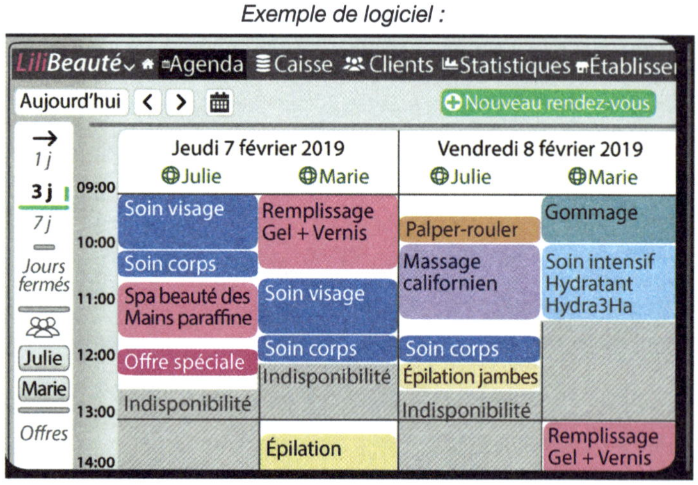

ACTIVITÉ 2 À l'aide du document 2 « Les informations sur le planning de rendez-vous » :

1 Indiquer les informations communes entre l'agenda et le logiciel informatique.

....

....

....

....

Situation professionnelle

Célia s'interroge sur la durée des prestations de service et sur les fonctionnalités des espaces professionnels.

Être capable de
- indiquer le temps alloué aux prestations ;
- indiquer les contraintes des espaces professionnels.

Document 3

LA DURÉE DES PRESTATIONS DE SERVICE

LES PRESTATIONS DE SERVICE	DURÉE
LES SOINS VISAGE	
• SOINS VISAGE BASIQUES	45 min
• SOINS VISAGE SPÉCIFIQUES ADAPTÉS AU TYPE DE PEAU ET AUX CARACTÉRISTIQUES CUTANÉES	1 h 15
LES SOINS CORPS	
• GOMMAGES CORPS	30 min
• MODELAGES CORPS	30 min à 1 h
• SOIN AMINCISSANT	1 h 15
• SOIN RAFFERMISSANT	1 h 15
• SOIN DU BUSTE	1 h
• SOIN JAMBES LÉGÈRES	1 h
ÉPILATIONS	
• ½ JAMBES	20 min
• JAMBES ENTIÈRES	30 min
• AISSELLES	15 min
• MAILLOT	15 min
• FORFAITS :	
½ JAMBES + MAILLOT + AISSELLES	45 min
JAMBES ENTIÈRES + MAILLOT + AISSELLES	1 h
• SOURCILS	15 min
• LÈVRES	10 min
• MENTON	10 min
• MANUCURIE OU BEAUTÉ DES PIEDS	45 min
• SOIN DES MAINS OU PIEDS	1 h
• POSE DE VERNIS OU GEL OU SEMI-PERMANENT	15 min

Mes infos +++

Document 4

LES CONTRAINTES DES ESPACES PROFESSIONNELS

Les prestations de service sont réalisées en fonction du choix de la cabine.

La **cabine polyvalente** permet de réaliser plusieurs prestations : soins visage, épilations, maquillages, manucuries, beautés des pieds, poses de vernis.

La **cabine spécifique** possède un aménagement et du matériel approprié à une prestation en particulier, par exemple la cabine corps nécessite une douche et des appareils corps encombrants.

Il est donc important de vérifier le temps alloué sur le support papier ou de programmer le logiciel de planification à ces contraintes pour optimiser le temps et éviter toute erreur dans la prise de rendez-vous.

Une cliente qui attend ou une prestation trop rapidement effectuée sera source d'insatisfaction et nuira à la fidélisation de la clientèle et à l'image de l'entreprise.

ACTIVITÉ 3 À l'aide des documents 3 et 4 :

1. Une cliente réserve une manucurie et un soin visage spécifique. Indiquer le temps de ces deux prestations.

2. Citer les deux types de cabines à prendre en compte pour planifier des prestations.

3. Une cliente souhaite un moment détente pour une durée au maximum de 3 heures. Indiquer 2 propositions de soins appropriés et les justifier.

Justifier :

Je m'évalue

Évaluez-vous !

Flashez le QR code ou retrouvez l'exercice de fin de chapitre 14 en version interactive sur

www.lienmini.fr/11061-Test14

❶ Relier les éléments entre eux.

- AGENDA
- LOGICIEL INFORMATIQUE

- Améliorer la productivité
- Planifier les rendez-vous personnels du responsable
- Organiser l'emploi du temps
- Permet d'adapter les tarifs pour générer plus de gains

❷ Citer les informations supplémentaires indiquées sur le logiciel informatique.

❸ Indiquer la différence entre une cabine polyvalente et une cabine spécifique.

❹ Citer les différentes informations à prendre en compte pour compléter un planning de rendez-vous.

❺ Indiquer les informations observées sur le logiciel informatique en matière de ressources humaines.

❻ Indiquer deux conséquences en cas de non-respect du planning de rendez-vous.

PARTIE

3 Cadre organisationnel

SPA

DÉTENTE CORPORELLE

3, rue de l'Étoile 75016 PARIS

OUVERTURE DU LUNDI AU SAMEDI DE 10 H À 19 H

www.spa-detente-corporelle.com

Tél. : 01 11 12 13 14

CONTEXTE PROFESSIONNEL

Organigramme du personnel

Madame LOUISE
Responsable Spa
BTS Métiers de l'ECP

Florence
Responsable accueil
BTS Métiers de l'ECP

↓

Marine
Hôtesse d'accueil
BAC PRO ECP

↓

Anne – Jade
Stagiaires

Karine
Responsable esthétique
BTS Métiers de l'ECP

↓

Donia – Mina – Pierre
Esthéticien(nes)
BAC PRO ECP

↓

Nora
Stagiaire CAP ECP

AGENCEMENT DE L'ESPACE

Spa de 150 m² raffiné avec ambiance relaxante, bien-être :

- 6 cabines (code couleur) dont 1 cabine double avec équipement luxueux.
- 1 espace détente.
- Hammam.
- Sauna.
- Bar à ongles.
- 1 vitrine.
- 2 comptoirs.
- Produits de soin à la vente.
- 2 gondoles d'animation.
- 1 espace réserve.

Typologie de la clientèle

- 70 % femmes (20 à 65 ans).
- 30 % hommes.

Catégories socio-professionnelles

- Chefs d'entreprise.
- Cadres supérieurs.
- Employés.

Motivations

- Fréquentent le quartier dans le cadre de leur travail ou de leurs loisirs.
- Touristes.

15 L'organigramme

• C35 : Participer à la vie d'un institut de beauté et de bien-être

Situation professionnelle

Madame Louise, directrice du spa Détente Corporelle souhaite embaucher une esthéticienne afin d'optimiser l'utilisation de ses cabines et de gérer au mieux le flux de clientèle. Chloé, diplômée d'un Baccalauréat professionnel esthétique cosmétique et parfumerie, envoie sa candidature pour le poste proposé et obtient un entretien avec Madame Louise.
Durant l'entretien, Madame Louise lui présente l'organigramme de l'entreprise comportant le nom et la fonction de chacun de ses collaborateurs. Le personnel de l'entreprise se compose d'une directrice, de quatre esthéticiennes, de deux hôtesses d'accueil-vente et d'une stagiaire.

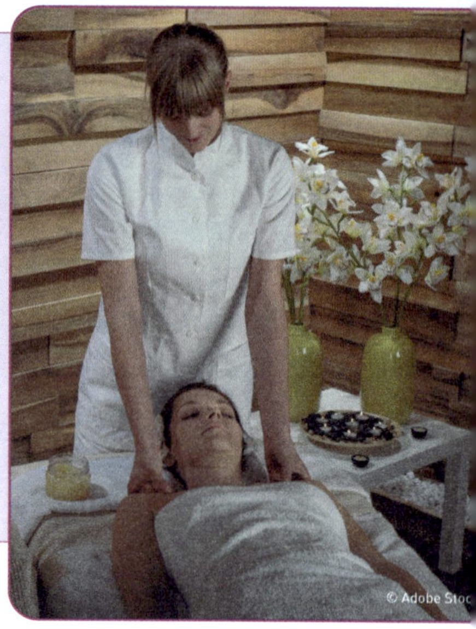
© Adobe Stock

Être capable de
- lire un organigramme ;
- se situer dans l'entreprise.

Document 1

L'ORGANIGRAMME : DÉFINITION ET RÔLES

Quel est le rôle d'un organigramme ?

L'organigramme est une représentation schématique des liens fonctionnels, organisationnels et hiérarchiques d'une entreprise.

Il sert ainsi à donner une vue d'ensemble de la répartition du poste et des fonctions de chacune au sein d'une entreprise.

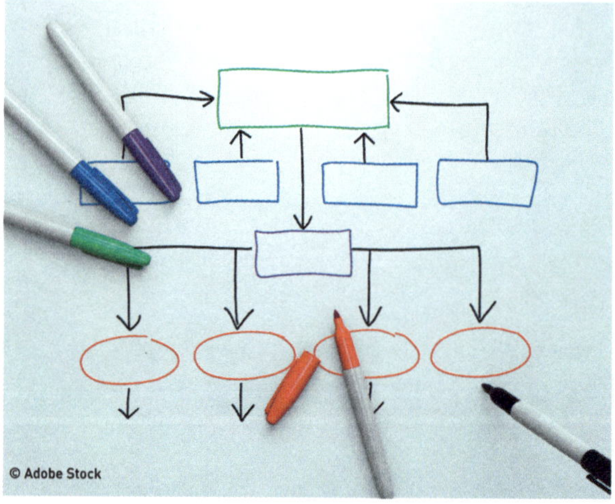
© Adobe Stock

Qui élabore l'organigramme ?

L'organigramme est élaboré par le/la chef(fe) de l'entreprise.

Il est réalisé lors de la création de l'entreprise et doit être mis à jour à chaque départ ou arrivée de personnel ou lors de la création d'un nouveau service.

Pour gérer une entreprise, le manager organise et divise les tâches, coordonne le travail et répartit les responsabilités et les pouvoirs de chacun des collaborateurs.

De quoi se compose un organigramme ?

Dans un organigramme, on trouve :
- le nom et la fonction du/de la responsable (directeur/trice de l'entreprise ou responsable d'exploitation du site) ;
- les noms des différents services ou départements avec les noms des personnes responsables ;
- les noms des exécutant(e)s.

Quelle est l'utilité d'un organigramme ?

Pour le personnel

Il permet de se situer, de savoir qui fait quoi, qui dépend de qui, et ainsi d'améliorer l'efficacité du travail. L'accueil des personnes nouvellement embauchées dans l'établissement prévoit la distribution et le commentaire de l'organigramme général et de l'organigramme détaillé du service d'affectation. C'est un moyen de communication interne.

Pour les personnes extérieures

Il permet de connaître les différents services ou départements et le personnel de l'établissement, de les situer les uns par rapport aux autres et ainsi de s'adresser au service le plus approprié. C'est un moyen de communication externe.

>>

Document 1 > suite

Quelles sont les différentes formes d'organigramme ?

Il existe plusieurs formes d'organigramme.

Forme pyramidale Les personnes ayant la même fonction dans l'entreprise sont sur une même ligne horizontale. Le/la responsable est en haut de la pyramide.	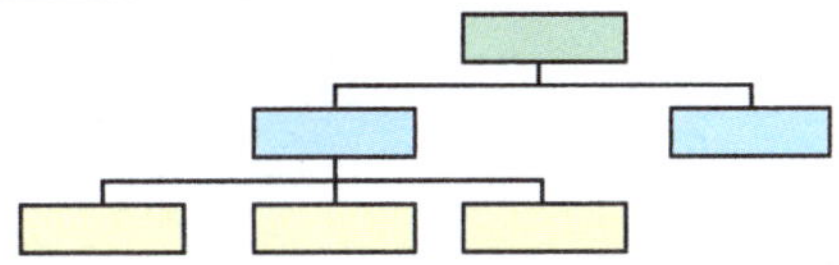
Forme en arbre Les personnes de même niveau hiérarchique sont sur la même ligne verticale. Le/la responsable est à gauche de l'organigramme.	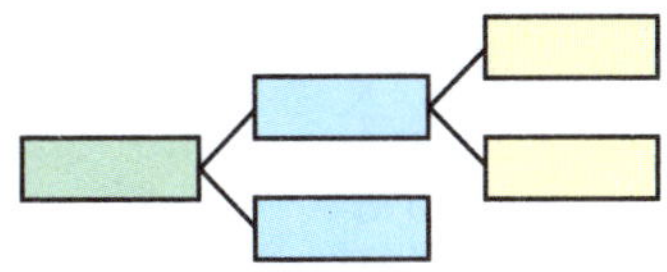
Forme repliée C'est l'association de la présentation de l'organigramme en pyramide et de l'organigramme en arbre. Les personnes du même service sont décalées du haut vers le bas et de gauche à droite. Le/la responsable est en haut de l'organigramme.	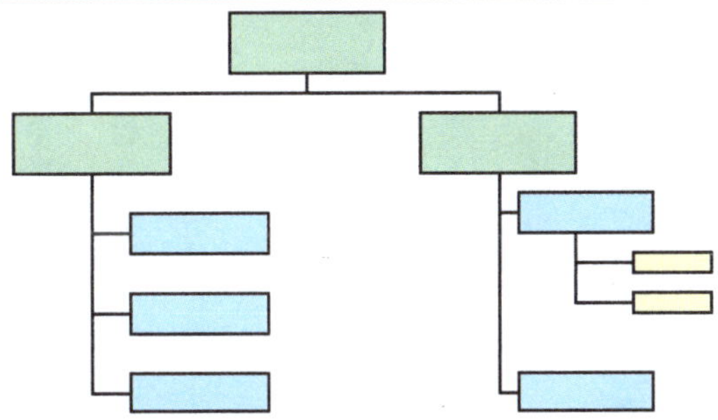

Source : http://stgderouin.fr/

ACTIVITÉ 1 À l'aide du document 1 « L'organigramme : définition et rôles » :

1. Citer deux rôles d'un organigramme.

2. Indiquer l'intérêt d'un organigramme pour le personnel.

3. Indiquer l'intérêt d'un organigramme pour un partenaire extérieur à l'entreprise.

4. Cocher la bonne réponse.

- Chloé postule pour un poste de :

☐ responsable de service ;

☐ esthéticienne ;

☐ vendeuse.

Document 2

ORGANIGRAMME DU SPA DÉTENTE CORPORELLE

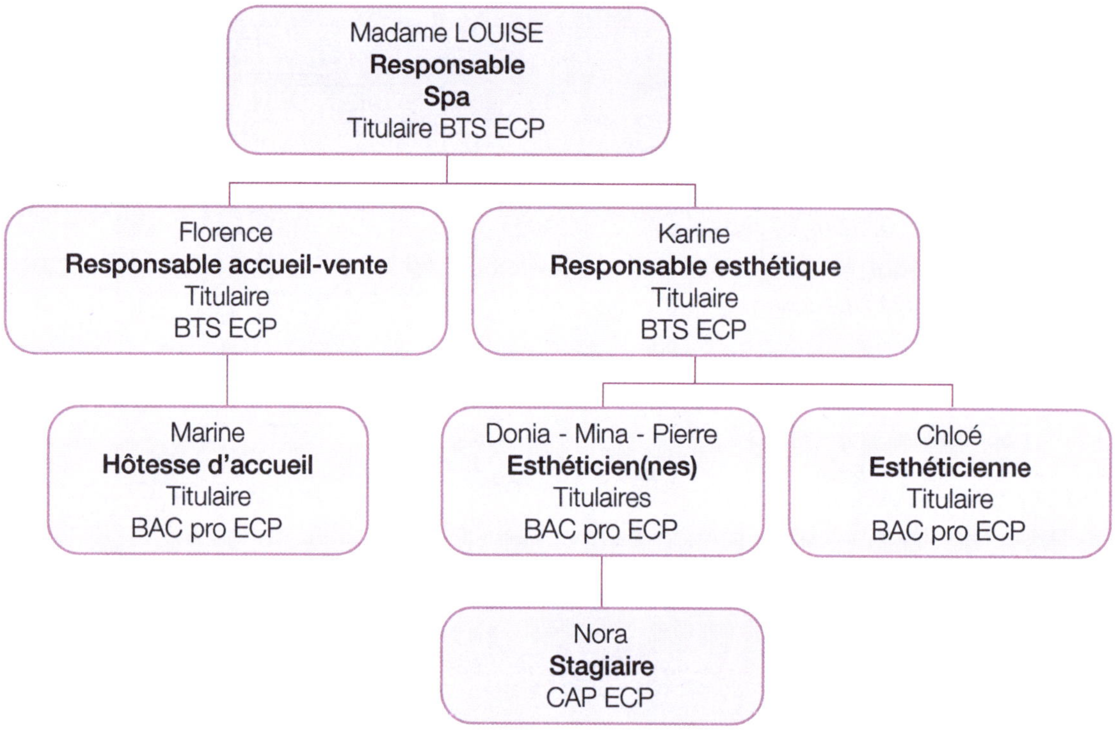

ACTIVITÉ 2 Observer l'organigramme ci-dessus (document 2) et répondre aux questions.

1. Indiquer la forme de cet organigramme.

....

2. Indiquer le nombre de postes d'esthéticien(nes) dans l'entreprise.

....

3. Indiquer le nombre de secteurs d'activité dans le spa.

....

4. Nommer les deux secteurs d'activité de l'entreprise.

....

....

5. Relier chaque personne à sa fonction dans l'entreprise.

Florence	•	•	Responsable du spa Détente corporelle
Madame Louise	•	•	Esthéticienne
Donia	•	•	Responsable de l'espace accueil-vente

Je m'évalue

Évaluez-vous !

Flashez le QR code ou retrouvez l'exercice de fin de chapitre 15 en version interactive sur

www.lienmini.fr/11061-Test15

❶ Dans l'organigramme ci-dessous, placer le nom des personnes en fonction de leur service et de leur secteur.

- Service Esthétique : Karine, Fatou, Jade
- Service Hydrothérapie : Maxime, Jules, Pauline
- Service Forme : Cécile, Tom
- Service Kinésithérapie : Axel, Pierre
- Responsable du secteur Esthétique : Aurore
- Responsable du secteur Hydrothérapie : Sofia
- Responsable du secteur Forme : Stéphane
- Responsable du secteur Kinésithérapie : Luc
- Responsable de l'entreprise : Élyse

Organigramme de l'entreprise Thalassothérapie Anthéa

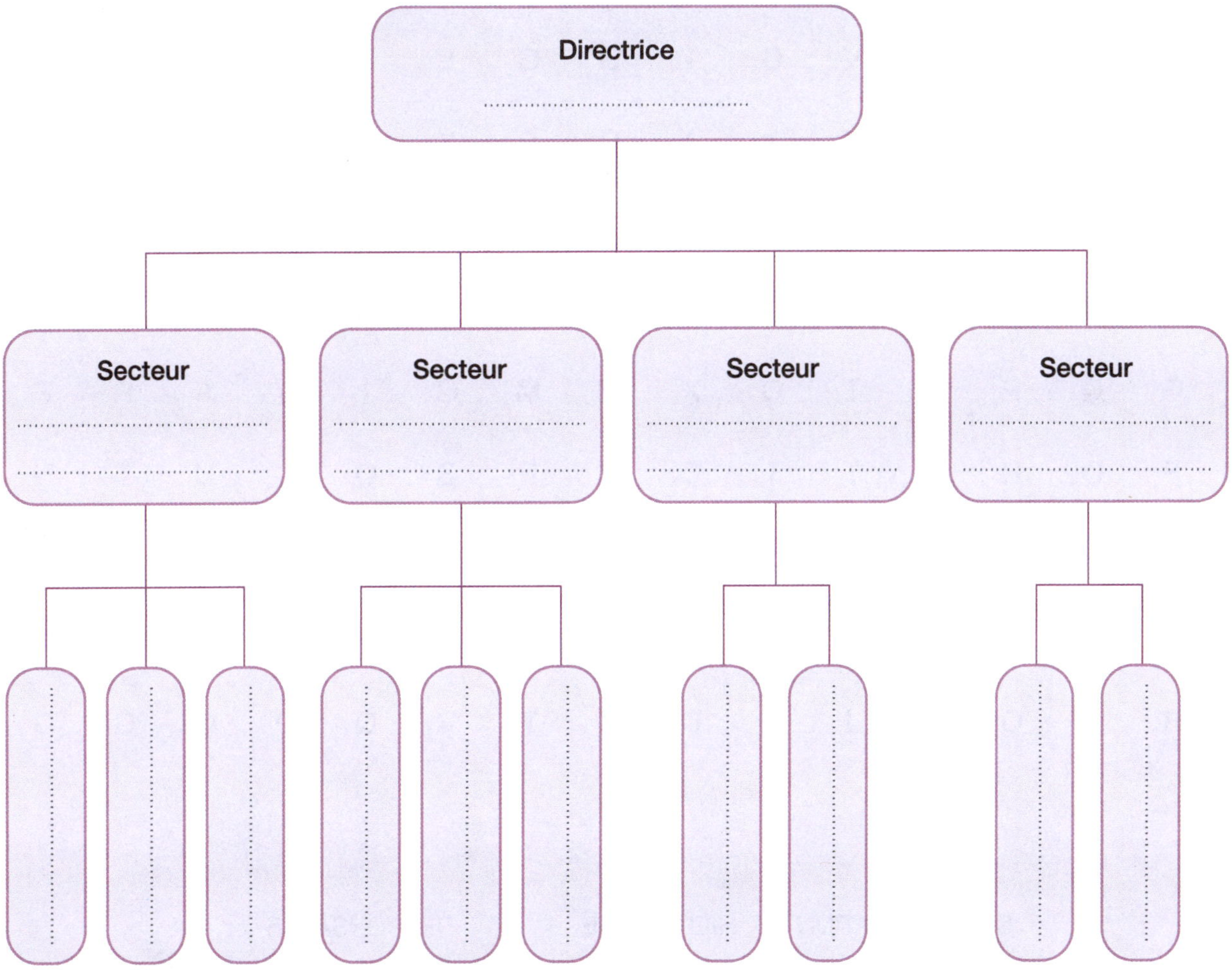

❷ Citer la forme de l'organigramme présenté ci-dessus.

....

Je m'évalue

❸ Dans la grille ci-dessous entourer les mots de la liste.
Ils peuvent se trouver horizontalement, verticalement ou en diagonale ;
de gauche à droite et de droite à gauche.

L'organigramme de l'entreprise

C	F	P	R	C	L	P	R	O	F	A	H	T	O	E
P	O	U	Q	W	X	G	K	R	J	T	I	R	F	I
D	N	M	Z	A	H	J	V	G	N	Y	G	A	T	H
N	S	X	M	H	D	O	O	A	Z	A	C	V	S	C
I	K	E	E	U	R	D	T	N	N	H	T	A	R	R
F	A	C	R	D	N	U	O	I	F	A	Z	I	H	A
L	L	U	V	V	C	I	S	G	E	K	T	L	O	R
D	F	G	O	E	I	A	C	R	X	Z	I	T	K	E
F	O	H	X	E	T	C	Y	A	L	Z	P	R	M	I
E	G	E	D	I	A	Y	E	M	T	W	T	D	H	H
G	Q	P	O	T	O	X	M	M	G	I	V	A	R	F
F	O	N	C	T	I	O	N	E	S	O	O	U	T	N
E	L	B	A	S	N	O	P	S	E	R	D	N	K	K
M	O	F	W	I	J	Z	E	X	N	E	W	H	H	G
R	B	O	Y	J	U	D	B	T	V	Q	D	C	G	G

COMMUNICATION	HIERARCHIE	RESPONSABLE
EXECUTANT	ORGANIGRAMME	SERVICE
FONCTION	ORGANISATION	TRAVAIL

L'aménagement des espaces d'un institut

• C35 : Participer à la vie d'un institut de beauté et de bien-être

16.1 L'équipement général et spécifique

Situation professionnelle

Donia reprend son travail après quelques semaines de congés. Durant son absence, le spa a été complètement rénové afin de créer un cadre de travail fonctionnel et des facteurs d'ambiance attrayants pour la clientèle. Elle découvre son nouvel univers professionnel.

Être capable de

- **énumérer l'équipement général et spécifique pour l'aménagement des différents espaces;**
- **indiquer le rôle des facteurs d'ambiance;**
- **se conformer aux exigences réglementaires en matière de sécurité, de maintenance et entretien des locaux et des équipements.**

Document 1

L'ÉQUIPEMENT GÉNÉRAL DES ESPACES PROFESSIONNELS

L'espace accueil	Espace implanté à proximité de l'entrée pour favoriser la prise de contact et la prise du congé du client. Sa surface idéale est de 4 à 8 m². Cet espace doit être facilement accessible pour la clientèle et ne pas gêner la circulation ni le travail des esthéticiennes.
L'espace détente	Espace généralement implanté à proximité de l'accueil pour une meilleure gestion de flux de la clientèle. Sa surface idéale est 3 à 6 m². Il permet de faire patienter le client avant la prestation de service.
L'espace vente	Espace situé à proximité de l'accueil et/ou de la vitrine. Sa surface idéale est de 3 à 10 m². Il permet d'exposer les produits cosmétiques, les articles et les accessoires destinés à la vente.
Les cabines de soins esthétiques	Espace spécialisé (cabine d'épilation, cabine de soins visage, cabine de soins corps...) ou polyvalent (réalisation de l'ensemble des prestations de service). La surface varie de 8 à 12 m² en fonction de l'activité réalisée et de la place encombrante des appareils corps (cabine épilation et UV : 8 m², cabine visage : 10 m² ; cabine corps : 12 m²).
La zone de stockage L'espace réserve	Espace classiquement implanté dans une pièce séparée, à proximité de l'espace de vente pour le stockage des produits vente et/ou des produits cabine. Sa surface idéale est de 3 à 6 m². Cet espace permet de conserver les produits à l'abri de la lumière et des variations de températures. Les produits sont classés par référence et par marque pour faciliter l'inventaire. - Pour la rotation des produits, on place les nouveaux produits derrière les anciens. - Pour respecter les règles de sécurité, il contient un extincteur car les produits sont inflammables et volatiles.
Les sanitaires	Espace implanté dans une zone facilement accessible, notamment pour les personnes à mobilité réduite. Sa surface idéale est de 3 à 5 m². On peut y assouvir ses besoins naturels et se laver les mains.
Local à disposition du personnel	Espace implanté généralement au fond de l'institut. Il sert de vestiaire, de pièce de détente et de restauration pour le personnel.

>>

Document 1 > suite

L'institut doit être équipé d'un **compteur électrique** permettant de mesurer la quantité d'énergie électrique consommée. Aussi, le disjoncteur, en complément du compteur électrique assure la puissance de l'installation électrique et coupe le circuit électrique en cas de surcharge de l'installation.

La réglementation en France concernant la sécurité d'une installation électrique est la **norme NF C15-100** qui s'applique à tous les travaux d'installation alimentés en basse tension (courant secteur).

L'**eau du robinet** est riche en calcaire en en tartre, il est donc préférable de s'équiper d'un adoucisseur d'eau afin d'obtenir une eau adoucie.

La **ventilation**, l'aération permet d'évacuer l'air vicié et de renouveler l'air ambiant pollué : fenêtre, ventilation mécanique contrôlée, bouche d'aération.

L'air vicié provoque :

- Des risques de contamination pour la santé de l'esthéticienne et de la cliente, ainsi que pour l'hygiène du matériel et des appareils.
- Une mauvaise image de l'institut.
- Un manque de relaxation pour la cliente à cause de la mauvaise odeur.

La **réglementation dans le domaine de l'hygiène est rigoureuse**.

Les professionnels utilisent des produits de nettoyage et ils doivent donc être formés aux risques chimiques résultant de la manipulation de certains produits. Ils doivent connaître toute la signalétique dédiée et la signification des pictogrammes.

L'inspection du travail, les contrôleurs de sécurité, les ingénieurs conseil des caisses régionales d'assurance-maladie sont chargés de contrôler l'application de ces règles dans les entreprises et de verbaliser en cas d'infraction.

Le responsable est soumis à l'obligation de :

- Entretenir tous les locaux professionnels et les maintenir dans un état permanent de propreté.
- Accueillir les salariés dans des locaux chauffés et suffisamment éclairés.
- Réduire les nuisances sonores.
- Prévoir des sanitaires correctement équipés et en nombre suffisant.

ACTIVITÉ 1 À l'aide du document 1 « L'équipement général des espaces professionnels » :

1. Compléter les éléments manquants en vous appuyant sur les visuels, vos connaissances et votre expérience en PFMP.

Nom de l'espace : ....
Surface idéale : ....
Implantation : ....
....
Rôle : ....
....
Équipements : ....
....
....
....
....

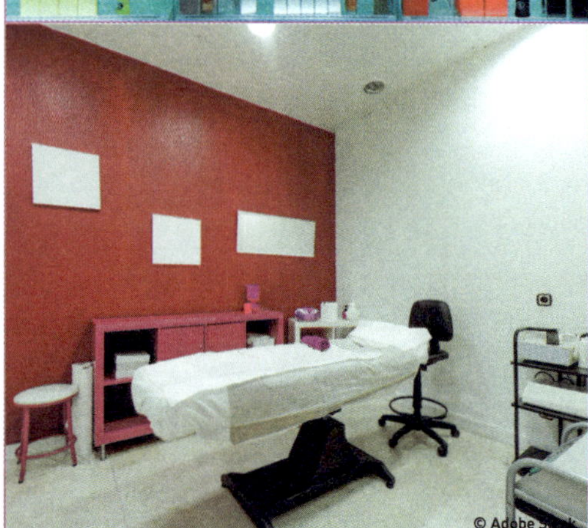

Nom de l'espace : ....
Surface idéale : ....
Implantation : ....
....
Rôle : ....
....
Équipements : ....
....
....
....
....

>>

Nom de l'espace : ....

Surface idéale : ....

Implantation : ....

Rôle : ....

Équipements : ....

Nom de l'espace : ....

Surface idéale : ....

Implantation : ....

Rôle : ....

Équipements : ....

2 Nommer deux des obligations du chef d'entreprise en matière d'hygiène.

....

3 Indiquer les organismes chargés de contrôler l'hygiène dans l'institut.

....

4 Indiquer le nom de l'élément permettant de mesurer la quantité d'énergie électrique consommée dans l'institut.

....

5 Nommer l'élément permettant de couper le circuit électrique

....

6 Indiquer la norme de la sécurité électrique en France.

....

7 Nommer les espaces professionnels figurant sur le plan.

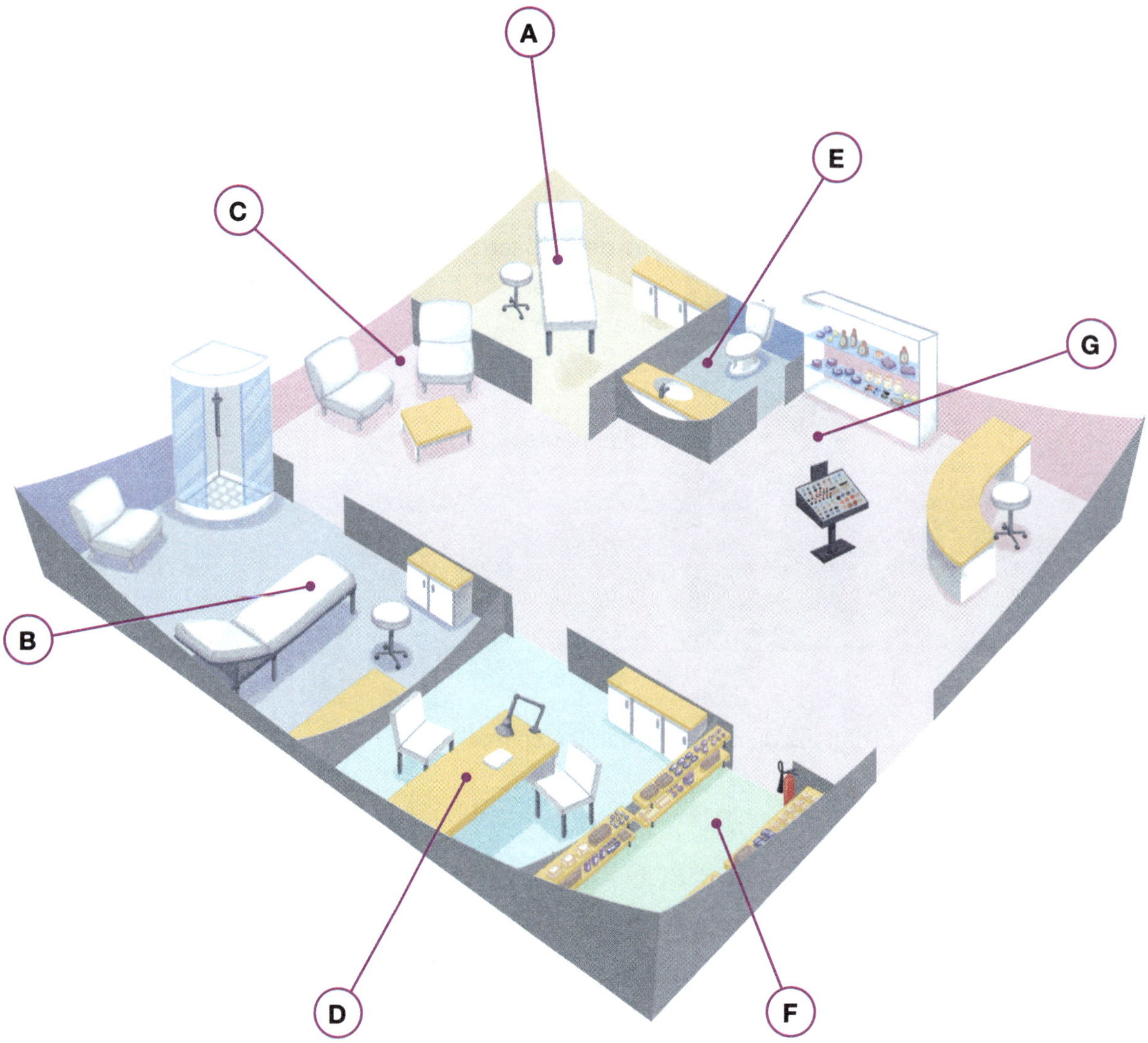

A : ....

B : ....

C : ....

D : ....

E : ....

F : ....

G : ....

Document 2

L'AMÉNAGEMENT SPÉCIFIQUE D'UNE CABINE SOINS DU CORPS

Chaque type de soin esthétique doit bénéficier d'équipement adapté pour que l'esthéticienne puisse exercer de manière optimale et respecter le bon déroulement des protocoles des techniques esthétiques. C'est un atout indispensable qui assure le professionnalisme de l'institut et la fidélisation de la clientèle.

L'équipement spécifique d'une cabine soins du corps

Surface moyenne : 12 m²

L'espace doit être suffisamment grand pour pouvoir tourner autour du lit de soin en modelage corps et pouvoir installer les appareils « corps » encombrants.

Équipements spécifiques

Il est indispensable d'avoir un **point d'eau** pour assurer l'hygiène des mains de l'esthéticienne ainsi que pour préparer et rincer le matériel nécessaire aux techniques corps.

La **douche** permet un bon rinçage des enveloppements corps ; un caillebotis assure plus de sécurité pour la cliente.

Équipement de la douche :

- l'éclairage doit être à 1 mètre du bac de douche pour éviter l'électrocution et les appliques seront recouvertes par des caches imperméables ;
- le revêtement au sol : un carrelage antidérapant + un tapis de sol ;
- le revêtement mural : de la faïence et de la peinture lessivable assurent la résistance à l'humidité et au feu ;
- l'aération mécanique (VMC) permet de renouveler l'air et d'extraire l'humidité.

Il faut suffisamment de **prises électriques** pour les différents appareils corps afin d'éviter le court-circuit par échauffement de la multiprise. La réglementation en France concernant la sécurité d'une installation électrique est la **norme NF C15-100** qui s'applique à tous les travaux d'installation alimentés en basse tension (courant secteur).

Le **chauffage** assure le confort de la cliente, qui est découverte durant les soins ; il garantit aussi la qualité de la prestation.

La **musique** peut favoriser aussi la relaxation de la cliente.

Source : www.probeauticinstitut.com

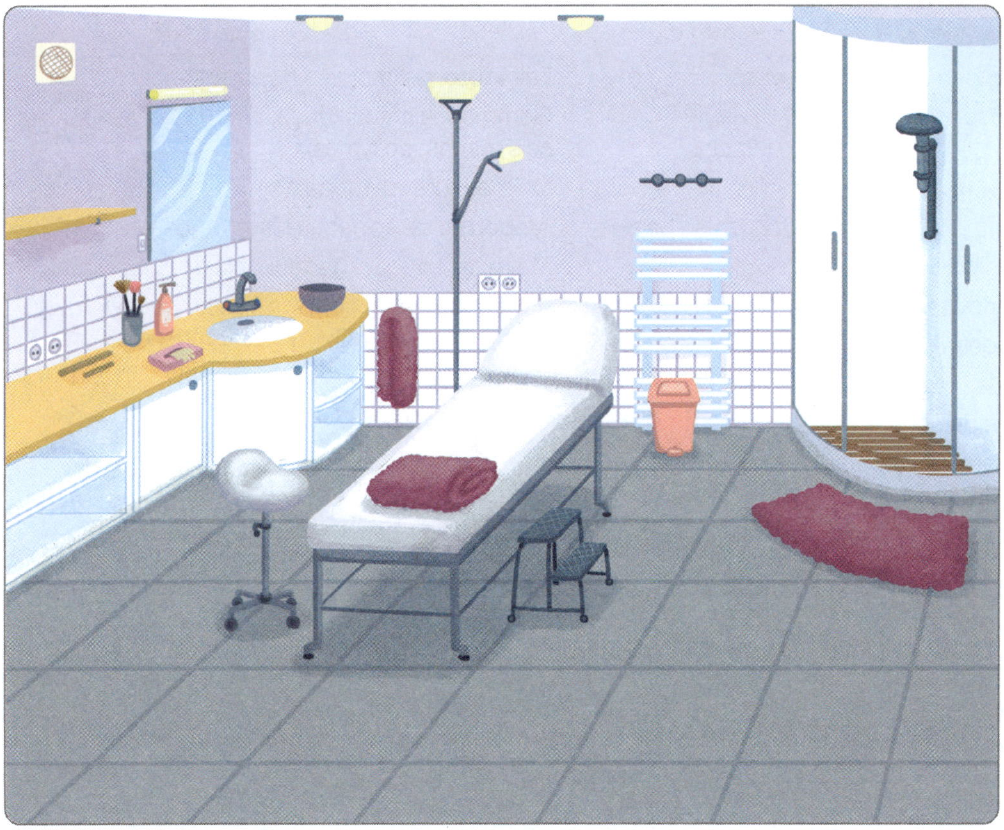

>>

Document 2 > suite

Le matériel spécifique de la cabine soins du corps

Instruments		Fonction
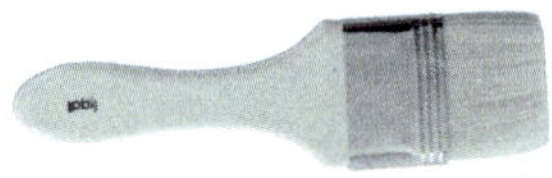 © pbi	Pinceau corps	Appliquer les enveloppements corps.
 © pbi	Bol souple	Préparer les enveloppements corps lyophilisés.
 © pbi	Bassine	Rincer les enveloppements corps avec les gants.
 © pbi	Gants de toilette	Retirer les enveloppements corps (si la cabine n'est pas équipée de douche).
 © pbi	Spatule masque plastifiant corps	Appliquer les masques plastifiants corps.

Linge	Consommables	Produits de soin
- Peignoirs. - Paréos. - Draps de bain. - Serviettes. - Gants de toilette. - Charlottes. - Bandeaux. - Mules. - Tapis de sol. - Housses de lit.	- Lingettes désinfectantes. - Slips jetables. - Coton - Mouchoirs en papier. - Gaze. - Film cellophane. - Draps d'enveloppement. - Alèzes. - Sacs-poubelles.	- Lait/lotion/gel/mousse nettoyant(e). - Gommages mécaniques, chimiques (aux sucres, sels marins, enzymes). - Crème, huile de modelage. - Ampoules de soin (huileuses, aqueuses, ionisables). - Masques (crèmes, terreux, plastifiants, algues). - Enveloppements corps (minceur, buste fermeté, jambes légères, raffermissant, reminéralisant...). - Brumisateur. - Gel à ionophorèse. - Produits : bustes, jambes légères, minceur, raffermissant, hydratant, nourrissant...).

Mes infos +++

ACTIVITÉ 2 À l'aide du document 2 « L'aménagement spécifique de la cabine soins du corps » :

1 Entourer sur le dessin du document 2, page 147, les éléments relatifs à :
- l'équipement en rouge ;
- le mobilier en bleu.

2 Compléter le tableau ci-dessous.

L'aménagement rationnel de la cabine corps	
	Éléments
Équipement	.... Revêtement au sol : .... Revêtement mural : ....
Mobilier	....
Instruments	....

3 Indiquer pourquoi, d'après vous il y a tant de variétés de produits de soin du corps.

....

....

....

4 Indiquer la signification du terme « consommable ».

....

....

5 Indiquer la règle de sécurité concernant l'installation électrique à proximité d'un point d'eau.

....

....

....

6 Indiquer l'intérêt d'équiper une cabine corps de plusieurs prises électriques.

....

....

....

Document 3

L'AMÉNAGEMENT SPÉCIFIQUE D'UNE CABINE POLYVALENTE 1

La cabine polyvalente est une cabine où plusieurs activités de techniques esthétiques peuvent être réalisées. Les instituts de beauté n'ont pas toujours l'espace suffisant pour réaliser chaque technique esthétique dans une cabine spécifique.

Cette cabine doit rassembler l'ensemble de l'équipement, du mobilier et du matériel nécessaire à la réalisation des différentes prestations de service pour satisfaire la clientèle et faciliter le travail de l'esthéticienne.

Surface moyenne : 10 m²

Il est indispensable d'avoir un point d'eau pour l'hygiène des mains de l'esthéticienne et de la cliente, ainsi que pour préparer et rincer le matériel nécessaire aux techniques.

Équipements spécifiques

La **lampe loupe** permet une meilleure précision pour les épilations et le maquillage avec motifs.

Il faut suffisamment de **prises électriques** pour les différents appareils visage, appareils à cire, manucurie tiède. En effet, une prise multiple risquerait de surchauffer et provoquer un court-circuit.

L'**ambiance thermique** et **musicale** est nécessaire comme dans la cabine corps pour assurer des prestations de qualité.

La **ventilation** permet d'évacuer l'air vicié et de renouveler l'air ambiant.

Une **fenêtre** permet d'avoir une lumière naturelle pour la mise en valeur des couleurs et la précision nécessaire dans les techniques de maquillage.

L'**ambiance lumineuse** est nécessaire pour la réalisation de techniques de précision en épilation, en maquillage et soin du visage. Avec des variateurs on peut créer une ambiance de relaxation.

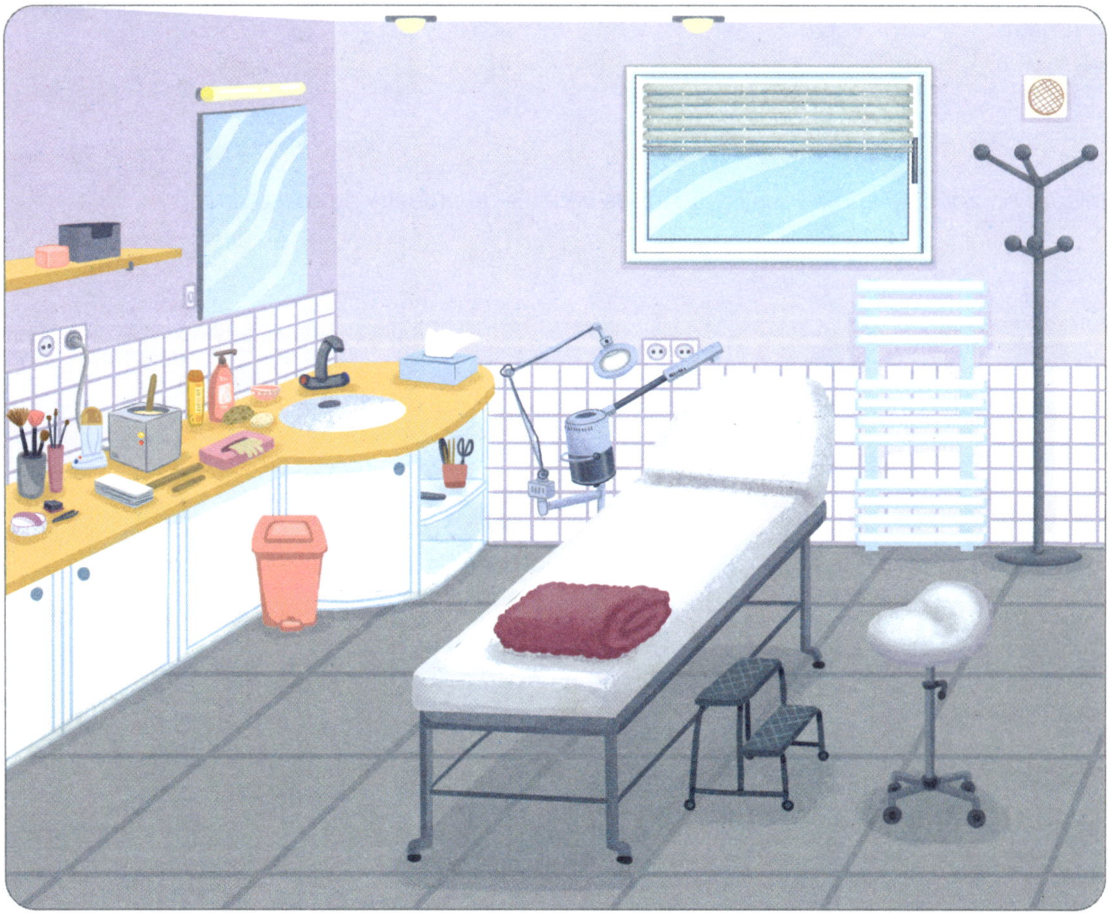

>>

Le matériel pour les soins du visage, le linge et les consommables pour la cabine polyvalente

Matériel		Fonction
	Brosse manuelle visage	Émulsionner un gel moussant.
	Éponges végétales	Retirer un produit démaquillant.
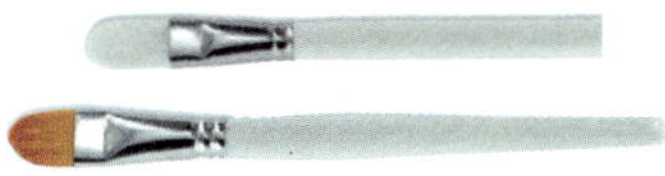	Pinceaux masques visage et yeux	Appliquer les masques crèmes visage et yeux et les gommages.
	Spatule de prélèvement	Prélever une quantité de produit.
	Spatule masque plastifiant visage	Appliquer les masques plastifiants.
	Coupelle	Déposer une quantité de produit.
	Cuvette faciale	Rincer les instruments et la surface de la peau.
	Pot à instruments	Déposer l'ensemble des instruments.
	Poubelle de table	Jeter les déchets.
	Distributeur de cotons	Ranger les cotons.

Linge	Consommables	Produits
- Serviettes. - Draps de bain. - Peignoirs. - Paréos. - Bandeaux. - Charlottes. - Mules. - Housses de lit. - Tapis de sol. - Coussin à manucure.	- Lingettes désinfectantes. - Cotons. - Mouchoirs en papier. - Gaze. - Film cellophane. - Draps d'enveloppement. - Alèzes. - Sacs poubelles.	- Lait/lotion/gel/mousse démaquillant(e). - Gommages mécaniques, chimiques (aux sucres, sels marins, enzymes). - Crème, huile, baume de modelage. - Ampoules de soin (huileuses/aqueuses/ionisables). - Masques (crèmes/terreux/gels/plastifiants /thermiques/ feuille de collagène). - Crèmes de protection (hydratante/nourrissante/antirides…). - Brumisateur. - Gel à ionophorèse. - Lotion désincrustante.

ACTIVITÉ 3 À l'aide du document 3 « L'aménagement rationnel d'une cabine polyvalente 1 » et de vos connaissances :

1 Compléter le tableau ci-dessous.

L'aménagement rationnel d'une cabine polyvalente

	Éléments
Équipement	…………………… …………………… …………………… …………………… Revêtement au sol : …………………… Revêtement mural : ……………………
Mobilier	…………………… …………………… …………………… ……………………
Instruments	…………………… …………………… …………………… …………………… …………………… …………………… …………………… …………………… …………………… ……………………

2 Entourer sur le dessin du document 3, page 150, les éléments relatifs à :
- l'équipement en rouge ;
- le mobilier en bleu.

3 Expliquer la présence d'une grande variété d'instruments et de matériel.

……………………

……………………

4 Indiquer les avantages de la ventilation mécanique contrôlée dans la cabine polyvalente.

……………………

……………………

5 Citer les techniques esthétiques nécessitant un éclairage de précision pour assurer la qualité de la prestation.

……………………

……………………

……………………

Document 4

L'AMÉNAGEMENT SPÉCIFIQUE D'UNE CABINE POLYVALENTE 2

Le matériel pour les soins des mains et des pieds

Matériel	Instruments	Produits
- Coussin à manucurie : ▶ pour surélever les mains. - Plateau à manucurie : ▶ pour ranger le matériel de manière organisée. - Bol à manucurie : ▶ pour faire tremper les ongles. - Brosse à ongles : ▶ pour nettoyer les ongles. - Pot à instruments : ▶ pour ranger les instruments. - Bâtonnet/pied-de-biche : ▶ pour repousser les cuticules.	- Ciseaux à bouts ronds : ▶ pour couper les ongles. - Pince à envies : ▶ pour couper les envies. - Pince coupe-ongles : ▶ pour raccourcir les ongles. - Limes : ▶ pour donner une forme à l'ongle. - Polissoir : ▶ pour polir la surface de l'ongle. - Râpe : ▶ pour retirer la corne. - Écarte-orteils : ▶ pour écarter les orteils lors de la pose de vernis.	- Dissolvant. - Eau émolliente. - Huile cuticules. - Crème de modelage. - Exfoliant. - Base pour ongles. - Vernis. - Faux ongles (capsules, gels, résines, vernis semi-permanents). - Pains de paraffine. - Huile fortifiante. - Masques mains/pieds.

Le matériel pour le maquillage

Instruments	Produits
- Kit pinceaux de maquillage : ▶ pour appliquer les fards. - Éponges : ▶ pour appliquer le fond de teint. - Spatules de prélèvement : ▶ pour se servir de produit. - Houppette : ▶ pour matifier le teint. - Taille-crayon : ▶ pour tailler les crayons à paupières et à lèvres.	- Base de maquillage. - Ampoule coup d'éclat. - Correcteurs. - Fonds de teints. - Poudres libres/compactes. - Fards à paupières. - Crayons yeux/lèvres. - Eye-liners. - Mascaras. - Rouges à lèvres. - Paillettes. - Strass. - Aquarelles.

© Adobe Stock

Le matériel pour les épilations

Matériel	Produits
- Bandes de non-tissé : ▶ pour retirer la cire jetable avec bandes. - Collerettes de propreté : ▶ pour protéger le tour de l'appareil à cire. - Pince à épiler : ▶ pour retirer les poils et leur bulbe. - Spatules jetables, spatules en buis, spatules en inox : ▶ pour appliquer la cire.	- Solvant. - Gel ou lotion pré-épilatoire. - Aseptisant. - Produits post-épilatoires (huile, lait, gel). - Cire jetable avec bandes. - Cire jetable sans bandes. - Cire recyclable. - Talc.

© pbi

ACTIVITÉ 4 À l'aide du document 4 « L'aménagement spécifique d'une cabine polyvalente 2 » :

1 Remplir le tableau ci-dessous en indiquant le nom ou la fonction de l'instrument.

Instruments	Fonction
Pince à envies	....
....	Repousser les cuticules.
Polissoir	....
....	Appliquer la cire.
Pince à épiler	....
....	Appliquer le fond de teint.
Pinceaux de maquillage	....
....	Tailler les crayons à paupières et à lèvres.
Houppette	....

2 Retrouver le nom des instruments sur les trois plans de travail ci-dessous.

Le plan de travail en soins du visage

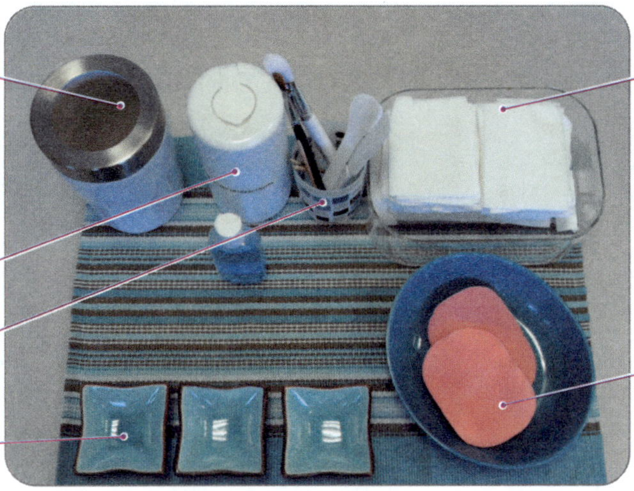

© Delagrave

Le plan de travail en manucurie

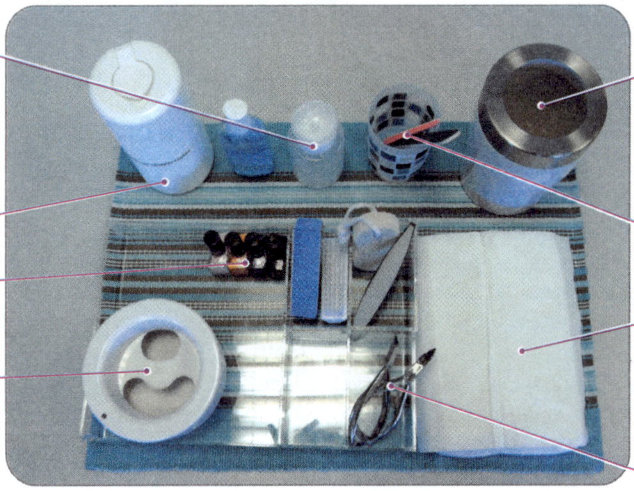

© Delagrave

Le plan de travail en épilation

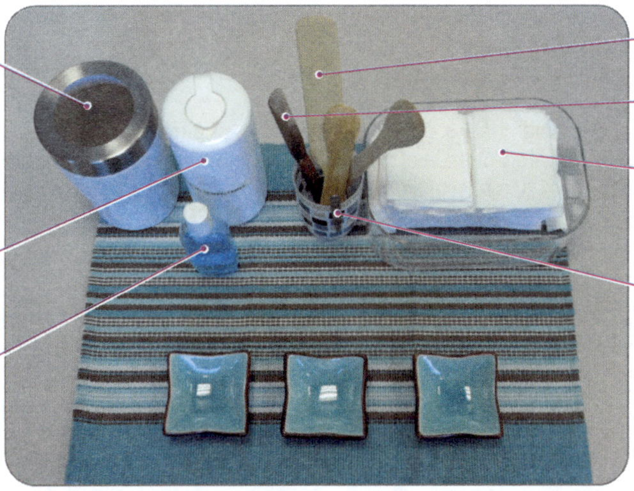

© Delagrave

16.2 Les facteurs d'ambiance

Document 1

LES FACTEURS D'AMBIANCE D'UN INSTITUT DE BEAUTÉ

Les facteurs d'ambiance

Ce sont des éléments, visuels ou non, qui permettent l'organisation des différents espaces et la personnalisation d'un institut de beauté.

L'intérieur de l'institut : le mobilier, les couleurs, l'ambiance sonore, l'éclairage, la température ambiante, les odeurs, la décoration doivent proposer un aménagement fonctionnel, harmonieux et agréable pour contribuer au confort des clients.

© Adobe Stock

FACTEURS D'AMBIANCE	CARACTÉRISTIQUES
Le mobilier	Il doit être adapté aux différentes techniques esthétiques (visage, corps), être fonctionnel et en harmonie avec l'environnement de l'institut dans le choix des matériaux.
Les revêtements	Le choix du revêtement mural favorise le bien-être, la relaxation du corps et de l'esprit. Il doit être adapté aux techniques pratiquées. Le choix du revêtement au sol permet de délimiter les espaces professionnels par le choix d'un matériau ou d'une couleur. Il doit aussi être adapté aux techniques, résistant et antidérapant.
La décoration	La décoration est en harmonie avec les couleurs et le mobilier des cabines et surtout avec l'ambiance créée dans l'institut. Chaque détail de décoration personnalise un peu plus l'image de marque de l'institut.
L'ambiance sonore	La musique incite à la relaxation de la cliente. Elle enveloppe le bruit indésirable de l'intérieur des cabines, le va-et-vient dans l'institut et le bruit extérieur.
L'ambiance lumineuse	Un bon éclairage dans des locaux fermés est une obligation pour la sécurité de la cliente et de l'esthéticienne dans l'utilisation d'appareils et de matériel. Cela favorise la qualité de la prestation par une technique précise et efficace. C'est aussi un confort visuel pour la cliente en relaxation.
L'ambiance thermique	Une bonne chaleur incite à la relaxation, au bien-être du corps. Elle permet le port d'une tenue confortable, légère pour l'esthéticienne et la nudité de la cliente lors de soins du corps. Un manque de chaleur engendre la mauvaise humeur, les crispations et des plaintes de la clientèle. En revanche, une chaleur excessive engendre une transpiration importante de l'esthéticienne, malaise et inconfort chez la cliente. C'est aussi un risque de transmission de maladies par le développement des micro-organismes présents dans l'environnement.
L'ambiance olfactive	Elle participe au bien-être du corps, permet à la cliente de s'évader dans une ambiance agréable. Les cinq sens de la cliente peuvent être stimulés pour optimiser la qualité de la prestation. L'aération participe aussi au bien-être du sens olfactif.
L'ambiance gustative	Le bien-être du corps passe également par la stimulation du goût avec des boissons rafraîchissantes ou chaudes selon les saisons. Ainsi, les cinq sens de la cliente sont en éveil.

>>

Document 1 > suite

Le but des différents facteurs d'ambiance

- Renforcer l'image de marque de l'institut.
- Donner une identité à l'institut.
- Améliorer le confort de la cliente.
- Développer le bien-être des cinq sens.
- Attirer l'attention, le regard de la clientèle pour découvrir l'ambiance de chaque espace de l'institut.
- Réaliser les activités de l'institut dans de bonnes conditions.

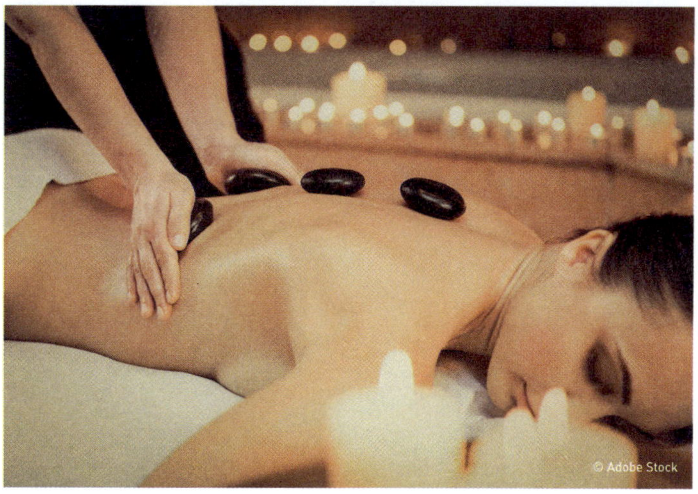

© Adobe Stock

Réussir son ambiance de présentation

Pour être efficaces, les facteurs d'ambiance doivent être :

- régulièrement revus en fonction de la surface et de l'aménagement de l'institut ;
- reconsidérés en fonction du budget ;
- repensés en fonction de l'évolution des espaces ;
- révisés en fonction de l'évolution des tendances et du comportement de la clientèle.

Mes infos +++

ACTIVITÉ 1 À l'aide du document 1 « Les facteurs d'ambiance d'un institut de beauté » :

1. Proposer une définition des « facteurs d'ambiance ».

....

....

....

....

....

....

2. Compléter le tableau ci-dessous.

Exemples de facteurs d'ambiance	Intérêt
....	....
....	....
....	....
....	....
....	....
....	....
....	....
....	....

3 Relier par une flèche la situation au but principal.

Les facteurs d'ambiance

Situation			But principal
L'éclairage de l'institut a été refait.	•	•	Avoir une température bien adaptée pour satisfaire la clientèle.
L'ambiance thermique a été changée.	•	•	Adapter la luminosité aux techniques esthétiques et assurer la sécurité de la cliente et de l'esthéticienne.
La décoration intérieure a été repensée.	•	•	Participer au bien-être du corps par l'éveil du goût.
L'aménagement des cabines a été modifié.	•	•	Les revêtements muraux participent à la personnalisation de l'institut.
L'institut a été repeint.	•	•	Créer une ambiance zen dans l'institut.
Une musique de relaxation est mise dans l'institut.	•	•	Inciter le client à la relaxation par le sens de l'odorat.
Un diffuseur d'huiles essentielles a été installé dans chaque cabine.	•	•	Créer une ambiance agréable, permettre à la cliente de s'évader.
Des boissons rafraîchissantes sont proposées en période estivale.	•	•	Adapter le mobilier à l'environnement de l'institut dans le choix des matériaux.

4 Retrouver les facteurs d'ambiance d'après les définitions des qualités et attributs : la décoration – le mobilier – les revêtements – l'ambiance sonore – l'ambiance lumineuse – l'ambiance olfactive.

Facteurs d'ambiance	Qualités et attributs
....	Possibilité d'utiliser des couleurs et des matériaux différents pour distinguer les espaces. Le carrelage est souvent retenu pour sa facilité d'entretien. Penser à sélectionner une couleur pour les murs qui s'adapte avec les prestations réalisées
....	Favoriser la qualité de la prestation par une technique précise et efficace.
....	Être en adéquation avec la stratégie d'image de l'institut, des produits et de la communication.
....	Diffuser un parfum discret et s'assurer d'une bonne aération.
....	Diffuser une ambiance sonore audible et de qualité, adaptée à la clientèle.
....	Être esthétique et discret pour mettre en avant les produits.

5 Relier les facteurs d'ambiance à leurs fonctions.

Facteurs d'ambiance			Rôle
La musique	•	•	Ranger et présenter les produits.
Le mobilier	•	•	Détendre les clients.
La décoration	•	•	Délimiter les différents espaces.
L'éclairage	•	•	Réaliser des techniques de précision. Mettre le client dans un univers tamisé en relaxation.
Le sol	•	•	Offrir un cadre agréable.

Je m'évalue

Évaluez-vous !

Flashez le QR code ou retrouvez l'exercice de fin de chapitre 16 en version interactive sur

www.lienmini.fr/11061-Test16

❶ Remplir le tableau ci-dessous en indiquant l'avantage ou l'inconvénient d'une installation rationnelle d'un espace professionnel.

Avantage d'une bonne installation de cabine	Inconvénient d'une mauvaise installation de cabine
Gain de temps dans l'exécution de la prestation	....
....	Prestation de mauvaise qualité par manque de matériel spécifique à la technique
Confiance de la cliente par une installation conforme à la technique	....

❷ Retrouver l'expression mystère (deux mots) grâce au code couleur des lettres.

A	B	C	D	E	F	G	H	I	J	K	L	M	N	O	P	Q	R	S	T	U	V	W	X	Y	Z
1	2	3	4	5	6	7	8	9	10	11	12	13	14	15	16	17	18	19	20	21	22	23	24	25	26

....	....	....	....	....	....	....	....	....	....	....	....

....	....	....	....	....	....	....	....	....	....	....

❸ Inscrire les éléments représentant les facteurs d'ambiance dans un institut de beauté.

Les éléments représentant les facteurs d'ambiance

....

....

....

....

....

....

....

....

....

Je m'évalue

❹ Représenter le plan de l'institut où vous avez effectué une période de formation en milieu professionnel.

Légende :

17 La réglementation de la profession d'esthéticienne

• C35 : Participer à la vie d'un institut de beauté et de bien-être

Situation professionnelle

Nora, élève de BAC Pro ECP accompagnée de sa tutrice Karine, recherche des informations sur les différents textes en vigueur sur la profession d'esthéticienne.
Nora doit constituer un dossier pendant sa PFMP.

© Adobe Stock

Être capable de

- préciser les conditions requises pour exercer l'activité d'esthéticien(ne) ;
- préciser les champs d'intervention professionnelle de l'esthéticien(ne) en les différenciant de ceux des professions médicales ou paramédicales.

Document 1

LA PROFESSION D'ESTHÉTICIENNE

La réglementation liste des textes d'encadrement des actes esthétiques de beauté bien-être, des produits cosmétiques et des dispositifs (appareils) à visée esthétique à la date du 22 avril 2023.

Loi du 5 juillet 1996 relative au développement et à la promotion du commerce et de l'artisanat

Art. 16 : Quels que soient le statut juridique et les caractéristiques de l'entreprise, ne peuvent être exercées que par une personne qualifiée professionnellement ou sous le contrôle effectif et permanent de celle-ci, les activités suivantes :

- **Les soins esthétiques à la personne** autres que médicaux et paramédicaux.
- **Les modelages esthétiques de confort** sans finalité médicale.

On entend par « modelage » toute manœuvre superficielle réalisée sur la peau du visage et du corps humain dans un but exclusivement esthétique et de confort, à l'exclusion de toute finalité médicale et thérapeutique. Cette manœuvre peut être soit manuelle, éventuellement pour assurer la pénétration d'un produit cosmétique, soit facilitée par un appareil à visée esthétique.
Depuis la loi de modernisation de notre système de santé du 26 janvier 2016, l'utilisation du terme « massage » n'est plus réservée aux seuls masseurs-kinésithérapeutes dans le cadre du massage thérapeutique. Les massages de bien-être peuvent être pratiqués par les esthéticiennes.

L'esthéticienne a le statut d'artisan et de commerçant.

- Un artisan est un travailleur indépendant, qui justifie d'une qualification professionnelle (diplôme ou expérience professionnelle) et d'une immatriculation au Répertoire national des métiers pour l'exercice, à son propre compte, d'une activité manuelle.
- Un commerçant exerce une activité basée sur l'achat et la vente de produits et de services.

Loi du 2 avril 1998 et décret du 4 mai 2017 relatifs à la qualification professionnelle exigée pour l'exercice des activités prévues à l'article 16 de la loi du 5 juillet 1996 relative au développement et à la promotion du commerce et de l'artisanat

Les personnes qui exercent l'une des activités mentionnées dans l'article 16 de **la loi du 5 juillet 1996** doivent être **titulaires d'un certificat d'aptitude professionnelle (CAP)** ou **d'un brevet professionnel (BP) Esthétique Cosmétique Parfumerie ou d'un diplôme ou d'un titre de niveau égal ou supérieur homologué** (Bac Pro Esthétique Cosmétique Parfumerie, BTS métiers de l'Esthétique Cosmétique Parfumerie).
À défaut de ces diplômes ou de ces titres, ces personnes doivent justifier d'une expérience professionnelle de trois années effectives sur le territoire de l'Union européenne ou un autre État partie à l'accord sur l'Espace économique européen, acquise en qualité de dirigeant d'entreprise, de travailleur indépendant ou de salarié dans l'exercice de l'un des métiers prévus dans la liste susmentionnée.

Sources : www.legifrance.gouv.fr – www.artisanat.fr - www.economie.gouv.fr

ACTIVITÉ 1 À l'aide du document 1 « La profession d'esthéticienne » :

1 Indiquer le diplôme de base nécessaire pour ouvrir un institut de beauté.

....

2 Indiquer les autres diplômes autorisés pour l'exercice de la profession d'esthéticienne.

....

....

....

3 Indiquer les expériences professionnelles qui permettent l'exercice de la profession d'esthéticienne.

....

....

....

....

4 Préciser les techniques qu'une esthéticienne est autorisée à pratiquer.

....

....

....

....

5 Répondre à l'affirmation par vrai ou faux.

- Toute personne peut réaliser des techniques esthétiques dans un institut de beauté.

☐ Vrai

☐ Faux

Justifier en précisant la loi en vigueur.

....

....

....

6 Indiquer les deux statuts de l'esthéticienne à son compte.

....

....

7 Citer les obligations à remplir pour bénéficier du statut d'artisan.

....

....

....

....

8 Citer les obligations à remplir pour bénéficier du statut de commerçant en tant qu'esthéticienne.

....

....

Document 2

LES LIMITES DE COMPÉTENCES AVEC LE MILIEU MÉDICAL (arrêté du 6 janvier 1962)

© Adobe Stock

L'arrêté du 6 janvier 1962, modifié le 15 avril 2007, fixe la liste des actes médicaux ne pouvant être pratiqués que par des médecins ou pouvant être pratiqués par des auxiliaires médicaux ou par des directeurs de laboratoires d'analyses médicales non médecin.

On appelle « déontologie » l'ensemble des devoirs et des limites professionnels imposés aux professionnels dans l'exercice de leur métier. Lorsqu'une profession s'organise, elle possède un statut codifié qui précise les usages et les devoirs de ses membres.

L'esthéticienne doit respecter les droits de chacune des professions ci-dessous.

Les médecins et les professions paramédicales

- Ne peuvent être pratiqués que par les docteurs en médecine et/ou des auxiliaires médicaux qualifiés seuls et/ou sous la surveillance d'un médecin conformément au Code de la santé publique, les actes médicaux suivants :

- tout mode d'épilation, sauf les épilations à la pince ou à la cire ;
- toute abrasion instrumentale des téguments à l'aide d'un matériel susceptible de provoquer l'effusion du sang [l'esthéticienne utilise des produits gommants] ;
- les actes d'électrothérapie médicale ;
- les massages avec application de rayons infrarouges, la mobilisation manuelle, la rééducation, la gymnastique médicale sauf dans le traitement de l'amincissement à des fins d'embellissement ;
- l'usage des rayons ultraviolets dans un but thérapeutique, sauf dans l'appareil à stérilisation, la lampe de Wood, l'appareil à adduction d'ozone ;
- l'usage des ultrasons, sauf dans l'utilisation d'ultrasons visage et corps à des fins d'embellissement ;
- l'usage des courants de haute fréquence, sauf l'appareil à haute fréquence à des fins d'embellissement ;
- l'ionisation, sauf l'ionophorèse à des fins d'embellissement.

- Seuls les médecins diplômés d'État utilisent les termes de « diagnostic médical », « traitement des maladies » ou « affections chirurgicales ».

L'esthéticienne peut pratiquer des soins uniquement sur une peau saine et propre (sans lésions, infections...). Dans le cas contraire, elle doit orienter la cliente à consulter un médecin, et s'abstenir de pratiquer des techniques esthétiques. Les sanctions sont pénales : amende, confiscation du matériel, fermeture de l'institut, emprisonnement.

Toute personne exerçant ces actes est dans l'exercice illégal de la médecine.

Il est interdit à l'esthéticienne d'utiliser les termes suivants : « diagnostic », « traitement », « ordonnance », « maladie », « amaigrissement », « massage », « peeling ».

L'esthéticienne/le diététicien

L'esthéticienne n'a pas le droit d'établir un programme ou un régime alimentaire.

L'esthéticienne/le dermatologue

L'esthéticienne n'a pas le droit de pratiquer la mise à plat de l'acné, le retrait de microkystes sébacés, de procéder à une épilation définitive, de pratiquer des séances d'UV dans un but thérapeutique.

L'esthéticienne/le pharmacien

Les pharmaciens vendent des médicaments et des produits d'hygiène à but thérapeutique, lisent les ordonnances et élaborent des préparations médicamenteuses.

L'esthéticienne peut uniquement vendre les produits cosmétiques et d'hygiène corporelle vendus en parapharmacie, par opposition aux produits médicamenteux parfaitement définis, dont le but est de maintenir en état ou améliorer l'état de la peau.

L'interdiction d'association avec un médecin

Le Code de déontologie des médecins interdit à tout médecin de s'associer à une profession artisanale ou commerciale. Une esthéticienne n'a pas le droit de travailler dans les mêmes locaux qu'un médecin, encore moins sous sa responsabilité.

>>

Document 2 > suite

L'esthéticienne en milieu hospitalier

Une esthéticienne peut travailler en milieu hospitalier à condition d'être diplômée d'État : au minimum d'un CAP Esthétique Cosmétique Parfumerie et d'un diplôme de socio-esthétique adapté au milieu médical. Elle ne peut pratiquer aucun acte thérapeutique, ni vendre de produits cosmétiques dans l'enceinte de l'hôpital.

Elle peut exercer dans une cabine fixe, installée dans une partie commune de l'hôpital, ou se déplacer dans les différents services.

Les soins esthétiques sont gratuits dans un hôpital public et l'esthéticienne est payée à la vacation par l'hôpital. Ils sont payés par le patient dans un hôpital privé.

Source : www.legifrance.gouv.fr.

ACTIVITÉ 2 À l'aide du document 2 « Les limites de compétences avec le milieu médical (arrêté du 6 janvier 1962) » :

1 Noter la signification de « la déontologie ».

....

....

....

2 Indiquer vers quel professionnel orienter une cliente qui présente de l'acné et des microkystes.

....

3 Relier le professionnel à son activité.

Le pharmacien •	• vend des produits cosmétiques et d'hygiène corporelle.
L'esthéticienne •	• vend des produits à but thérapeutique.

4 En vous appuyant sur vos connaissances, compléter la phrase suivante.

- Les médicaments .... la personne, tandis que les produits cosmétiques .... la personne.

5 Répondre aux affirmations par vrai ou faux.

- **a.** Une esthéticienne peut s'associer à un médecin.

  ☐ Vrai ☐ Faux

- **b.** Dans l'hôpital, une esthéticienne n'a pas le droit de vendre des produits cosmétiques.

  ☐ Vrai ☐ Faux

- **c.** Pour exercer dans le milieu hospitalier, il faut avoir au minimum un diplôme de CAP Esthétique Cosmétique Parfumerie et un diplôme de socio-esthétique.

  ☐ Vrai ☐ Faux

- **d.** Les soins esthétiques à l'hôpital public sont payés par les malades.

  ☐ Vrai ☐ Faux

Document 3

LES LIMITES DE COMPÉTENCES AVEC LE MILIEU PROFESSIONNEL DE L'EMBELLISSEMENT (arrêté du 6 janvier 1962)

L'esthéticienne et l'hydrothérapie

Une formation d'hydrothérapeute est nécessaire pour pouvoir intervenir dans cette spécialité en thalassothérapie (bains Niagara, bains bouillonnants, douche à affusion, enveloppement d'algues, douche à jets).

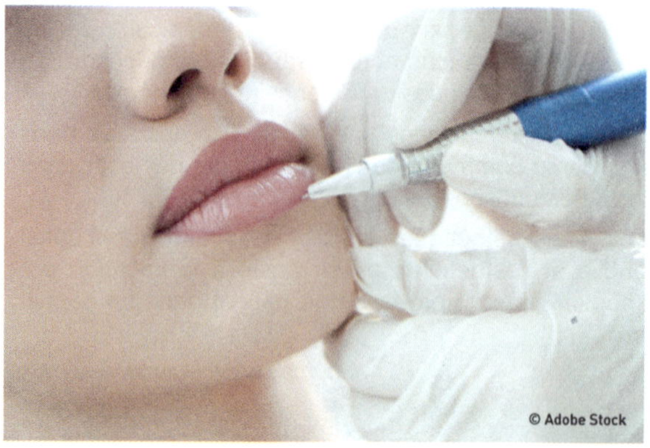
© Adobe Stock

L'esthéticienne et le microblading/microshading (micropigmentation ou maquillage semi-permanent)

Ils visent à corriger et harmoniser durablement la ligne des sourcils. La technique consiste à insérer, à l'aide d'une aiguille, un pigment coloré sous les couches superficielles de la peau, effet poil pour le microblading et effet ombrage pour le microshading.

Formation obligatoire de trois jours (21 heures) pour pouvoir exercer le tatouage, le maquillage permanent et le perçage. Attestation de formation à fournir à l'Agence régionale de santé (ARS). D'après l'article R. 1311-3 du Code de la santé publique.

L'esthéticienne et la coiffure

L'esthéticienne est une spécialiste des soins d'embellissement de la peau et de ses phanères (productions issues de l'épiderme : les cheveux, les poils, et les ongles).

L'esthéticienne peut donc pratiquer des soins d'hygiène capillaire à condition de travailler sur un cuir chevelu et des cheveux sains.

Elle n'a pas le droit de pratiquer de shampoings, de coupes, de mises en plis, de colorations, de coiffer, actes réservés aux coiffeurs.

La profession de coiffeur est réglementée : pour exercer, il faut au minimum le CAP Coiffure.

Sources : www.legifrance.gouv.fr et http://www.cnaib.fr/les-conditions-dexercice-de-lestheticienne/, bulletins n° 45 (09/2004) et n° 46 (12/2004)

Mes infos +++

....

....

....

....

....

....

ACTIVITÉ 3 À l'aide du document 3 « Les limites de compétences avec le milieu professionnel de l'embellissement (arrêté du 6 janvier 1962) » :

1. Citer les différentes pratiques professionnelles limitant l'exercice de la profession d'esthéticienne dans le milieu de l'embellissement.

....

....

....

....

2. Indiquer pourquoi l'esthéticienne ne peut coiffer ni couper les cheveux de sa cliente.

....

....

....

Je m'évalue

Évaluez-vous !

Flashez le QR code ou retrouvez l'exercice de fin de chapitre 17 en version interactive sur

www.lienmini.fr/11061-Test17

❶ Indiquer ce que réglemente la loi du 5 juillet 1996.

....

....

❷ Donner la signification des sigles suivants.

- CAP : ....
- BP : ....
- BAC PRO : ....
- BTS : ....

❸ Citer les textes de loi qui réglementent la qualification professionnelle de l'esthéticienne.

....

❹ Citer la date de l'arrêté qui réglemente la limite de compétences de la profession d'esthéticienne.

....

....

❺ Relier chaque tâche à la profession qui peut l'exercer.

Les limites de compétences			
Épiler à la cire.	•		
Utiliser l'ionisation.	•	•	Profession de l'esthéticienne.
Utiliser un appareil de bronzage de type UV1.	•		
Pratiquer des soins d'hygiène capillaire.	•		
Élaborer un régime alimentaire.	•		
Retirer des microkystes sébacés.	•		
Vendre des produits cosmétiques et d'hygiène corporelle.	•	•	Professions médicales.
Pratiquer le maquillage longue durée.	•		
Établir une ordonnance.	•		

18 La réglementation des produits cosmétiques

• C35 : Participer à la vie d'un institut de beauté et de bien-être

Situation professionnelle

Madame Louise, responsable du Spa Détente corporelle, est vigilante sur la réglementation des produits cosmétiques qu'elle utilise. Soucieuse des risques cutanés, une cliente la questionne sur la fabrication des produits cosmétiques. Elle l'informe sur la réglementation européenne.

© Adobe Stock

Être capable de

- présenter la réglementation européenne ;
- identifier les obligations qui relèvent de la responsabilité de l'esthéticien(ne) dans son exercice professionnel ;
- mettre en relation l'objectif de santé publique et l'existence d'une réglementation sur les produits cosmétiques ;
- mettre en œuvre la démarche de cosmétovigilance ;
- comparer la définition du produit cosmétique et celle du médicament.

Document 1

LE CADRE RÉGLEMENTAIRE DES PRODUITS COSMÉTIQUES

- **Le règlement (CE) n° 1223/2009 (du Parlement européen et du Conseil du 30 novembre 2009) relatif aux produits cosmétiques entré en vigueur le 11 juillet 2013.**

La réglementation européenne concerne 31 pays européens (les 28 pays de l'Union européenne + la Norvège + l'Islande + le Liechtenstein).

- **Le Code de la santé publique (loi du 4 novembre 2015) relatif aux produits cosmétiques et aux produits de tatouage.**

– **La loi n° 2014-201 du 24 février 2014 portant diverses dispositions d'adaptation au droit de l'Union européenne dans le domaine de la santé (ANSM).**

– **Le règlement européen 2017/745 sur les dispositifs médicaux entré en vigueur le 26/05/2021.**

L'objectif est de soumettre les dispositifs médicaux à des règles spécifiques et communes à toute l'Europe en vue de leur commercialisation avec l'obligation d'obtenir le marquage CE médical et d'inclure de nouvelles dispositions pour des dispositifs non considérés comme médicaux, par exemple les appareils esthétiques.

Ce dispositif met en place la matériovigilance : signalement d'un incident ou risque d'incident concernant un dispositif médical à l'Agence nationale de sécurité du médicament et des produits de santé (ANSM).

ACTIVITÉ 1 À l'aide du document 1 « Le cadre réglementaire des produits cosmétiques » :

1 Indiquer les dates du cadre réglementaire des produits cosmétiques.

....

....

....

Document 2

DÉFINITION DU PRODUIT COSMÉTIQUE

Article 2 du règlement (CE) n° 1223/2009 du Parlement européen et du Conseil du 30 novembre 2009

Un produit cosmétique est toute substance ou mélange, destiné à être mis en **contact avec les parties superficielles du corps humain** :

- l'épiderme ;
- les ongles ;
- les dents et les muqueuses buccales.
- les systèmes pileux et capillaire ;
- les lèvres et les organes génitaux externes ;

© Adobe Stock

= ....

Document 2 > suite

En vue, exclusivement ou principalement :
- de les nettoyer ;
- de les protéger ;
- de les parfumer ;
- de les maintenir en bon état ;
- d'en modifier l'aspect ;
- ou de corriger les odeurs corporelles.

= ....

Un produit cosmétique ne peut pas être présenté comme ayant des propriétés curatives ou préventives à l'égard des maladies humaines.

Le médicament est représenté par toutes les substances ou les préparations destinées à soigner ou à diagnostiquer une maladie.

Les produits destinés à être ingérés, inhalés, injectés ou implantés dans l'organisme ne sont pas des produits cosmétiques.

Les compléments alimentaires ne sont pas des produits cosmétiques ni des médicaments. Ils complètent le régime alimentaire normal.

ACTIVITÉ 2 À l'aide du document 2 « Définition du produit cosmétique » :

1. Remplir les deux zones vides du document 2 avec les deux termes suivants :
– Les zones d'application du produit cosmétique.
– Les actions des produits.

2. Citer deux interdictions concernant le produit cosmétique.

....

....

....

Document 3

LES CONTRÔLES EFFECTUÉS SUR LE PRODUIT COSMÉTIQUE

En France, la surveillance du marché des produits cosmétiques est assurée conjointement par :
- L'**ANSM** (Agence Nationale de Sécurité du Médicament et des produits de santé).
- La **DGCCRF** (Direction Générale de la Concurrence, Consommation et de la Répression des Fraudes).

Ils garantissent la sécurité du consommateur et le bon fonctionnement du marché des cosmétiques.

Ils interviennent dans le domaine de l'inspection et des contrôles en laboratoire. Leurs rôles :
- Examiner le dossier d'information du produit (DIP).
- Effectuer des contrôles en laboratoires sur la base d'échantillons.
- Contrôler la mise sur le marché.

© Adobe Stock

Les essais d'innocuités

- **Les essais de toxicité transcutanée :** s'assurer que le produit cosmétique ne contient pas de substances toxiques.
- **Les essais de tolérance sur la peau ou sur les muqueuses :** vérifier l'absence de réactions cutanées.
- **Les essais de l'irritation oculaire :** vérifier l'absence de réactions au niveau des yeux.
- **Les contrôles physico-chimiques :** vérifier l'identité, la qualité des matières premières, le déroulement de l'essai.
- **Les contrôles microbiologiques :** s'assurer de la pureté des matières premières.

Les contrôles sur le produit fini

- Test consommateur.
- Test sensoriel.
- Test clinique.

Mes infos +++

>>

Document 3 > suite

Le dossier d'information du produit (DIP)

Chaque dossier doit comporter toutes les informations sur les essais, les tests effectués sur les matières premières et le produit cosmétique fini avant sa mise sur le marché.

La personne responsable

Elle garantit que les produits mis sur le marché sont sûrs pour la santé humaine, qu'ils présentent une bonne innocuité lorsqu'ils sont employés dans des conditions normales d'utilisation.

La cosmétovigilance

Après la mise sur le marché des produits cosmétiques, la personne responsable de la fabrication, les professionnels de la santé, les distributeurs, les professionnels de la beauté, les coiffeurs… et les consommateurs sont chargés de déclarer les effets indésirables du produit cosmétique.

La déclaration (formulaire spécifique) est effectuée auprès de l'ANSM.

Trois types d'effets indésirables :

- Les **effets indésirables** : réaction nocive pour la santé humaine imputable à l'utilisation normale d'un produit cosmétique.
- Les **effets indésirables graves** : réaction entraînant une incapacité fonctionnelle temporaire ou permanente, un handicap, une hospitalisation, des anomalies congénitales ou un décès.
- Le **mésusage d'un produit cosmétique** : c'est l'utilisation non conforme au regard des conditions normales d'utilisation fixées sur l'emballage ou le récipient.

ACTIVITÉ 3 À l'aide du document 3 « Les contrôles effectués sur le produit cosmétique » :

1. Indiquer la signification des sigles ci-dessous.
   - L'ANSM : ……………………………………
   - La DGCCRF : ……………………………………

……………………………………

2. Indiquer les informations recueillies dans le dossier d'information du produit.

……………………………………

……………………………………

3. Une cliente présente une réaction cutanée après l'application de son shampoing. Citer les personnes pouvant déclarer les effets indésirables du produit cosmétique.
   - ……………………………………
   - ……………………………………
   - ……………………………………
   - ……………………………………
   - ……………………………………
   - ……………………………………

4. Indiquer le rôle de la cosmétovigilance.

……………………………………

……………………………………

5. Citer les essais d'innocuité.
   - ……………………………………
   - ……………………………………
   - ……………………………………
   - ……………………………………
   - ……………………………………

Document 4

LES EXIGENCES DE LA MISE SUR LE MARCHÉ D'UN PRODUIT COSMÉTIQUE

L'arrêté du 6 février 2001 fixe le choix des ingrédients entrant dans la composition de tout produit cosmétique conforme au règlement cosmétique.

1 – Liste des substances interdites

Exemples :

- Les **médicaments**, les androgènes, les œstrogènes (hormones), l'arsenic…
- Les **substances classées comme CMR** (carcinogènes, mutagènes ou toxiques).

2 – Liste des substances soumises à restriction

L'**ANSM** fixe pour chaque substance vénéneuse et pour chaque type de produit, les doses et concentrations à ne pas dépasser, ainsi que des avertissements sur l'utilisation de ces produits. S'ils dépassent ces concentrations, ils sont considérés comme médicaments.

Exemples :

- Les **sulfures alcalins** utilisés dans les dépilatoires doivent contenir un avertissement : « Tenir à l'écart des enfants, éviter tout contact avec les yeux ».
- L'**acide borique** utilisé dans les talcs doit contenir un avertissement sur l'étiquetage : « Ne pas employer pour les soins d'enfants en dessous de 3 ans ».
- Le **formaldéhyde** utilisé pour durcir les ongles doit contenir un avertissement « Protéger les cuticules par un corps gras pour les produits contenant du formaldéhyde ».
- L'**eau oxygénée** utilisée dans les teintures de cils et sourcils et nettoyage des ongles doit contenir un avertissement : « Éviter le contact avec les yeux, les rincer immédiatement si le produit entre en contact avec ceux-ci ».
- Le **nitrate d'argent** utilisé dans les teintures de cils et sourcils doit contenir un avertissement : « Éviter le contact avec les yeux, les rincer immédiatement si le produit entre en contact avec ceux-ci ».
- Les **nanomatériaux** : les nanoparticules de dioxyde de titane et d'oxyde de zinc sont utilisées dans les produits de protection solaire minéraux. Leur présence permet d'obtenir une photoprotection efficace, tout en évitant l'effet blanchâtre des produits sur la peau.
- Les **huiles essentielles** : concentration limitée.

3 – Liste des substances autorisées

- **Les colorants**

Il existe une liste de colorants autorisés à entrer dans la composition des produits cosmétiques dans les limites et conditions fixées pour chacun d'eux, à l'exception de ceux destinés uniquement à colorer le système pileux.

Des tests d'irritation occulaire sont effectués pour tous les produits destinés à être appliqués à proximité des yeux et des muqueuses : produits de maquillage, démaquillage des yeux.

Exemple de colorant admis pour tout produit cosmétique : rouge de betterave.

- **Les conservateurs**

Les actions des conservateurs sont bactéricides, fongicides. Ils définissent :

- La période après ouverture du produit (PAO) (supérieure à 30 mois).
- La date de péremption : délai de validité de consommation du produit (inférieure à 30 mois).

Les tubes, les flacons sont de meilleurs conditionnements pour la conservation des substances par rapport au pot (contact avec les doigts fréquent).

Les produits aqueux (shampoing, crème, lait…) sont de moins bonne conservation car le milieu aqueux est propice au développement bactérien.

Les produits alcoolisés (déodorants, parfums…) sont de bonne conservation.

La lumière, l'humidité, les écarts de température, les grands conditionnements, sont des facteurs de contamination.

Exemples de conservateurs : le BHA – BHT, l'acide salicylique.

- **Les filtres ultraviolets**

Ce sont des substances contenues dans les produits de protection solaire destinées à filtrer les radiations UVA et UVB pour protéger la peau contre leurs effets nocifs.

Exemples de filtres UV : l'oxybenzone (un avertissement doit figurer sur l'étiquette : « Contient de l'oxybenzone »), PABA (para-aminobenzoïque).

>>

Document 4 > suite

4 – Obligations de la personne responsable

La personne responsable doit :

- Attester de la conformité aux bonnes pratiques de fabrication du règlement cosmétique.
- Fournir les informations sur le produit cosmétique :
  - La **catégorie du produit cosmétique** et son **nom commercial**.
  - Le **nom et l'adresse de la personne responsable** (physique ou morale) où le dossier d'information sur le produit est tenu à disposition des autorités compétentes (ANSM-DGCCRF).
  - Le **pays d'origine** si le produit est importé.
  - L'**État membre** dans lequel le produit doit être mis sur le marché.
  - Les coordonnées d'une **personne physique à contacter** en cas de nécessité.

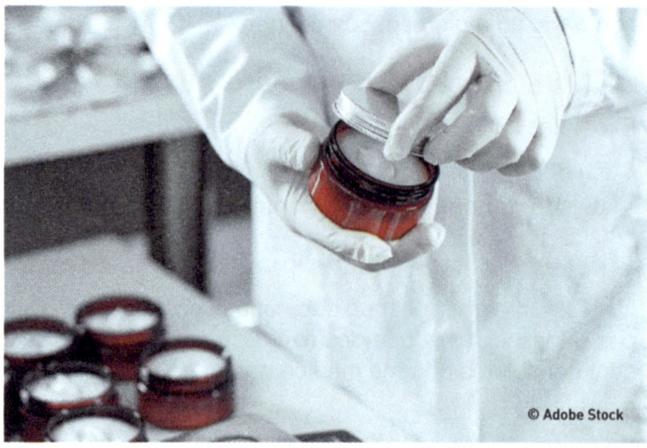
© Adobe Stock

5 – Informations mentionnées sur le récipient et l'emballage

Le récipient et l'emballage de chaque produit cosmétique mis à disposition sur le marché, à titre gratuit ou onéreux, doivent comporter de manière lisible, clairement compréhensible et indélébile, dans la(les) langue(s) nationale(s) ou officielle(s) de l'État concerné, les informations suivantes :

1 – Le **nom ou la raison sociale et l'adresse de la personne responsable du produit**.

2 – Le **pays d'origine** des produits importés.

3 – Le **contenu nominal**, en masse ou en volume, sauf pour :

- les emballages contenant moins de 5 gr ou moins de 5 ml de produit ;
- les échantillons gratuits ;
- les produits présentés sous forme d'unidoses ;
- les produits pré-emballés.

4 – La **date de durabilité minimale**, la mention « À utiliser de préférence avant fin » ou le symbole . Elle est obligatoire pour les produits dont la durabilité n'excède pas 30 mois.

5 – La **durée d'utilisation après ouverture** ou « Période Après Ouverture (PAO) » . Elle est obligatoire pour les produits dont la durabilité minimale est supérieure à 30 mois.

6 – Les **précautions particulières d'emploi** y compris pour les cosmétiques à usage professionnel.

Et au minimum les conditions d'emploi et avertissements. 

7 – Le **numéro de lot de fabrication** ou la référence permettant l'identification de la fabrication.

8 – La **fonction du produit** (crème hydratante, après-shampoing…).

9 – La **liste des ingrédients** dans l'ordre décroissant (sauf pour les ingrédients inférieurs à 1 %) de leur importance pondérale (quantité) au moment de leur incorporation dans le produit. Cette liste est précédée du mot « Ingrédients ».

Dans le cas du **savon et des perles pour le bain**, il est impossible pour des raisons pratiques de faire figurer la liste des ingrédients sur une étiquette.

Les informations concernant l'efficacité, les caractéristiques ou les fonctions ne doivent pas être trompeuses pour les consommateurs.

L'ouverture et l'exploitation de tout établissement de fabrication ou de conditionnement de produits cosmétiques (hors pays importateur) doit établir une déclaration auprès de l'ANSM.

Mes infos +++

ACTIVITÉ 4 À l'aide du document 4 « Les exigences de la mise sur le marché d'un produit cosmétique » :

1. Citer la date fixant le choix des ingrédients entrant dans la composition de tout produit cosmétique conforme au règlement cosmétique.

....

2. Remplir le schéma ci-dessous.

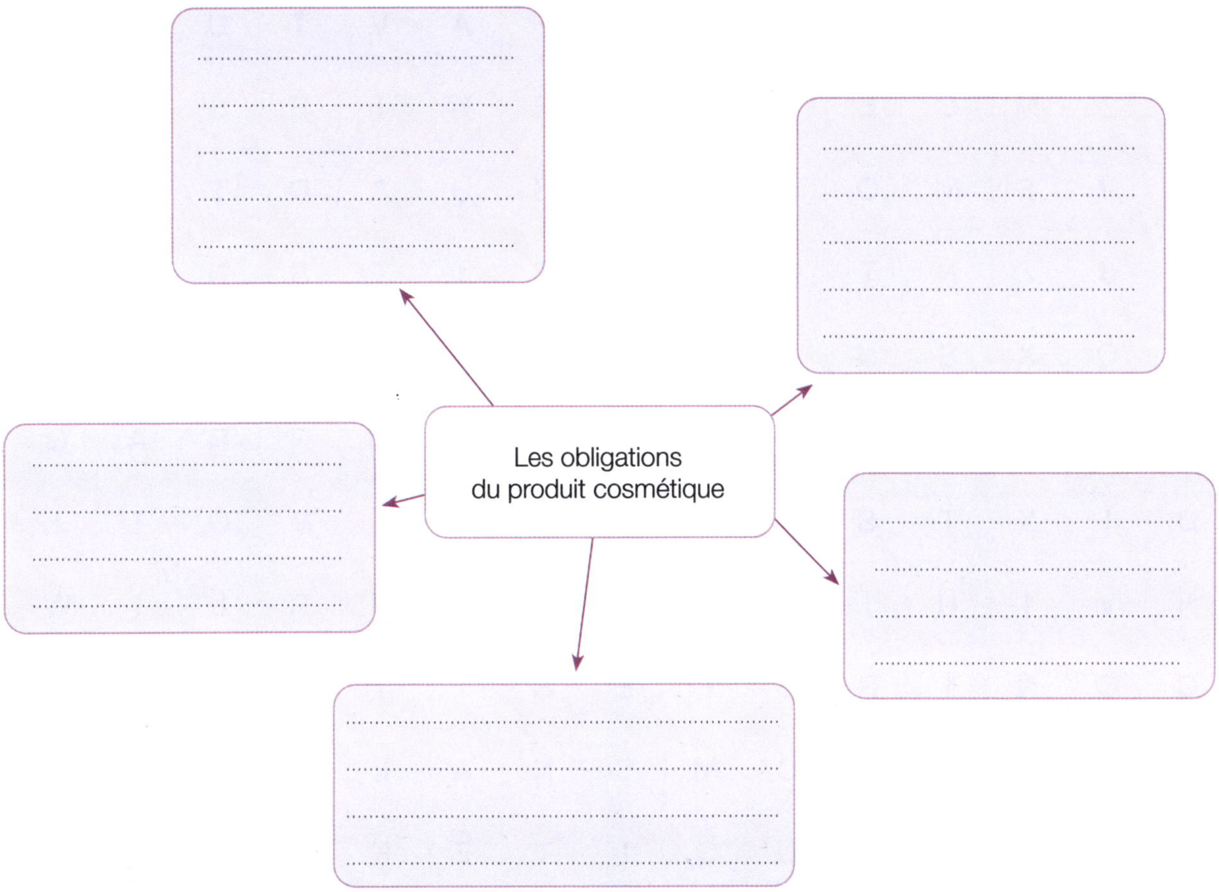

3. Répondre à l'infirmation suivante :

Le récipient de chaque produit cosmétique n'est pas dans l'obligation d'inscrire des informations.

Vrai ☐ Faux ☐

Justifier : ....

....

....

....

....

4. Indiquer la signification du symbole ⌛ :

....

....

5. Rechercher la catégorie du lait démaquillant grâce à la source Internet.

Source : http://ansm.sante.fr/Declarer-un-effet-indesirable/Cosmetovigilance/Cosmetovigilance/La-cosmetovigilance/Liste-des-produits-cosmetiques

....

Je m'évalue

La réglementation des produits cosmétiques

K	N	E	T	P	D	U	Y	E	K	F	K	E	A	F
L	R	W	J	N	O	O	F	F	A	V	T	U	O	I
R	Z	M	C	E	E	F	S	B	K	I	E	S	B	L
Z	V	F	M	O	E	M	R	S	U	A	D	T	L	T
I	J	Z	N	T	M	I	E	C	I	T	S	N	I	R
E	O	X	S	N	C	P	O	L	I	E	S	A	G	E
B	K	Q	D	A	G	N	O	N	G	M	R	R	A	G
D	I	X	T	S	N	U	L	S	O	E	V	O	T	I
H	V	I	U	I	I	A	U	T	I	H	R	L	I	W
C	O	N	T	R	O	L	E	S	I	T	H	O	O	O
N	P	R	K	H	C	M	S	N	A	L	I	C	N	H
E	G	A	T	E	U	Q	I	T	E	K	U	O	S	F
C	O	N	S	E	R	V	A	T	E	U	R	S	N	K
A	G	J	S	G	M	A	E	X	K	C	U	D	T	B

ANSM
CONSERVATEURS
EFFETS
FILTRE
REGLEMENT
COLORANTS
CONTROLES
ETIQUETAGE
INNOCUITE
COMPOSITION
DOSSIER
FABRICATION
OBLIGATIONS

Évaluez-vous !

Flashez le QR code ou retrouvez l'exercice de fin de chapitre 18 en version interactive sur

www.lienmini.fr/11061-Test18

19 La tenue des stocks de produits – L'inventaire

- C35 : Participer à la vie d'un institut de beauté et de bien-être

Situation professionnelle

Nora est en période de formation en milieu professionnel. Elle est chargée de maintenir à jour les documents de gestion interne du spa. Pour cela, elle utilise un logiciel spécifique de gestion de caisse qui gère la base de données du spa.
Nora se rend dans la réserve où sont entreposés les produits cosmétiques. Elle comptabilise et vérifie les produits gommants mécaniques en stock. Elle saisit les informations nécessaires à la mise à jour de la fiche de stock sur une tablette numérique grâce à un logiciel professionnel.

© Adobe Stock

Être capable de

- **gérer les stocks de façon courante (tenue manuelle, suivi informatisé à l'aide d'un logiciel spécifique à la profession) ;**
- **repérer les produits « *leader* » et les produits « dormants » en vue de l'optimisation des stocks ;**
- **distinguer la gestion des stocks des produits pour la vente de celle des stocks des produits destinés aux prestations ;**
- **préciser le rôle et le caractère obligatoire d'un inventaire.**

Document 1

LA FICHE DE STOCK

© Adobe Stock

L'esthéticienne utilise un grand nombre de documents internes pour gérer son activité professionnelle. On peut citer, par exemple, les fiches de stock, l'inventaire.
Ces documents peuvent être sur support papier ou numérique.

La fiche de stock : rôle et intérêts

Ce document permet de tenir à jour l'état des stocks de l'institut.

La fiche de stock aide à suivre les mouvements du stock des marchandises, c'est-à-dire à **suivre les entrées** (livraisons, achats) et **les sorties** (ventes, consommation de produits).

Elle retrace l'historique des achats et des ventes pour une même référence en quantité et valeur.

Intérêt : Une bonne gestion des stocks permet à l'entreprise d'avoir en réserve toutes les ressources nécessaires (produits, matériel, accessoires, etc.) pour honorer l'ensemble de ses prestations de services et la vente des produits cosmétiques.

Attention, une mauvaise tenue de gestion du stock peut entraîner sa rupture, conduisant à une perte d'exploitation de l'institut.

La fiche de stock présente différents indicateurs de gestion :

- **le stock de sécurité :** c'est la quantité en dessous de laquelle il ne faut pas descendre ;
- **le stock d'alerte :** c'est la quantité qui détermine le déclenchement de la commande, en fonction du délai habituel de livraison ;
- **le stock minimum :** c'est la quantité correspondant à la consommation pendant le délai de réapprovisionnement, donc stock minimum = stock d'alerte – stock de sécurité ;
- **le stock maximum :** il est déterminé en fonction de l'espace de stockage disponible en réserve

Mes infos +++

ACTIVITÉ 1 À l'aide du document 1 « La fiche de stock » :

1. Indiquer l'intérêt d'une bonne gestion du stock.

....

....

....

....

....

Annexe 1

	Désignation du produit : lait démaquillant Référence produit : LD 2972 Délai de livraison : 30 jours N° bon de livraison : 34			Stock maximum : 10 Stock minimum : 3			Stock de sécurité : 6 Stock d'alerte : 4		
Date	Entrées			Sorties			Stock		
	Quantité	P.U. HT	Montant HT	Quantité	P.U. HT	Montant HT	Quantité	P.U. HT	Montant HT
06/07/19	8	10	80	2	10	20	6	10	60
08/07/19	6	10	60	3	10	30	3	10	30

2. Indiquer le nom du document en annexe 1.

....

3. Indiquer le rôle du document en annexe 1.

....

....

4. Entourer les quatre indicateurs de gestion de la fiche de stock.

5. L'entreprise doit passer une commande. Est-ce qu'elle doit commander du lait démaquillant ? Justifier.

....

Document 2

L'INVENTAIRE

L'inventaire est une obligation légale à laquelle sont soumises les entreprises à la fin de l'exercice comptable. L'inventaire se traduit par une vérification physique des stocks de marchandises. L'inventaire permet de :

- Dénombrer le contenu d'un stock.
- Vérifier si la valeur du contenu des stocks en magasin est conforme à ce qui est comptabilisé lors du bilan comptable.

ACTIVITÉ 2 À l'aide du document 2 « L'inventaire » :

1. Indiquer le rôle d'un inventaire.

....

....

2. Nora n'a pas eu le temps de faire l'inventaire des produits du spa. Est-ce que l'inventaire est obligatoire ? Justifier.

....

....

Je m'évalue

Évaluez-vous !

Flashez le QR code ou retrouvez l'exercice de fin de chapitre 19 en version interactive sur

www.lienmini.fr/11061-Test19

Annexe 1 : L'inventaire du spa de Nora

Gestion des Produits

Liste des produits

Rechercher — ⦿ Rechercher ○ Code à Barre ○ Référence

Rechercher

· ABC DEF GHI JKL MNO PQR STU VWX YZ

Filtre
- Département : Esthétique
- Gamme :
- Fournisseurs : XoHi
- Type article : Tous

⦿ Voir Tous ○ Gestion Stock seulement ○ Sans Gestion de Stock

⦿ Voir Tous ○ Stock Mini ○ Stock Maxi

Référence	Type	Désignation	Pa HT	Tva Vente	Tva Vente TTC	Stock	Stock Min
02-182	Vente	24HOURS-LOTION NON GRASSE	5.80 €	19.60 €	14.00 €	2.00	1.00
64-807	Technique	24HOURS-LOTION NON GRASSE	5.50 €	5.50 €	0.00 €	0.00	0.00
05-101	Technique	Appuie-main	22.70 €	19,60 €	0.00 €	0.00	0.00
09-502	Autre	CRAYON CORRECTEUR BEIGE	6.00 €	19.60 €	18.00 €	1.00	1.00
15-101	Vente	BASE COAT	6.20 €	19.60 €	18.00 €	-1.00	0.00
02-182	Mixte	Crash coat	5.90 €	19.60 €	14.00 €	0.00	1.00
15-101	Technique	Coupe cuticules	45.35 €	19.60 €	0.00 €	1.00	0.00
07-853T	Vente	COOLING ICE SPRAY	9.05 €	19.60 €	27.00 €	0.00	0.00
20-498	Technique	Basse coat 10ml	24.95 €	5.50 €	0.00 €	0.00	0.00
54-775	Mixte	Brosse GL	1.65 €	19.60 €	0.00 €	2.00	0.00
15-087	Autre	CRAYON CORRECTEUR SABLE	6.00 €	19.60 €	18.00 €	0.00	0.00

Filtre — ⦿ Actif ○ En sommeil

Sélectionner les produits — Décocher — Tous sélectionnés

Mettre en sommeil

Numéro d'étiquette 1 — Impression étiquettes

Impression produits «technique»

Impression produits «vente»

❶ Indiquer les quatre types de familles permettant de faire l'inventaire.

....

....

....

....

❷ L'inventaire est-il conforme ? Justifier.

....

❸ Les produits mis en vente dans l'annexe 1 sont-ils des produits « *leader* » ou « dormants » ? Justifier.

....

....

❹ D'après l'annexe 1, le spa doit-il passer une commande ? Justifier.

....

....

....

....

Les commandes

- C35 : Participer à la vie d'un institut de beauté et de bien-être

Situation professionnelle

Nora, en période de formation en milieu professionnel au sein du spa Détente corporelle, participe à la gestion du stock de l'entreprise. Sous l'œil avisé de sa tutrice, elle est en relation avec les différents fournisseurs et utilise les documents de gestion.
Ce matin, Nora réceptionne plusieurs colis. Elle vérifie le contenu de la commande en s'appuyant sur les documents de gestion.

© Adobe Stock

Être capable de
- indiquer les informations nécessaires du bon de commande ;
- suivre la commande ;
- identifier les différentes rubriques d'un bon de livraison et ses mentions obligatoires ;
- rapprocher un bon de commande, un bon de livraison et une facture ;
- énoncer les opérations à réaliser en cas de livraison non conforme.

Document 1

LE BON DE COMMANDE

Dans son activité professionnelle, l'esthéticienne a besoin de mobilier, de matériel et de produits. Elle doit veiller à disposer de toutes les ressources nécessaires à l'exercice de son métier. En cas de besoin, elle doit faire appel à des fournisseurs spécialisés pour passer commande.

Rôle du bon de commande

C'est un document commercial qui liste les besoins en marchandise. Il est établi par le client (l'esthéticienne). Le bon de commande détaille les articles commandés et toutes les conditions utiles à la bonne exécution de la commande.

Le bon de commande contient :
- le nom et l'adresse du fournisseur ;
- la date et le numéro de la commande ;
- le détail des marchandises commandées (références, quantités, désignation, etc.) ;
- le prix unitaire et le prix global ;
- les conditions de livraison et de paiement ;
- la signature de l'acheteur.

© Adobe Stock

Sur le site Internet du fournisseur, l'esthéticienne crée son espace client, lui permettant de passer sa commande. Cet espace client permet le suivi de commande en ligne. L'esthéticienne peut suivre le délai de livraison grâce au numéro de commande.

Mes infos +++

ACTIVITÉ 1 À l'aide du document 1 « Le bon de commande » :

1 Nommer et définir le document de gestion ci-dessous.

photocopiez-moi ou téléchargez-moi !
www.bienbocorpsinstitut.com/BBC.pdf

Bon de commande

☐ Institut ☐ Spa ☐ École ☐ Étudiant ☐ autre (préciser)...............

Institut/Société (Professionnel) :............ SIRET :...............

Établissement (École/Étudiant) : École H'Elle Code postal :........

Nom :............................ Prénom :............................

Adresse de livraison :...

....

Code Postal : 54 000 Ville : NANCY

Tél. Fixe : 0283838383 Fax :...............

Mobile :............................ Email :............................

Bon de Commande à adresser à :
BBC BienBoCorps Institut
Boulevard de la Paix
Parc d'activités - 54000 Nancy
tél. : 03 83 68 54 20
fax. : 03 83 67 43 17

Références	Désignation	Quantité	Prix Unitaire €HT	Total €HT
LD 2972	Lait démaquillant	4	6	24
LT 2973	Lotion tonique	5	5	25

NOM : ....

....

DÉFINITION : ....

....

....

2 Indiquer la référence du lait démaquillant commandé.

....

....

3 Indiquer le prix global HT de la commande.

....

....

4 Identifier les différentes rubriques du bon de commande grâce aux mots suivants et les entourer sur le document 1.

total HT – adresse – désignation – référence – prix unitaire HT – quantité – destinataire – fournisseur

Document 2

LE BON DE LIVRAISON ET LE BON DE RETOUR

Le bon de livraison

C'est le document commercial qui liste l'ensemble des marchandises livrées et qui accompagne la livraison. Il est établi par le fournisseur et remis au client.

À la livraison, l'esthéticienne contrôle la quantité et la nature des marchandises reçues et note les marchandises non reçues.

© Adobe Stock

Le bon de livraison contient :

- le nom et l'adresse du fournisseur ;
- la date et le numéro de la commande ;
- le détail des marchandises livrées et non livrées (manquantes ou expédiées plus tard) ;
- le prix unitaire et le prix global ;
- les conditions de réception (ex. : 4 colis) ;
- les conditions de paiement.

Il est établi en 2 exemplaires minimum et signé des parties : le fournisseur ou son transporteur et le client destinataire (l'esthéticienne).

>>

Document 2 > suite

Le droit de rétractation du consommateur encadré par l'article 121-21 du Code de la consommation et modifié par la loi Hamon du 17 mars 2014

Le droit de rétractation est de 14 jours. Ce délai concerne les cas d'achat par Internet, par téléphone, par voie postale (vente par le biais de catalogues imprimés reçus par La Poste) ou par fax. Le vendeur doit rembourser le bien ou la prestation de service commandé. Certains achats ne sont toutefois pas concernés.

Le bon de retour contient :

- le nom et l'adresse du client ;
- la date de la demande ;
- le mode de retour (assuré par un commercial de la marque ou par le client) ;
- le nombre de colis ;
- la liste des marchandises retournées ;
- le n° du bon de livraison,
- la référence ;
- la désignation.

ACTIVITÉ 2 À l'aide des documents 1 et 2 :

1 Relier les éléments correspondant entre eux.

Nom	Fonction	Caractéristiques
Bon de livraison •	• Liste destinée au client comprenant la marchandise livrée ainsi que la marchandise manquante. •	• Il indique le nom et l'adresse du fournisseur. Il détaille et liste les marchandises commandées.
Bon de commande •	• Liste destinée au fournisseur comprenant les besoins en marchandises. •	• Il indique les conditions de réception et les conditions de paiement. Il est établi au moins en 2 exemplaires et signé des deux parties.

2 Indiquer le délai de rétractation pour un bien ou la prestation demandée.

....

3 Donner la signification du mot « rétractation ».

....

....

4 Indiquer quelle est l'obligation du fournisseur lorsque le client se rétracte dans le délai prévu.

....

....

Document 3

LA FACTURATION

La facture est une note détaillée des prestations ou des marchandises vendues. Il s'agit d'un document de nature commerciale et comptable, établi par une structure juridique pour constater les conditions des achats et ventes de produits, de marchandises ou de services rendus.

La facture est obligatoire pour :

- toute prestation de service ou toute vente de marchandise entre professionnels ;
- la vente d'une marchandise d'un professionnel à un particulier, seulement si celui-ci le demande ou en cas de vente à distance ;
- la prestation d'un service entre un professionnel et un particulier lorsque le montant est supérieur ou égal à 25 euros TTC, ou si le client le demande, quel que soit le montant.

La facture doit être délivrée par le fournisseur, dès la réalisation de la vente ou de la prestation de services. Elle doit être rédigée en français et établie en 2 exemplaires, l'original étant conservé par le client. Les originaux ou les copies des factures doivent être conservés pendant 10 ans.

Les mentions obligatoires d'une facture

- La date de la facture
- Le numéro de la facture
- La date de la vente ou de la prestation de services
- L'identité du vendeur ou du prestataire de services (la dénomination sociale, l'adresse sociale, le numéro de Siren ou Siret, la forme juridique, le capital social, le numéro au Répertoire des métiers et département d'immatriculation pour les artisans)
- L'identité de l'acheteur ou du client (nom, adresse du client, adresse de livraison – sauf opposition pour un particulier)
- La désignation et le décompte des produits et services rendus
- Le prix catalogue (hors TVA)
- Le taux de TVA de 20 %
- L'éventuelle réduction de prix
- La somme totale à payer hors taxes (HT) et toutes taxes comprises (TTC)
- L'adresse de facturation
- Les informations sur le paiement (espèces, chèque, carte bancaire)

La facture peut être émise par voie électronique, sous réserve que l'acheteur formalise son acceptation. Dans tous les cas, le contenu d'une facture dématérialisée doit correspondre à celui d'une facture papier comportant strictement les mêmes mentions obligatoires. Le déploiement sera progressif entre 2024 et 2026.

Source : www.economie.gouv.fr

ACTIVITÉ 3 À l'aide du document 3 « La facturation » :

1 Donner une définition courte de la facture.

....

2 Cocher les bonnes réponses dans le tableau ci-dessous.

	Obligation de délivrer une facture :	
	OUI	NON
Marion encaisse le soin de Mme Debaisieux d'un montant de 35 euros.		
Madame Locatelli règle l'épilation de ses sourcils d'un montant de 15 euros et souhaite une facture.		
Madame Mallem règle sa pose de vernis semi-permanent en espèces d'un montant de 28,50 euros.		
Madame Hernandez règle l'achat de ses limes à ongles d'un montant de 3,95 euros.		

3 Indiquer combien d'années une facture (original, copie) devra être conservée.

....

Je m'évalue

Évaluez-vous !

Flashez le QR code ou retrouvez l'exercice de fin de chapitre 20 en version interactive sur

www.lienmini.fr/11061-Test20

❶ Nommer et définir les documents de gestion ci-dessous.

❷ Entourer l'élément caractéristique du document de gestion.

Annexe 1

probeautic Institut France
Beauté & Parfums SAS
66. boulevard des aciéries
13010 Marseille - France
tél. : 33 (0)4 91 29 96 10
fax : 33 (0)4 91 25 40 17
info@pbifrance.com
www.probeauticinstitut.com

Beauté & Parfums SAS au capital de 150 000 €
SIRET : 41040745600012 - RCS : 410407456 - APE : 2042 Z
N° TVA intracommunautaire : FR 22410407456

Référence clients	Page
Tél: Fax:	1

Références

Facture N°	Date	Attaché Commercial	Mode de règlement	Devise
	30/04/2014	Emilie		EUROS

Référence	Désignation	Qte	P.U. HT		Reste à Livrer	Montant HT

NOM :

....

DÉFINITION :

....

....

....

Annexe 2

probeautic Institut France
Beauté & Parfums SAS
66. boulevard des aciéries
13010 Marseille - France
tél. : 33 (0)4 91 29 96 10
fax : 33 (0)4 91 25 40 17
info@pbifrance.com
www.probeauticinstitut.com

Beauté & Parfums SAS au capital de 150 000 €
SIRET : 41040745600012 - RCS : 410407456 - APE : 2042 Z
N° TVA intracommunautaire : FR 22410407456

Référence clients	Page
Tél: Fax:	1

Références

B.L. N°	Date	Attaché Commercial	Mode de règlement	Devise
	30/04/2014	Emilie		EUROS

Référence	Désignation	Qte	P.U. HT		Reste à Livrer	Montant HT

NOM :

....

DÉFINITION :

....

....

....

21 Le prix de vente et l'étiquetage des produits

- C35 : Participer à la vie d'un institut de beauté et de bien-être

Situation professionnelle

La professeure d'esthétique de Nora aborde aujourd'hui le prix de vente d'un produit et la réglementation de l'étiquetage. Elle lui remet un dossier et lui demande de le compléter lors de sa PFMP.
À son arrivée dans l'entreprise, Nora informe sa tutrice sur son travail de recherche afin qu'elle lui apporte de l'aide.

© Adobe Stock

Être capable de

- **définir les éléments à prendre en compte pour fixer un prix de vente ;**
- **calculer un prix de vente ;**
- **énoncer le caractère obligatoire de l'étiquetage.**

Document 1

LE PRIX DE VENTE DES PRODUITS

La fixation du prix de vente des produits doit être juste pour que les clients soient intéressés.

Un prix de vente est fixé par rapport :

- au taux de marge ou au coût de revient ;
- à la concurrence ;
- à l'impact psychologique sur la clientèle.

L'objectif est de proposer un prix de vente qui permet de :

- gagner de l'argent sur chaque vente ;
- couvrir l'ensemble des dépenses ;
- atteindre le seuil de rentabilité.

© Adobe Stock

La marge d'un produit

La marge correspond à la différence entre un prix de vente et un prix d'achat. Le calcul du prix de vente à partir du taux de marge est le suivant :

Prix de vente = prix d'achat + taux de marge

Le coût de revient d'un produit

Le coût de revient correspond au montant total des coûts directs (l'achat des produits aux fournisseurs) et indirects (les salaires, le loyer, l'électricité) de production et de distribution des produits.

Cette méthode tient compte de l'ensemble des coûts engagés par l'entreprise pour vendre le produit.

Prix de vente = coût de revient + gain souhaité

Les concurrents

Le marché fixe également le prix de vente des produits.

Si les produits présentent des caractéristiques similaires à ceux des concurrents, les prix de vente proposés doivent être proches des prix qu'ils proposent.

Si le prix de vente est plus bas que ceux des concurrents, il faut cependant atteindre le seuil de rentabilité (ne pas vendre à perte).

Si le prix de vente est plus haut que les prix proposés par les concurrents, il faut le justifier par une qualité supérieure, une bonne notoriété de la marque…

La vente de produit à perte est interdite, il faut donc être vigilant si vous décidez de fixer un prix de vente faible pour écouler un stock.

Mes infos +++

ACTIVITÉ 1 À l'aide du document 1 « Le prix de vente des produits » :

1. Une entreprise prévoit de réaliser un taux de marge commerciale de 10 % sur des masques qu'elle achète pour un coût unitaire hors taxes de 15 euros. Indiquer le prix de vente d'un masque hors taxes.

....

2. Une entreprise vend une lotion tonique pour un coût de revient unitaire de 6 euros hors taxes. Elle souhaite réaliser un gain de 20 euros sur la vente de chaque lotion tonique. Indiquer le prix de vente de la lotion tonique hors taxes.

....

3. Indiquer la définition du seuil de rentabilité.

....

....

Document 2

LA RÉGLEMENTATION SUR L'ÉTIQUETAGE DES PRODUITS COSMÉTIQUES

L'étiquetage des produits cosmétiques est soumis à la réglementation des produits cosmétiques : le règlement CE n° 1223/2009 du parlement européen et du conseil du 30.11.2009 relatif aux produits cosmétiques, entrée en vigueur du 11.07.2013.

Des mentions obligatoires et des mentions facultatives figurent sur le produit cosmétique mis à disposition sur le marché à titre gratuit ou onéreux, de manière lisible, compréhensible et indélébile.

Le respect de ces obligations fait l'objet de contrôles réguliers par les agents de la DGCCRF (Direction générale de la concurrence, de la consommation et répression des fraudes).

L'article 18 du règlement européen sur les cosmétiques précise que l'expérimentation animale est interdite pour tous les produits cosmétiques mis sur le marché européen.

Mentions obligatoires	Mentions facultatives
Le nom ou la raison sociale et l'adresse de la personne responsable au sein de l'Union européenne pour signaler tout effet indésirable.	Le mode d'emploi.
Le pays de fabrication du produit lorsqu'il est fabriqué hors de l'Union européenne.	Les coordonnées du service consommateurs de la marque.
Le contenu nominal, en masse ou en volume.	Les labels.
La date de durabilité minimale si durabilité < 30 mois. « À utiliser de préférence avant … »	Le code-barre.
La durée d'utilisation après ouverture si durabilité > 30 mois « Période après ouverture »	Le message publicitaire.
Les précautions particulières d'emploi (conditions d'emploi et avertissements).	Le *flashcode*.
Le numéro de lot de fabrication ou la référence.	Les allégations : « sans perturbateurs endocriniens », « sans parabènes », « sans allergènes, « hypoallergénique », « sans nano », « sans alcool », « sans parfum », « sans conservateurs », « sans acétone ».
La fonction du produit.	
La liste des ingrédients par ordre décroissant d'importance (sauf si leur concentration < 1 %). Les allergènes odoriférants doivent être mentionnés. Les colorants mentionnés « CI 61570, couleur verte », le symbole « +/– » signifie plusieurs nuances. Les colorants, conservateurs ou filtres solaires sous forme de nanomatériaux doivent faire l'objet d'une autorisation spécifique.	

Source : www.economie.gouv.fr

ACTIVITÉ 2 À l'aide du document 2 « La réglementation sur l'étiquetage des produits cosmétiques » :

1 Légender la photo ci-dessous en indiquant en bleu les mentions obligatoires et en vert les mentions facultatives.

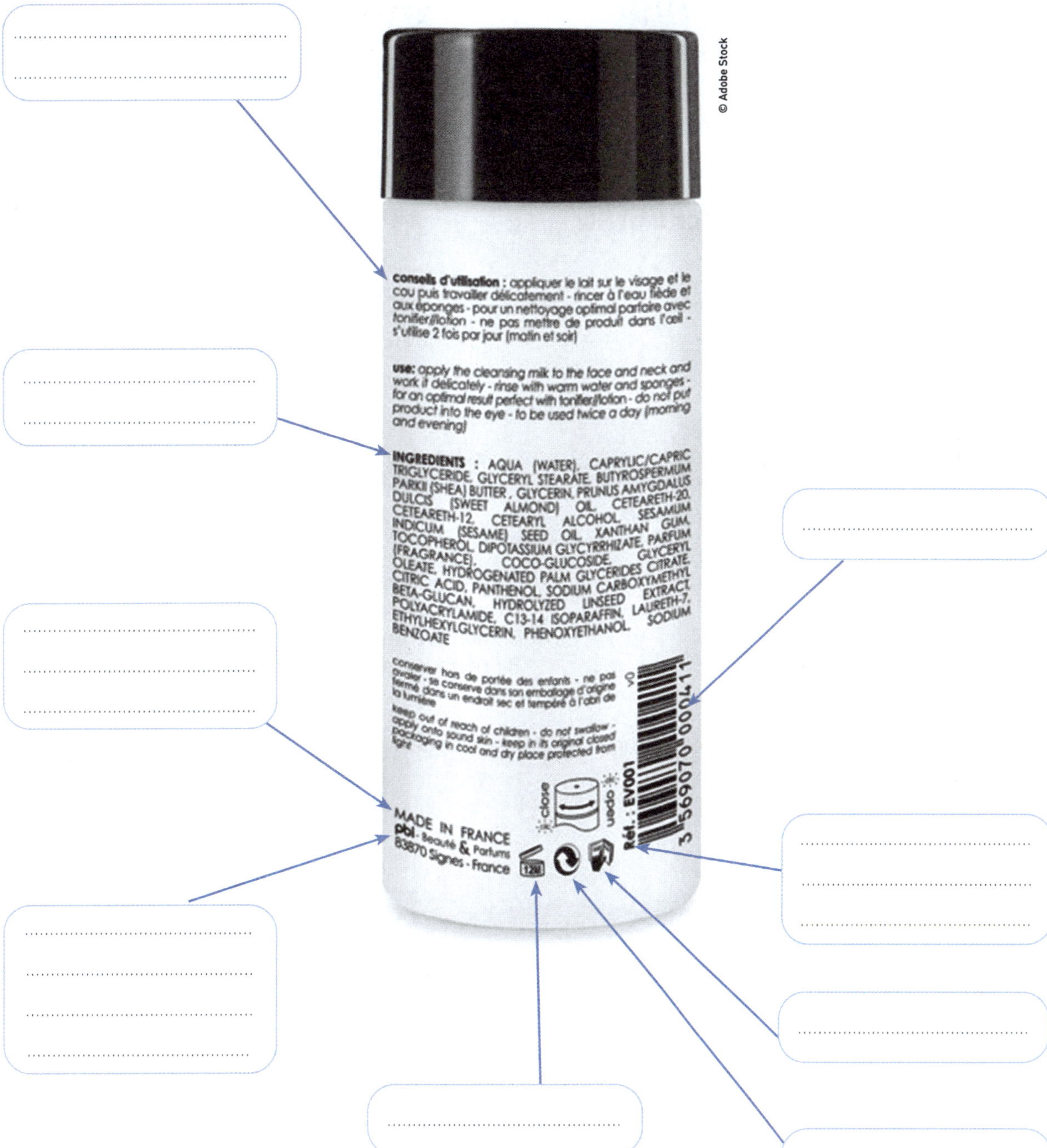

© Adobe Stock

2 Noter les mentions obligatoires qui n'apparaissent pas sur la photo du produit ci-dessus.

....

....

....

Je m'évalue

Évaluez-vous !

Flashez le QR code ou retrouvez l'exercice de fin de chapitre 21 en version interactive sur

www.lienmini.fr/11061-Test21

❶ Trouver la bonne réponse.

Exemple d'étiquetage fictif d'un shampoing

© Adobe Stock

FACE AVANT *FACE ARRIÈRE*

1 : fonction du produit
2 : pays d'origine de fabrication
3 : contenu
4 : liste des ingrédients
5 : précautions d'emploi
6 : nom et adresse de la personne responsable
7 : numéro de lot
8 : période après ouverture

❷ Inscrire les indications obligatoires sur un produit cosmétique.

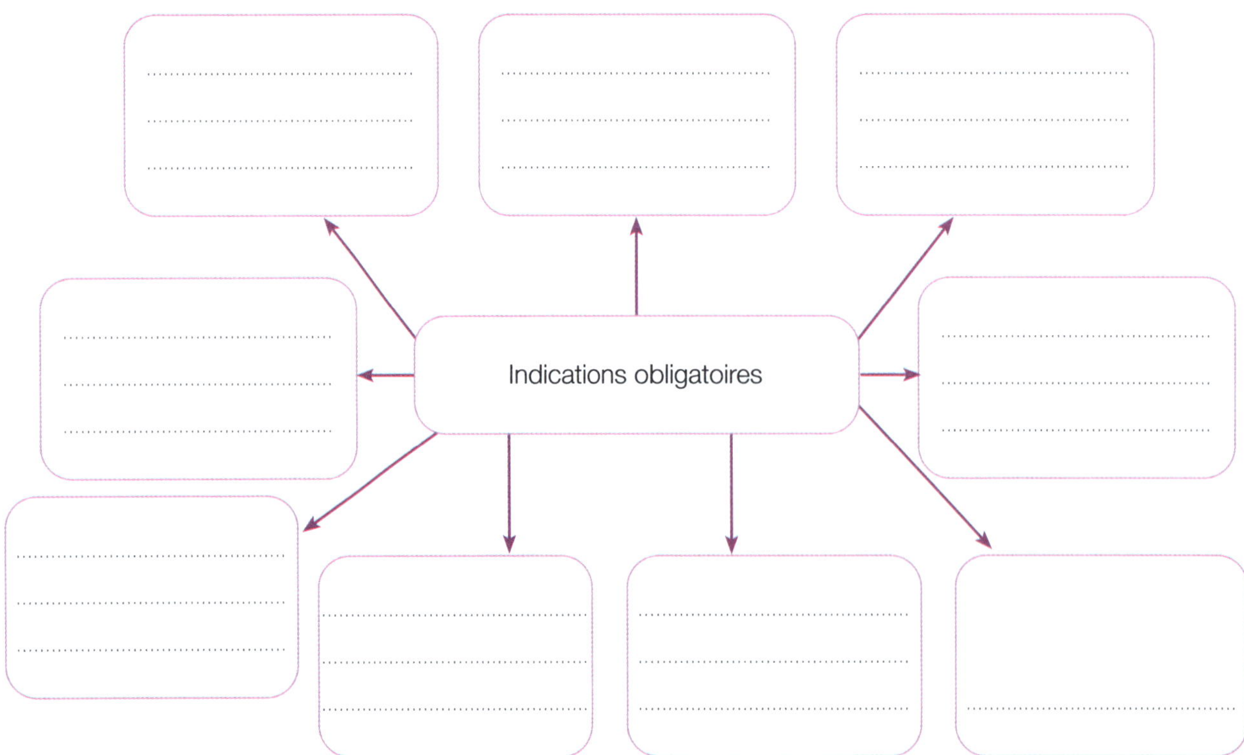

22 La connaissance de l'entreprise dans le respect de la réglementation en vigueur

- C35 : Participer à la vie d'un institut de beauté et de bien-être

22.1 Les formes juridiques et commerciales de l'entreprise – Les démarches d'installation

Situation professionnelle

Nora, élève de BAC PRO ECP, se renseigne sur les démarches administratives à réaliser pour ouvrir son entreprise d'esthétique. Elle décide de faire des recherches sur Internet.
Première étape, Nora a pris rendez-vous auprès du consultant de la Chambre des métiers et de l'artisanat de sa région. Elle le questionne sur les principales formes d'entreprise.

© Adobe Stock

Être capable de
- définir une entreprise ;
- indiquer les différentes formes d'entreprises.

Document 1

L'ENTREPRISE

© Adobe Stock

Une entreprise est l'activité d'une personne ou d'un groupe de personnes qui travaillent pour fournir des biens ou des services à des clients.

L'objectif d'une entreprise

Satisfaire les besoins du client en échange de ressources financières. Cela permet de :
- dégager des bénéfices pour s'assurer un revenu ;
- créer des emplois et verser des salaires ;
- participer à la vie collective par le paiement de taxes et d'impôts.

Sa forme

Elle peut exister sous plusieurs formes :
- Seul : c'est ce que l'on appelle l'entreprise individuelle. Cette forme d'entreprise n'exclut pas la possibilité de recruter des collaborateurs salariés. Le créateur est l'unique propriétaire de l'entreprise.
- À plusieurs : c'est ce que l'on appelle l'entreprise sociétaire. Chaque personne qui la constitue est propriétaire de l'entreprise proportionnellement à son apport.

Les différentes appellations

En fonction du nombre de salariés qui composent l'entreprise, son appellation diffère :
- de 1 à 9 salariés : très petite entreprise (TPE) ou micro-entreprise ;
- de 10 à 249 salariés : petite et moyenne entreprise (PME) ;
- de 250 à 4 999 salariés : entreprise de taille intermédiaire (ETI) ;
- de plus de 5 000 salariés : grande entreprise.

Mes infos +++

ACTIVITÉ 1 À l'aide du document 1 « L'entreprise » :

1. Définir l'entreprise.

....

....

....

....

2. Répondre aux affirmations suivantes par vrai ou faux.

- **a.** Une micro-entreprise est une petite entreprise.
  ☐ Vrai ☐ Faux
- **b.** Une entreprise dite « individuelle » ne peut pas avoir plusieurs salariés.
  ☐ Vrai ☐ Faux
- **c.** Une entreprise dite « sociétaire » est constituée de plusieurs personnes.
  ☐ Vrai ☐ Faux
- **d.** Une entreprise dite « individuelle » est dirigée par une seule personne.
  ☐ Vrai ☐ Faux
- **e.** Il existe deux grandes catégories d'entreprises.
  ☐ Vrai ☐ Faux

3. Indiquer l'objectif d'une entreprise.

....

....

....

....

....

4. Compléter le tableau ci-dessous.

Différentes appellations des entreprises	Nombre de salariés
....	de 10 à 249 salariés
....	....
Grande entreprise	....
Entreprise de taille intermédiaire (ETI)	....

5. En vous référant au contexte professionnel de la partie 3, indiquer le type d'entreprise auquel appartient le spa Détente corporelle.

....

Justifier : ....

....

....

Situation professionnelle

Afin de répondre précisément aux attentes de Nora, le consultant l'interroge sur son projet professionnel. Il l'informe sur les principales formes juridiques des entreprises.

© Adobe Stock

Être capable de
- définir les différentes formes juridiques ;
- énumérer les caractéristiques de chacune.

Document 2

LES DIFFÉRENTES FORMES JURIDIQUES ET COMMERCIALES DE L'ENTREPRISE

La forme juridique

La forme d'une entreprise est l'ensemble des textes de lois ou des textes réglementaires qui régissent cette même entreprise.

Choisir une forme juridique à l'entreprise

Cette étape consiste à donner au projet de création d'entreprise un cadre juridique qui lui permettra de voir le jour en toute légalité.

Les principales formes juridiques et leurs caractéristiques

- **Entreprise individuelle :** entreprise en nom propre ou en nom personnel. L'identité de l'entreprise correspond à celle du dirigeant, qui est responsable de ses biens propres.
- **Entreprise individuelle à responsabilité limitée :** entreprise individuelle dans laquelle l'entrepreneur peut affecter un patrimoine à son activité professionnelle, séparé de son patrimoine personnel.
- **Entreprise unipersonnelle à responsabilité limitée :** société qui comporte un seul associé, qui ressemble de fait à une entreprise individuelle, mais qui obéit aux règles d'une SARL.
- **Société en nom collectif :** société dans laquelle les associés (au minimum 2) ont la qualité de commerçants et sont responsables solidairement des dettes de la société. Aucun capital minimum.
- **Société anonyme :** société dont le capital est partagé entre plusieurs actionnaires, au nombre minimum de sept, qui ne sont pas obligés de dévoiler leur identité et doivent apporter un capital global de départ de 37 000 euros. Elle est dirigée par un Président Directeur Général.
- **Société à responsabilité limitée :** société dans laquelle chacun des associés (entre 2 et 100) n'est en principe responsable des dettes de la société qu'à hauteur de ses apports personnels. Aucun capital minimum.
- **Société par actions simplifiées :** société dans laquelle chacun des associés (au minimum 2, sans maximum) n'est responsable des dettes de la société qu'à hauteur de ses apports personnels. Sans capital minimum.
- **Société par actions simplifiées unipersonnelle :** société à un seul associé reprenant les caractères d'une SAS. Sans capital minimum.

Les principales formes juridiques choisies par les entrepreneurs dans l'activité de l'esthétique

En termes d'organisation, le choix de la forme juridique dépend très fortement du type d'activité exercée :
- les instituts de beauté indépendants privilégient majoritairement l'entreprise individuelle (EI) ;
- les spas privilégient majoritairement la société à responsabilité limitée (SARL).

Source : www.service-public.fr

ACTIVITÉ 2 À l'aide du document 2 « les différentes formes juridiques et commerciales de l'entreprise » :

1 Trouver la signification des sigles suivants.

- EI : ....
- SASU : ....
- SAS : ....
- SA : ....
- SARL : ....
- EIRL : ....
- SNC : ....

2 Indiquer l'intérêt de donner une forme juridique à une entreprise.

....

3 Compléter le tableau ci-dessous.

Les principales formes juridiques d'une entreprise

Nom	Acronyme	Principales caractéristiques
Entreprise individuelle	....	....
....	EIRL	....
....	EURL	Société qui comporte un seul associé, qui ressemble de fait à une entreprise individuelle, mais qui obéit aux règles d'une SARL.
Société en nom collectif	....	....
Société à responsabilité limitée	SARL	....
Société par actions simplifiées	....	....
....	....	Société à un seul associé reprenant les caractères d'une SAS. Sans capital minimum.
Société anonyme	....	....

4 Indiquer la forme juridique majoritairement choisie par les esthéticiennes indépendantes.

....

Situation professionnelle

Nora ouvre la page d'un site Internet intitulée « L'esthéticienne : artisane ou commerçante ». Elle lit attentivement les informations qui sont mentionnées et prend des notes.

© Adobe Stock

Être capable de

- citer les démarches d'installation : les organismes d'immatriculation.

Document 3

L'ESTHÉTICIENNE : ARTISANE OU COMMERÇANTE

La Chambre de métiers et de l'artisanat et la Chambre de commerce et d'industrie

Il existe deux chambres consulaires pour se renseigner sur la création d'une future entreprise : la Chambre de métiers et de l'artisanat et la Chambre de commerce et d'industrie. Il n'y a pas de différence majeure entre ces deux chambres, mis à part le fait, bien sûr, que la Chambre de métiers et de l'artisanat concerne toutes les activités dites « artisanales » et que la Chambre de commerce et d'industrie concerne toutes les activités dites de « négoce ».

L'artisan

La loi du 5 juillet 1996 relative au développement et à la promotion du commerce et de l'artisanat définit l'artisan comme une personne qui exerce une activité professionnelle indépendante de production, de transformation, de réparation ou de prestation de services (à l'exclusion de l'agriculture et de la pêche) relevant de l'artisanat et figurant sur une liste établie par décret.

Le commerçant

L'article L121-1 définit le commerçant comme une « personne qui accomplit des actes de commerce pour son propre compte et en fait sa profession habituelle ».

La nature de l'activité de l'esthéticienne

Elle peut être :
- artisanale ;
- artisanale et commerciale, en cas d'achat-revente de produits ;
- commerciale si l'entreprise compte plus de 10 salariés.

La chambre compétente pour l'esthéticienne

- La Chambre de métiers et de l'artisanat, en cas de création d'une entreprise individuelle ou d'une société commerciale comptant **moins de 10 salariés**.
- La Chambre de commerce et d'industrie, en cas de création d'une entreprise individuelle ou d'une société commerciale comptant **plus de 10 salariés**.

Les organismes d'immatriculation dans la création d'une entreprise

- **Le registre du commerce et des sociétés** (RCS), tenu par le greffe du tribunal de commerce dans le cas où l'activité principale est commerciale.
- **Le répertoire des métiers** (RM), tenu par la Chambre de métiers et de l'artisanat (CMA), dans le cas où l'activité principale est artisanale.

ACTIVITÉ 3 À l'aide du document 3 « L'esthéticienne : artisane ou commerçante » :

1. Indiquer le lieu où la professionnelle de l'esthétique peut se renseigner pour créer son entreprise.

....

2. Rechercher un synonyme du mot « négoce ».

....

3. Répondre par vrai ou faux.

L'esthéticienne est une artisane.

☐ Vrai ☐ Faux

Justifier : ....

4 Lister les différentes natures de l'activité de l'esthéticienne.

....

....

....

5 Identifier la chambre compétente pour la création de l'entreprise de Nora sachant qu'elle envisage de travailler avec une collaboratrice et une apprentie. Justifier votre réponse.

- Chambre compétente : ....
- Justification : ....

6 Étudier les contextes professionnels et répondre aux questions.

L'institut Naturellement belle compte une responsable, propriétaire de l'institut, et une salariée.

Indiquer la forme juridique de l'entreprise.

....

La parfumerie Essences naturelles a été créée en 2005 par Madame Dupont et Madame Demare. C'est une parfumerie indépendante. Elles ont toutes les deux apporté le capital nécessaire à la création de l'entreprise et ont souhaité être responsables à hauteur de leur apport personnel.

Indiquer la forme juridique de l'entreprise.

....

....

Le spa Détente corporelle est dirigé par 7 associés qui ont apporté un capital de 37000 euros lors de la création du spa. Madame Louise est la présidente-directrice générale.

Indiquer la forme juridique de l'entreprise.

....

....

Je m'évalue

1 Citer le nom des deux chambres consulaires où peut s'inscrire un entrepreneur.

....

....

2 Indiquer la nature de l'établissement d'esthétique où seront réalisées des prestations de services et d'achats et ventes de produits cosmétiques.

....

3 Donner la définition d'un artisan.

....

....

....

4 Donner la définition d'un commerçant.

....

....

5 Préciser le nombre maximum de salariés que peut avoir une très petite entreprise.

....

6 Relier les éléments correspondants entre eux.

Les principales formes juridiques d'une entreprise

Nom			Principales caractéristiques
Entreprise individuelle	•	•	Entreprise individuelle dans laquelle l'entrepreneur peut affecter un patrimoine à son activité professionnelle, séparé de son patrimoine personnel.
Entreprise individuelle à responsabilité limitée	•	•	Entreprise en nom propre ou en nom personnel. L'identité de l'entreprise correspond à celle du dirigeant, qui est responsable sur ses biens propres.
Entreprise unipersonnelle à responsabilité limitée	•	•	Société qui comporte un seul associé, qui ressemble de fait à une entreprise individuelle, mais qui obéit aux règles d'une SARL.
Société à responsabilité limitée	•	•	Société dans laquelle chacun des associés (au minimum 2, sans maximum) n'est responsable des dettes de la société qu'à hauteur de ses apports personnels. Sans capital minimum.
Société par actions simplifiées	•	•	Société dans laquelle chacun des associés (entre 2 et 100) n'est en principe responsable des dettes de la société qu'à hauteur de ses apports personnels. Aucun capital minimum.

22.2 Les organismes de contrôle : centre des impôts, URSSAF, inspection du travail, ANSM, DDPP, ARS

Situation professionnelle

Madame Louise est responsable du spa Détente corporelle. Elle travaille avec deux responsables, une hôtesse d'accueil – vente et une esthéticienne.
Elle informe ses responsables des obligations envers les différents organismes de contrôle dont elle dépend en tant que distributrice de produits cosmétiques et employeur.

© Adobe Stock

Être capable de
- énumérer les différents organismes de contrôle ;
- préciser les obligations de l'entreprise par rapport à ces organismes.

Document 1

LE CENTRE DES IMPÔTS DES ENTREPRISES

© Adobe Stock

Chaque entreprise doit déclarer ses revenus sur un formulaire : la **déclaration professionnelle de résultats**.

Cette déclaration comporte plusieurs parties :
- l'impôt sur le revenu (IR) ou l'impôt sur les sociétés (IS) ;
- la TVA à payer (20 %) ;
- la cotisation foncière des entreprises (CET) (l'une des composantes de la contribution économique territoriale avec la cotisation sur la valeur ajoutée des entreprises - CVAE si CA > 500 000 €).

Le centre des impôts des entreprises est chargé de collecter tous ces impôts.

C'est aussi un organisme de contrôle qui peut sanctionner l'entreprise en cas de non-déclaration ou de non-paiement.

Source : www.impots.gouv.fr

Mes infos +++

....

....

ACTIVITÉ 1 À l'aide du document 1 « Le centre des impôts des entreprises » :

1. Barrer le versement qui n'est pas perçu par le centre des impôts.
   - Impôt sur le revenu.
   - Impôt sur les sociétés.
   - Cotisation de Sécurité sociale.
   - Cotisation foncière des entreprises.
   - Taxe sur la valeur ajoutée à payer.
2. Indiquer les deux rôles du centre des impôts des entreprises.

....

....

Document 2

L'ENTREPRISE ET L'URSSAF

© Adobe Stock

La mission de l'URSSAF

L'URSSAF est l'Union de Recouvrement pour la Sécurité Sociale et les Allocations Familiales. C'est un organisme gouvernemental qui se charge de collecter les cotisations et les contributions sociales des entreprises dans le but d'assurer la gestion de la trésorerie.

L'URSSAF est chargée de collecter des ressources de deux types :

- cotisations sociales (au logement, au chômage, à la solidarité autonomie) ;
- contributions sociales (contributions sociales générales - CSG, contribution au remboursement de la dette sociale - CRDS).

Ces ressources servent à financer la prise en charge ou le remboursement :

- des soins médicaux des salariés ;
- des indemnités pour les salariés en cas d'arrêt maladie, de congé maternité ou d'accident du travail ;
- des retraites de base des salariés et des allocations familiales des bénéficiaires du régime général de la Sécurité sociale.

Vidéo 2'35"
Les 5 étapes d'un contrôle URSSAF
www.lienmini.fr/11061-urssaf

Les obligations de l'entreprise envers l'URSSAF

L'employeur a l'obligation de déclarer et d'acquitter les cotisations de Sécurité sociale à l'URSSAF pour les salariés qu'il emploie. **Ce sont les cotisations patronales.**

Des cotisations à la charge du salarié sont retenues sur son salaire brut pour être ensuite reversées à l'URSSAF par l'employeur. **Ce sont les cotisations salariales.**

Source : www.urssaf.fr

Mes infos +++

....

....

ACTIVITÉ 2 À l'aide du document 2 « L'entreprise et l'URSSAF » :

1. Préciser les obligations de l'employeur envers l'URSSAF.

....

....

....

2. Préciser à quoi servent les cotisations sociales et les contributions sociales.

....

....

....

....

3. Indiquer qui sont les bénéficiaires dans l'entreprise des cotisations et contributions sociales.

....

....

4. Citer les deux types de cotisations obligatoires qu'une entreprise doit reverser à l'URSSAF.

....

....

....

Situation professionnelle

Madame Louise précise à ses responsables les rôles et les pouvoirs de l'inspection du travail dans l'entreprise.

© Adobe Stock

Document 3

LE RÔLE ET LES POUVOIRS DE L'INSPECTION DU TRAVAIL

Les inspecteurs du travail sont chargés de veiller au respect du Code du travail dans toutes les entreprises. En cas d'infraction, ils les constatent et transmettent des procès-verbaux au procureur, au préfet et à l'employeur.

Exemples d'infractions
Discrimination à l'embauche, conditions de travail et d'hébergement contraires à la dignité des personnels.
Abus ou fausse déclaration d'accident de travail.
Non-respect de l'interdiction de fumer dans les lieux à un usage collectif.
Violation des conditions d'entrée et de séjour des étrangers en France.
Non-respect de la Certification des services et produits autres qu'alimentaires.
Infraction concernant la domiciliation de personnes immatriculées au registre du commerce et des sociétés.

Sanctions	
L'observation	Constatation d'infractions sans risque de poursuite pénale.
La mise en demeure	Demande de mise en conformité selon une recommandation, dans un délai précis. En cas de non-respect, à l'issue de ce délai, l'inspecteur peut dresser un procès-verbal.
Le procès-verbal	Acte par lequel l'inspecteur constate un délit.
L'arrêt des travaux	Ordre d'arrêt immédiat de travaux sur un chantier, bâtiments, usine lorsqu'un danger grave et imminent est constaté.
La saisine du juge des référés	Obligation de l'employeur d'appliquer les articles du Code du travail et de prendre des mesures particulières.

Source : www.droit-travail-france.fr

ACTIVITÉ 3 À l'aide du document 3 « Le rôle et les pouvoirs de l'inspection du travail » :

1. Préciser le rôle des inspecteurs du travail.

....

2. Citer le nom du document utilisé par l'inspecteur du travail pour constater un délit.

....

3. Répondre à la question suivante.

- Un spa a-t-il le droit de ne pas embaucher une personne à un poste d'esthéticienne à cause de son poids ? ☐ Oui ☐ Non
- Justifier.

....

4. Indiquer par oui ou non si l'entreprise est en infraction lors des situations professionnelles citées dans le tableau ci-dessous.

Situations professionnelles	L'entreprise est en infraction
Le contrat de travail à durée déterminée de Donia est rompu car elle n'est pas venue travailler aux jours et heures prévus dans son CDD depuis un mois.	☐ Oui ☐ Non
Donia fume dans l'institut.	☐ Oui ☐ Non
Donia n'est pas embauchée à cause de la couleur de sa peau.	☐ Oui ☐ Non
L'entreprise déclare Donia inapte au travail car elle s'est cassé une jambe en faisant du vélo.	☐ Oui ☐ Non
L'institut où travaille Donia est sale, les poubelles ne sont pas vidées depuis un mois.	☐ Oui ☐ Non
Donia réalise ses prestations avec des produits certifiés ECOCERT « Cosmétiques écologiques et biologiques ».	☐ Oui ☐ Non

Situation professionnelle

Camille et sa responsable Donia sont soucieuses de respecter la santé des consommateurs. Elles s'informent sur les règles à respecter.

© Adobe Stock

Document 4

LES MISSIONS DE L'ANSM

L'Agence Nationale de Sécurité du Médicament et des produits de santé (ANSM), créée en 2012, gère les missions concernant les droits et les obligations de la sécurité sanitaire des médicaments et des produits de santé, y compris les produits cosmétiques.

Son rôle est de garantir la santé des consommateurs.

Les contrôles portent sur les entreprises de production, d'importation et de distribution des produits de santé destinés à l'homme, dont les produits cosmétiques.

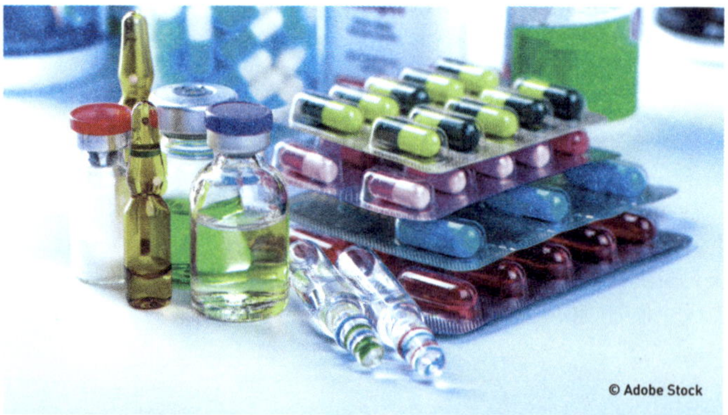

© Adobe Stock

Les missions de l'ANSM

- Garantir l'efficacité des produits.
- Vérifier la qualité des produits.
- Contrôler le bon usage des produits.

Les sanctions

- Demande de changements de composition des produits.
- Arrêt de la commercialisation des produits (en cas de mauvaise qualité microbiologique ou de présence d'ingrédients interdits).

Source : www.ansm.sante.fr

Mes infos +++

....

....

ACTIVITÉ 4 À l'aide du document 4 « Les missions de l'ANSM » :

1. Indiquer la signification du sigle ANSM.

....

2. Préciser le rôle de l'ANSM.

....

3. Citer trois missions de l'ANSM concernant le contrôle des produits.

....

....

....

4. Citer deux conséquences de contrôles négatifs par l'ANSM sur un produit.

....

....

Document 5

LA DDPP ET L'ARS

La DDPP

Il s'agit de la Direction Départementale de la Protection des Populations. Elle est sous l'autorité du Préfet du département.

Elle est compétente en matière de politiques de protection de la population. À ce titre, elle met en œuvre dans le département les politiques relatives à la protection et à la sécurité des consommateurs.

Elle veille à :

- la conformité, à la qualité et à la sécurité des produits et des prestations de service ;
- la prévention des risques sanitaires ;
- la prévention des crises et à la planification de sécurité nationale.

L'ARS : l'agence régionale de santé

Les ARS sont des établissements publics fonctionnant à l'échelle régionale, qui ont pour but de simplifier les démarches liées à la santé, pour les professionnels et pour les patients.

Elles ont des missions préventives de veille sur les épidémies ou de promotion des bonnes conduites pour la santé. Elles doivent répondre à des besoins locaux, matériels, sociaux ou humains spécifiques.

L'ARPP : Autorité de régulation professionnelle de la publicité

Organisme de régulation professionnelle de la publicité en France, elle veille à mener toute action en faveur d'une publicité loyale, véridique et saine.

Mes infos +++

....

....

....

....

ACTIVITÉ 5 À l'aide du document 5 « La DDPP et l'ARS » :

1. Indiquer la signification du sigle DDPP.

....

2. Indiquer la signification du sigle ARS.

....

3. Citer le rôle commun à la DDPP et l'ARS.

....

4. Citer les actions de la DDPP pour assurer la santé des consommateurs.

....

....

....

....

....

Je m'évalue

❶ Relier les organismes de contôle à leur action.

Organismes de contrôle			Actions
L'ANSM	●	●	Veillent à la santé des consommateurs.
LE CENTRE DES IMPÔTS DES ENTREPRISES	●	●	Contrôle les infractions au Code du travail dans les entreprises.
LA DDPP-L'ARS	●	●	Contrôle la qualité des produits de santé fabriqués, importés et distribués.
L'URSSAF	●	●	Contrôle les versements des cotisations et des contributions sociales des entreprises.
L'INSPECTION DU TRAVAIL	●	●	Contrôle les versements des impôts des entreprises.

❷ Compléter le tableau en précisant les caractéristiques de ces cotisations.

Cotisations	Caractéristiques
Cotisations patronales	....
Cotisations salariales	....

❸ Indiquer le nom du document de référence de l'inspecteur du travail.

....

22.3 Les obligations du chef d'entreprise : les différents types d'assurances

Situation professionnelle

La cabine épilation du spa Détente corporelle est fermée à cause d'un incident survenu sur l'appareil à cire, qui a entraîné des détériorations sur certains équipements, et des atteintes corporelles sur l'esthéticienne et sur la cliente. Les conditions de travail des esthéticiennes ont été très difficiles. L'employeur, Madame Louise, contacte son assurance pour connaître les risques couverts et les garanties de son contrat.
L'assureur reprend avec Madame Louise les différentes responsabilités engagées dans ce sinistre.

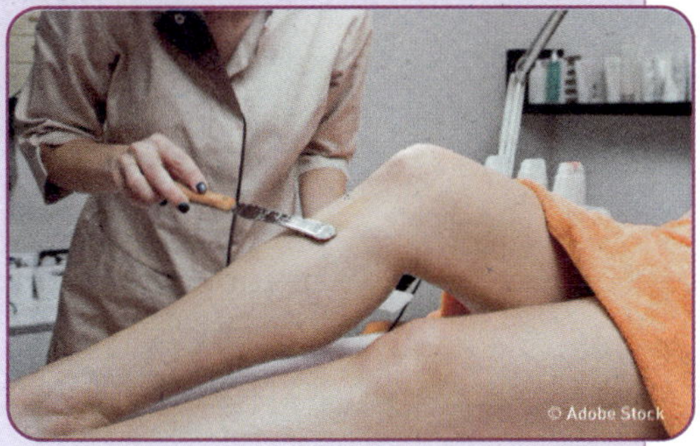
© Adobe Stock

Être capable de - indiquer les différents types d'assurances et leur rôle.

Document 1

L'ASSURANCE DE LA RESPONSABILITÉ CIVILE DE L'ENTREPRISE

Qu'est-ce que la responsabilité civile de l'entreprise ?

L'entreprise est responsable des dommages corporels, matériels ou immatériels causés à des tiers (clients, employés) par les biens, les locaux ou les personnes qui dépendent d'elle pendant son activité. Elle concerne également les préjudices qui pourraient intervenir après la livraison d'un bien ou d'un service.

© Adobe Stock

Que recouvre la responsabilité civile d'une entreprise ?

Une entreprise a l'obligation de réparer tout dommage causé à autrui par les personnes, les biens ou les locaux dont elle répond.

L'assurance responsabilité civile permet à l'entreprise de garantir les conséquences financières de ces dommages sur les biens, les personnes et les prestations susceptibles d'engager sa responsabilité.

Cette responsabilité peut être engagée dans de nombreuses circonstances :

- en cas de dommages causés par le chef d'entreprise ou les salariés à un tiers (client) avec qui l'entreprise est engagée par un **contrat** : c'est la **responsabilité contractuelle** (mauvaise exécution ou inexécution des obligations contractuelles) ;
- en cas de dommages causés par l'entreprise lors de son activité par les personnes, les biens ou les locaux hors du cadre contractuel. Cela peut être une **responsabilité quasi-délictuelle** dans le cas d'une erreur de comportement génératrice d'un dommage par un fait involontaire ou une **responsabilité délictuelle** dans le cas d'un acte volontaire réalisé sciemment et qui cause un préjudice.

Face à ces situations à risque, différents types d'assurances de responsabilité civile peuvent être souscrits par l'entreprise pour lui permettre d'assumer la prise en charge des dommages et ainsi de pérenniser son activité.

Les garanties relèvent des contrats d'assurance :

- de biens (occupation des locaux) ;
- de responsabilité civile générale (exploitation, produits).

Quels sont les 2 grands types d'assurance ?

- **L'assurance de la responsabilité civile concernant l'exploitation :** pour couvrir les dommages causés pendant l'exploitation et au cours des activités annexes de l'entreprise.
- **L'assurance de la responsabilité civile concernant les produits ou après travaux :** pour couvrir les dommages causés, après livraison, par les produits fabriqués ou, après réception, par les prestations effectuées par l'entreprise.

>>

Document 1 > suite

Les assurances de la responsabilité civile de l'entreprise

Les risques pouvant être pris en compte dans un contrat d'assurance	Les garanties pouvant être prises en compte dans un contrat d'assurance
Incendie, explosion, dégât des eaux	Garantie responsabilité civile « occupation des locaux »
Mandataires sociaux	Garantie de responsabilité des mandataires sociaux
Dommages aux tiers	Garantie de responsabilité civile exploitation
Matériels et biens confiés	Garantie de responsabilité civile exploitation
Pollution	Garantie des atteintes à l'environnement
Dommages causés aux salariés ou par les salariés	Garantie de responsabilité civile exploitation
Sous-traitance	Garantie de responsabilité civile exploitation
Véhicules de l'entreprise	Garantie obligatoire de responsabilité civile automobile

Qu'est-ce que la franchise en assurance ?

La franchise en assurance est le montant laissé à la charge de l'assuré lors de l'indemnisation d'un sinistre ou d'un dommage. Au moment de souscrire une assurance, l'assureur définit le montant de la franchise pour les sinistres cités dans le contrat. L'assurance est engagée quand le montant de la franchise dépasse les frais du dommage ou sinistre.

Sources : www.ffsa.fr ; http://assurance-professionnelle.comprendrechoisir.com

ACTIVITÉ 1 À l'aide du document 1 « L'assurance de la responsabilité civile de l'entreprise » :

1. Indiquer quelle est l'obligation de l'assurance à responsabilité civile de l'entreprise.

....

....

....

2. Citer les trois types de responsabilité civile qui peuvent être mis en cause pour une entreprise.

....

....

....

3. Préciser le rôle de l'assurance de la responsabilité civile.

....

....

4. Indiquer le nom du document souscrit par l'entreprise pour faire face à des sinistres.

....

5. Indiquer le nom de la responsabilité civile engagée dans le cas de l'allergie d'une cliente provoquée par l'application d'un masque visage par une esthéticienne.

....

6. Indiquer le nom de la responsabilité civile engagée dans le cas d'une esthéticienne qui applique de la cire volontairement chaude sur la peau d'une cliente.

....

7. Énoncer la définition d'une franchise en assurance.

....

....

8 Indiquer, dans le tableau ci-dessous, le nom de la garantie de la responsabilité civile en fonction des situations provoquées par l'explosion de l'appareil à cire.

Risques engagés par l'entreprise	Garanties de l'assurance
Le mobilier de la cabine épilation est endommagé par l'explosion de l'appareil à cire.	....
La peau de la cliente est brûlée par la cire brûlante.	....
Les sous-vêtements de la cliente sont tachés par la cire.	....
L'esthéticienne est brûlée par la cire brûlante.	....
La cabine d'épilation ne peut plus être exploitée à cause de l'explosion de l'appareil à cire.	....
La fumée de l'appareil à cire s'échappe par la fenêtre.	....
L'esthéticienne a inondé la cabine épilation en essayant d'éteindre les flammes de l'appareil à cire.	....
La cliente a eu des boutons sur les jambes suite à l'épilation.	....
L'esthéticienne est repartie chez elle avec la voiture de l'institut et elle a eu un accident.	....
Le mur de la cabine d'épilation est couvert d'éclaboussures de cire.	....

Je m'évalue

1 Après avoir lu l'extrait du contrat d'assurance, compléter le tableau ci-dessous.

Extrait de contrat d'assurance

Nature des garanties	Montants des garanties par sinistre	Montants des franchises par sinistre
A - ASSURANCE DES RESPONSABILITÉS (Titre I)		
Tous dommages corporels, matériels et immatériels confondus	10 000 000 € (1) (2)	Néant
DONT :		
1) Faute inexcusable	1 000 000 € (1) (3)	Néant
2) Dommages matériels et immatériels consécutifs	2 000 000 €	150 € (4)
3) Dommages subis par les biens confiés, y compris les biens loués ou empruntés	150 000 €	150 €
4) Dommages immatériels :		
- pour défaut d'information	2 000 000 € (3)	10 % des dommages
- autres causes	762 000 € (3)	minimum 1 500 €
5) Dommages causés par des atteintes accidentelles à l'environnement	1 500 000 € (3)	200 €
6) Dommages survenant après livraison/réception	2 000 000 € (3)	Néant
7) Responsabilité médicale	8 000 000 € (3)	Néant
B - ASSURANCE PROTECTION JURIDIQUE (RECOURS ET DÉFENSE PÉNALE) (Titre II)	15 000 €	Réclamation mini 250 €
C - FRAIS DE RETIREMENT		
Frais engagés	15 250 €	150 €

(1) Ce montant n'est pas indexé.
(2) Les dommages corporels résultant de l'utilisation ou du déplacement d'un véhicule terrestre à moteur sont accordés sans limitation.
(3) Ce montant constitue un maximum pour l'ensemble des sinistres d'une même année d'assurance.
(4) Franchise portée :
- 300 € pour les dériveurs, catamarans et quillards de sports.
- 900 € pour les bateaux habitables et les bateaux à moteur.

Risques couverts pour l'entreprise	Montant des garanties de l'assurance
Dommages corporels, matériels et immatériels	....
....	1 500 000 €
Responsabilité médicale	....
....	150 000 €

2 Indiquer, d'après ce contrat, le montant de la franchise dans le cas du dommage à l'environnement.

....

22.4 Les obligations du chef d'entreprise : les documents à disposition des organismes de contrôle et/ou du personnel

Situation professionnelle

Une inspectrice du travail vérifie les différents registres et affichages réglementaires du spa Détente corporelle.

Elle précise à Madame Louise que la réglementation sur la santé et la sécurité du travail impose à l'entreprise de tenir un certain nombre de registres et de documents. Ceux-ci doivent être présentés à l'inspecteur du travail, aux agents de l'URSSAF ou aux délégués du personnel lorsqu'ils les demandent, et être mis à jour et conservés.

© Adobe Stock

Être capable de

- **justifier le caractère obligatoire de la mise à disposition des documents mis à jour.**

Document 1

LE REGISTRE UNIQUE DU PERSONNEL

Que contient le registre unique du personnel ?

Le registre unique du personnel doit obligatoirement contenir, dès la première embauche, et quel que soit l'effectif de l'entreprise, des informations concernant chaque salarié :

- **Identification du salarié :** nom, prénom, date de naissance, sexe, nationalité.
- **Carrière :** emplois, qualification, date d'entrée et de sortie de l'entreprise.
- **Type de contrat signé :** contrat d'apprentissage ou de professionnalisation, contrat d'insertion professionnelle, contrat à durée déterminée, contrat de travail à temps partiel.
- **Pour les travailleurs étrangers :** type et numéro d'ordre du titre valant autorisation de travail.

Les informations concernant le salarié sont conservées 5 ans à partir de la date où le salarié quitte l'établissement.

© Adobe Stock

Qui peut consulter ce registre ?

Ce registre est mis à disposition des délégués du personnel, s'il y en a, et des inspecteurs du travail et des contrôleurs de la Sécurité sociale qui peuvent vérifier **la déclaration de l'ensemble du personnel.**

Que risque l'entreprise si elle ne tient pas de registre unique du personnel ?

Les infractions à ces dispositions sont sanctionnées par des contraventions de 4e classe (soit 750 €) qui s'appliquent autant de fois qu'il y a de salariés concernés.

Source : http://vosdroits.service-public.fr

Mes infos +++

ACTIVITÉ 1 À l'aide du document 1 « Le registre du personnel » :

1 Indiquer le rôle du registre du personnel.

....

....

2 Citer les trois informations principales concernant le salarié notées dans ce registre.

....

....

....

Document 2

LE DOCUMENT UNIQUE DES RISQUES PROFESSIONNELS (DUERP)

Que contient le DUERP ?

© Adobe Stock

Le document unique d'évaluation des risques professionnels (DUERP) est réalisé et mis à jour annuellement par chaque chef d'établissement ou autorité territoriale afin de répertorier l'ensemble des risques professionnels auxquels sont exposés les salariés afin d'organiser la prévention.

L'employeur est tenu de consigner dans ce document les renseignements concernant la sécurité.

Le registre de sécurité est mis à la disposition de la commission de sécurité, du Comité d'Hygiène de Sécurité et de Conditions de Travail (CHSCT), des délégués du personnel, du médecin du travail, des inspecteurs du travail et des contrôleurs du travail et de la Sécurité sociale.

Doivent obligatoirement apparaître dans le registre :

- les noms des personnes chargées d'organiser l'évacuation en cas d'incendie ;
- les consignes en cas d'incendie ;
- les renseignements concernant les travaux d'aménagement ou de transformation des locaux ;
- les contrats d'entretien des installations de sécurité ;
- le dossier de sécurité, les plans des locaux et les rapports de vérification ;
- les dates des divers contrôles et vérifications ainsi que les observations auxquelles ceux-ci ont donné lieux.

Pour les entreprises employant des personnes handicapées, il est nécessaire de préciser les mesures d'évacuation spécifiques.

À noter : un extincteur de 6 litres doit être installé au minimum dans toute entreprise de 200 m² de plancher.

Que risque l'entreprise si elle ne tient pas de document unique ?

Les infractions à ces dispositions sont sanctionnées par des contraventions de 4ᵉ classe (soit 750 €) appliquées autant de fois qu'il y a de salariés concernés.

ACTIVITÉ 2 À l'aide du document 2 « Le document unique » :

1 Cocher les phrases exactes.

☐ **a.** Les noms des personnes chargées d'organiser l'évacuation en cas d'incendie doivent être précisés.

☐ **b.** Les renseignements concernant les travaux d'aménagement ou de transformation des locaux doivent être mentionnés.

☐ **c.** Les contrats d'entretien des installations de sécurité n'ont pas à être indiqués.

☐ **d.** Le document unique doit être mis à disposition de la mairie.

☐ **e.** La commission de sécurité doit avoir accès au document unique

☐ **f.** Le document unique doit mentionner les dates des divers contrôles et vérifications ainsi que les observations auxquelles ceux-ci ont donné lieu.

Document 3

LE PLAN D'ÉVACUATION DES LOCAUX

Un plan d'évacuation comprend :

- le plan du niveau ainsi que le repère où l'on se trouve ;
- le fléchage des différents itinéraires d'évacuation et les issues de secours ;
- le nom du ou des responsables évacuation.

Un plan d'évacuation indique l'emplacement :

- des équipements de sécurité (extincteurs, boîtier bris de glace, alarme...) ;
- des coupures des énergies ;
- des consignes en cas d'évacuation ;
- du point de rassemblement.

L'affichage du plan d'évacuation

Le plan d'évacuation, sous la forme d'une pancarte inaltérable, doit être placé près des consignes à suivre en cas d'incendie, par niveau (sous-sol, rez-de-chaussée, étages), à proximité immédiate des escaliers et des ascenseurs, ou sur la porte de l'escalier, ou à tout autre endroit où il pourra être vu facilement.

Ce plan est également mis à disposition des inspecteurs et contrôleurs du travail.

Les consignes de sécurité affichées sont :

- Donnez l'alerte, déclenchez l'alarme.
- Gardez votre calme et appelez le numéro d'urgence (le 18 ou 112).
- Spécifiez le type de problème (feu, accident, etc.), le nom de l'entreprise, l'adresse.
- Précisez la localisation du sinistre.
- Prévenez les personnes habilitées aux missions d'intervention et d'évacuation.
- Organisez l'évacuation vers le point de rassemblement.

ACTIVITÉ 3 À l'aide du document 3 « Le plan d'évacuation des locaux » :

1. Tracer le chemin de l'esthéticienne et de la cliente pour évacuer la cabine en flammes.

Document 4

LA DÉCLARATION PRÉALABLE À L'EMBAUCHE (DPAE)

Qu'est-ce que la DPAE ?

La DPAE doit obligatoirement être effectuée, au plus tôt 8 jours avant l'embauche (et avant la mise au travail effective du salarié) auprès de l'URSSAF.

Le non-respect de cette obligation constitue une infraction de travail dissimulé.

© Adobe Stock

La DPAE permet d'effectuer en une seule démarche les formalités obligatoires auprès de l'URSSAF :

- l'immatriculation de l'employeur au régime général de sécurité sociale et au régime d'assurance chômage, en cas d'embauche d'un premier salarié ;
- la demande d'immatriculation du salarié à la caisse primaire d'assurance-maladie ;
- l'adhésion de l'employeur à un service de santé au travail ;
- la demande d'examen médical d'embauche du salarié ;
- le pré-établissement de la déclaration annuelle des données sociales (DADS).

Les mentions obligatoires

La DPAE doit comprendre les mentions suivantes :

- la dénomination sociale (ou nom et prénoms) et l'adresse de l'employeur ;
- le code APE et le numéro de SIRET de l'entreprise ;
- les coordonnées du service de santé au travail dont l'employeur dépend ;
- les nom, prénom, adresse, date et lieu de naissance, numéro de Sécurité sociale du salarié ;
- les date et heure d'embauche prévisibles ;
- la nature, la durée du contrat et de la période d'essai pour les CDI et les CDD supérieurs à 6 mois.

Source : www.vosdroits-service-public.fr

Mes infos +++

....

....

....

....

ACTIVITÉ 4 À l'aide du document 4 « La déclaration unique d'embauche (DUE) » :

1. Citer le moment où la déclaration unique d'embauche doit être réalisée.

....

2. Indiquer le rôle de la déclaration unique d'embauche.

....

....

3. Citer l'organisme auquel on transmet la déclaration unique d'embauche.

....

....

....

....

Document 5

LA VISITE D'INFORMATION ET DE PRÉVENTION (VIP)

Depuis le 1er janvier 2017, la visite d'information et de prévention (VIP) a remplacé la visite médicale d'embauche dans le processus de recrutement d'un salarié afin d'échanger sur son état de santé. L'aptitude au poste n'est plus vérifiée.

Le salarié nouvellement embauché bénéficie d'une VIP réalisée par un professionnel de santé habilité dans les trois mois qui suivent la prise effective du poste de travail. Les salariés en CDD et en CDI bénéficient de la même visite, dans les mêmes délais. Pour les apprentis, la visite doit avoir lieu dans les deux mois de la prise de poste.

Objectifs de la visite :

- interroger le salarié sur son état de santé ;
- informer sur les risques éventuels auxquels expose le poste de travail du salarié ;
- sensibiliser sur les moyens de prévention à mettre en œuvre ;
- identifier si son état de santé ou les risques auxquels il est exposé nécessitent une orientation vers le médecin du travail ;
- informer sur le suivi de son état de santé de bénéficier d'une visite à sa demande avec le médecin du travail.

À l'issue de la VIP, le professionnel de santé délivre une attestation de suivi (arrêté du 16 octobre 2017) au travailleur et à l'employeur ou un avis d'inaptitude.

La visite médicale de reprise du travail est obligatoire si vous êtes en arrêt de travail :

- accident du travail ayant entraîné un arrêt d'au moins 30 jours ;
- maladie professionnelle (quelle que soit sa durée) ;
- congé maternité.

La visite de reprise du travail a pour objet de :

- vérifier que vous êtes apte à reprendre le travail ;
- vérifier si votre poste de travail (ou, si c'est le cas, le poste de reclassement auquel vous êtes affecté) est compatible avec votre état de santé ;
- examiner les propositions d'aménagement, d'adaptation du poste ou de reclassement faites par votre employeur à la suite des préconisations émises par le médecin du travail ;
- étudier l'aménagement, l'adaptation de votre poste ou votre reclassement ;
- émettre, si nécessaire, un avis d'inaptitude.

Sources : www.droit-travail-france.fr, www.service-public.fr

ACTIVITÉ 5 À l'aide du document 5 « La visite d'information et de prévention (VIP) » :

1. Indiquer le délai pour réaliser la visite d'information et de prévention pour le salarié.

☐ 1 mois

☐ 3 mois

☐ 6 mois

2. L'aptitude au poste est vérifiée.

☐ Vrai

☐ Faux

3. Citer l'objectif principal de la visite d'information et de prévention.

....

....

....

Texte de la convention collective nationale de l'esthétique-cosmétique
www.lienmini.fr/11061-C22-D6

Document 6

LA CONVENTION COLLECTIVE DE LA PARFUMERIE ET DE L'ESTHÉTIQUE

Une convention collective

La convention collective est un accord écrit qui traite de l'ensemble du droit du travail à un secteur donné (contrat de travail, hygiène, congés, salaires, classification, licenciement...). Elle est conclue par les organisations syndicales représentatives des salariés et les organisations ou groupements d'employeurs.

© Adobe Stock

Le texte de la convention collective

L'employeur est tenu d'informer les salariés sur les dispositions conventionnelles applicables à l'entreprise, notamment au moment de l'embauche.

Le salarié peut consulter sa convention collective dans son entreprise ou sur Internet, notamment sur le site www.legifrance.fr.

L'employeur tient un exemplaire de cette convention à la disposition des représentants du personnel.

La convention collective de la parfumerie et de l'esthétique

Elle concerne les métiers de l'esthétique, des soins corporels et de la parfumerie, de la vente de produits de beauté et d'hygiène, de cosmétiques et de parfums.

Que se passe-t-il si l'employeur ne respecte pas la convention collective ?

L'employeur a l'obligation d'appliquer les dispositions de la convention collective applicable à son entreprise. S'il ne la respecte pas, il pourra être contraint par les juges des prud'hommes de le faire. Par exemple s'il licencie un salarié sans lui verser l'indemnité prévue dans la convention collective, le juge condamnera l'employeur à verser la bonne indemnité. L'employeur peut aussi se voir condamné à verser des dommages et intérêts si un préjudice a été causé.

Source : www.legifrance.gouv.fr

Mes infos +++

....

....

....

....

ACTIVITÉ 6 À l'aide du document 6 « La convention collective de la parfumerie et de l'esthétique » :

1. Indiquer comment le salarié peut connaître la convention collective dont il dépend.

....

....

....

....

2. Nommer les organisations qui élaborent la convention collective.

....

....

....

3. Indiquer les sanctions que risque le chef d'entreprise s'il ne respecte pas la convention collective.

....

....

....

Document 7

LA RÉGLEMENTATION DES APPAREILS DE BRONZAGE UV

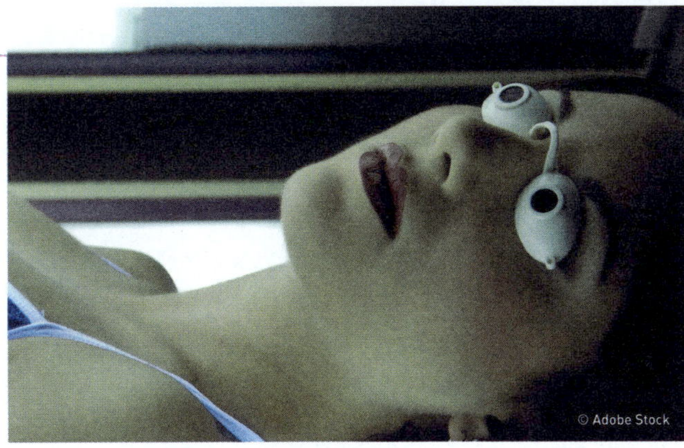

La formation spécifique UV n'est plus obligatoire. Elle est intégrée au tronc commun des différentes formations esthétiques comme le CAP.

La formation des opérateurs, selon la loi de modernisation du système de santé (LMSS), repose sur des instituts certifiés par un organisme accrédité qui forme les opérateurs (instituts, parfumeries, salles de sport, coiffeurs, centres de bronzage, spas, campings) qui délivrent des UV au public.

Les appareils

- UV1 : usage professionnel dans le domaine de l'esthétique. Leur vente au public est interdite.
- UV2 et UV4 : usage thérapeutique. Ils ne peuvent être vendus au public ni mis à sa disposition.
- UV3 : vente au grand public.

La déclaration

Toute acquisition par un professionnel d'un appareil de bronzage pour système UV (neuf ou d'occasion) doit faire l'objet d'une déclaration adressée à la Direction départementale de la protection des populations (DDPP) où se trouve l'établissement.

L'affichage

Les mentions d'avertissement obligatoires figurant sur le corps des appareils de bronzage, prévues aux dispositions de l'article 9 du décret du 27 décembre 2013, sont les suivantes :

- la catégorie UV de l'appareil sous la forme « Type UV1 » ou « Type UV3 » ;
- les appareils comportant des émetteurs UV doivent être marqués de la gamme de code d'équivalence qui identifie les émetteurs ultraviolets ;
- la mise en garde, en caractères visibles et lisibles : « Le rayonnement ultraviolet peut affecter les yeux et la peau et provoquer par exemple le vieillissement de la peau et jusqu'au cancer de la peau. Lire attentivement les instructions. Porter les lunettes de protection fournies. Certains médicaments et cosmétiques peuvent augmenter la sensibilité. » ;
- l'exposition aux rayonnements d'un appareil de bronzage peut provoquer des cancers de la peau et des yeux et est responsable d'un vieillissement cutané prématuré. L'existence d'une réglementation du bronzage artificiel ne permet pas d'éliminer les risques sanitaires encourus en cas d'exposition, en particulier le risque de cancer ;
- l'utilisation de ces appareils est interdite aux personnes de moins de 18 ans ;
- porter les lunettes de protection fournies, aucun cosmétique, séances espacées de 48 heures, pas de prise de médicaments photosensibilisants ;
- suivre les recommandations concernant la durée et les distances d'exposition à la lampe en fonction du phototype ;
- si le support de la publicité est écrit ou graphique, cet avertissement occupe une surface d'au moins 25 % de la surface totale de la publicité ;
- si le support de la publicité est électronique, l'avertissement est visible dès que le consommateur accède à la publicité.

Sources : www.cnaib.fr, www.economie.gouv.fr

ACTIVITÉ 7 À l'aide du document 7, « La réglementation des appareils de bronzage UV » :

1. Les esthéticiennes peuvent utiliser tous les types d'appareils UV.

☐ Vrai ☐ Faux

2. La publicité des UV en centre de remise en forme est réglementée.

☐ Vrai ☐ Faux

3. Les UV sont bénéfiques pour la peau.

☐ Vrai ☐ Faux

Document 8

LA RÉPARTITION DES CONGÉS

Les obligations de l'entreprise pour la répartition des congés des salariés

Le salarié acquiert des droits à congés payés en fonction de son temps de travail effectif dans l'entreprise au cours de l'année.

La répartition des congés payés est précisée dans le contrat de travail du salarié. Ils sont calculés, rémunérés et pris selon des règles précises issues, tantôt du Code du travail, tantôt de la convention collective applicable.

Comment le salarié acquiert-il des congés payés ?

Pour avoir droit à des congés payés, le salarié doit avoir travaillé pendant un minimum de temps pour le même employeur :

- pendant au moins 10 jours (pas forcément de suite) ;
- à l'intérieur d'une période de temps de référence allant du 1er juin de l'année N au 31 mai de l'année N+1.

Une durée de travail inférieure à 10 jours ne crée aucun droit ni compensation en argent.

Le salarié qui travaille un mois à temps complet acquiert 2,5 jours de congés. Cela représente un cumul maximum de 30 jours de congés ou cinq semaines par période de référence annuelle travaillée à temps plein.

Ce mode d'acquisition concerne tous les types de contrats de travail.

© Adobe Stock

L'affichage de la répartition des congés

La répartition des congés dans l'entreprise est affichée au moins deux mois avant l'ouverture de la période légale des congés. L'ordre de départ des salariés peut être défini par : la situation de famille du salarié (les enfants et les possibilités de congés du conjoint) ; l'ancienneté.

Le non-établissement de documents nécessaires au décompte de la durée de travail, des repos compensateurs acquis et de leur prise effective est puni d'une contravention de 4e classe, soit 750 €.

Source : http://contrat-de-travail.ooreka.fr/comprendre/calcul-des-conges-payes

ACTIVITÉ 8 À l'aide du document 8 « La répartition des congés » :

1. Indiquer les droits des salariés par rapport aux congés payés.

....

....

2. Répondre à l'affirmation suivante par oui ou non.

Tous les salariés ont droit à des congés payés.

☐ Oui ☐ Non

Justifier votre réponse.

....

....

3. Indiquer le nombre de jours de congés auquel a droit un salarié sur l'année.

....

4. Indiquer l'amende encourue par l'employeur pour non-respect des règles concernant les congés payés.

....

Document 9

LE PLANNING D'ACTIVITÉ

© Adobe Stock

Les obligations de contrôle et d'enregistrement de la durée du travail des salariés

L'employeur a l'obligation de décompter le temps de travail des salariés, c'est-à-dire d'indiquer l'heure de début et de fin de période de travail. Ce décompte doit correspondre au temps déclaré dans le contrat de travail du salarié.

L'employeur doit tenir à la disposition de l'inspecteur du travail les documents permettant de comptabiliser le temps de travail accompli par chaque salarié.

Les salariés travaillent suivant :

- **le même horaire collectif**, par exemple les salariés d'un même service (secteur esthétique dans une thalassothérapie). L'employeur doit informer les salariés des heures auxquelles commence et finit le travail ainsi que la durée des repos ;
- **un horaire spécifique à chaque salarié :** l'employeur doit établir les emplois du temps de chaque salarié nécessaires au décompte de la durée de travail et des repos compensateurs acquis.

ACTIVITÉ 9 À l'aide du document 9 « Le planning d'activité » :

1 Indiquer le rôle d'un planning d'activité.

....

....

....

2 Cocher dans la liste ci-dessous les éléments conformes aux obligations de l'employeur concernant le planning d'activité des salariés.

☐ **a.** L'employeur doit informer les salariés et afficher les heures auxquelles commence et finit le travail ainsi que la durée des repos lorsque l'horaire est collectif.

☐ **b.** Le décompte du temps de travail doit correspondre au temps déclaré dans le contrat de travail du salarié.

☐ **c.** L'employeur doit établir un emploi du temps individuel dans le cas d'un horaire spécifique à chaque salarié.

☐ **d.** L'employeur n'a pas d'obligation de mise à disposition des plannings d'activité des salariés pour les inspecteurs du travail.

Document 10

LE RÈGLEMENT INTÉRIEUR

Qu'est-ce que le règlement intérieur ?

C'est un document écrit, rédigé par l'employeur, précisant des obligations réciproques, notamment en matière d'hygiène, de sécurité ou d'horaires, que le salarié et l'employeur doivent respecter à l'intérieur de l'entreprise.

Il est obligatoire à partir d'un certain nombre de salariés (effectif supérieur ou égal à 20 salariés).

Quelle est l'obligation d'information de la part de l'entreprise ?

Le règlement intérieur doit être affiché et aisément accessible dans les lieux de travail, ainsi que dans les locaux et à la porte des locaux où se fait l'embauche.

Source : http://vosdroits.service-public.fr

Mes infos +++

....

....

....

ACTIVITÉ 10 À l'aide du document 10 « Le règlement intérieur » :

1 Indiquer le nom des deux parties qui doivent respecter le règlement intérieur.

....

....

2 Citer trois domaines traités par le règlement intérieur.

....

Document 11

LES OBLIGATIONS D'AFFICHAGE DANS UNE ENTREPRISE SELON LE CODE DU TRAVAIL

© Adobe Stock

Certaines informations doivent être obligatoirement affichées par l'employeur, sous peine d'amende, quelle que soit **la taille de l'entreprise**. Ces informations doivent être affichées dans les lieux accessibles où le travail est effectué.

Affichages obligatoires dans toutes les entreprises

Type d'information	Contenu
Inspection du travail	Adresse/nom/téléphone
Médecine du travail	Adresse/téléphone/services d'urgence
Consignes de sécurité et d'incendie	Consignes incendie et évacuation
Convention ou accord collectif du travail	Référence de la Convention collective
Égalité professionnelle et salariale entre hommes et femmes	Extrait du Code du travail
Horaires collectifs de travail	Horaires de travail/durée du repos
Repos hebdomadaire	Jours et heures de repos collectifs
Congés payés	Période de prise des congés
Harcèlement moral	Extrait du Code pénal
Harcèlement sexuel	Extrait du Code pénal
Lutte contre la discrimination à l'embauche	Extrait du Code pénal
Priorité de réembauche	Liste des postes disponibles dans l'entreprise
Interdiction de fumer	Interdiction de fumer dans les locaux
Document unique d'évaluation des risques professionnels	Accès et consultation de l'inventaire des risques, les résultats de l'évaluation des risques pour la santé et la sécurité des travailleurs
Panneaux syndicaux	Communications des sections syndicales pour les délégués du personnel

>>

Document 11 > suite

En outre, certaines informations doivent obligatoirement être affichées, mais cette obligation dépend du nombre de salariés de l'entreprise.

Affichage obligatoire en fonction des effectifs de l'entreprise

Nombre de salariés	Type d'information	Contenu
À partir de 11 salariés	Élections des représentants du personnel	Procédure d'organisation de l'élection des délégués du personnel (ou du comité d'entreprise à partir de 50 salariés)
À partir de 20 salariés	Règlement intérieur	Règles en matière d'hygiène, de sécurité et sanctions
À partir de 50 salariés	Comité d'Hygiène, de Sécurité et des Conditions de Travail	Noms et poste de travail des membres du CHSCT
À partir de 50 salariés	Accord de participation	Information sur un accord entre l'entreprise et les salariés

Source : http://vosdroits.service-public.fr/professionnels-entreprises

Mes infos +++

....

....

....

ACTIVITÉ 11 À l'aide du document 11 « Les obligations d'affichage dans une entreprise selon le Code du travail » :

1. Indiquer le critère réglementant l'affichage de certaines informations dans l'entreprise.

....

2. Indiquer où doivent être affichées les informations destinées aux salariés.

....

....

3. Préciser à qui sont destinées les informations obligatoirement affichées dans l'entreprise selon le Code du travail.

....

4. Citer trois informations communiquées aux salariés concernant la santé, le travail et la sécurité dans l'entreprise.

....

....

....

5. Citer la sanction que risque l'employeur s'il n'affiche pas les informations obligatoires.

....

Document 12

L'AFFICHAGE DES PRIX

Quelles sont les règles d'affichage des prix ?

En dehors de certains secteurs particuliers, les prix sont fixés librement par les professionnels (producteurs, fabricants et commerçants). L'affichage des prix protège le consommateur de pratiques abusives (publicité mensongère ou réduction fictive de prix). Les annonces de réduction de prix sont également très encadrées. Il est obligatoire d'afficher les prix, sous peine d'être verbalisé par les organismes de contrôle comme la DGCCRF.

Les règles obligatoires sur l'affichage des prix des produits et des prestations de services	
L'information sur les prix obligatoire	Vente en magasin, à distance (correspondance, téléachat, Internet) ou hors établissement commercial (à domicile, dans les lieux inhabituels de vente, en plein air, dans les foires, etc.).
L'affichage des prix	– Exprimés en euros toutes taxes comprises (TTC), de manière visible et compréhensible en vitrine ou en magasin. – Affiché sur le produit lui-même (étiquette) ou sur un panneau ou écriteau placé à côté du produit. – Pour les produits préemballés : le prix total et le prix au kilo ou au litre sont affichés. – Pour les lots de produits : le prix global et le prix de chaque produit sont affichés.
Informer le consommateur pendant l'acte de vente	Avant la conclusion de la vente, sans que le client soit obligé de le demander.
L'affichage des prix des prestations de services	Le prix des prestations de services doit être indiqué à la vue du public, dans le lieu d'accueil de la clientèle. S'il y a plusieurs prestations, l'obligation peut prendre la forme d'une plaquette des tarifs, un catalogue mis à disposition des clients et listant les différents services.

Source : www.economie.gouv.fr

ACTIVITÉ 12 À l'aide du document 12 « L'affichage des prix » :

1. Indiquer la raison pour laquelle l'affichage des prix des produits et des prestations de service est obligatoire.

....

2. Indiquer le nom de la personne fixant les prix.

....

3. Citer deux moyens d'informer le consommateur sur les prix des produits.

....

....

4. Citer trois critères obligatoires dans l'affichage des prix des produits.

....

....

....

5. Indiquer la règle d'affichage concernant les produits pré-emballés.

....

6. Indiquer la règle d'affichage des prix pour les produits proposés à la vente en lot.

....

7. Répondre à l'affirmation suivante par oui ou non.

L'affichage des prix des prestations de service n'est pas obligatoire. ☐ Oui ☐ Non

Justifier votre réponse.

....

8. Indiquer le nom du document transmis au public pour le renseigner sur les prix des prestations de service.

....

Je m'évalue

Évaluez-vous !

Flashez le QR code ou retrouvez l'exercice de fin de chapitre 22 en version interactive sur

www.lienmini.fr/11061-Test22

❶ Lister tous les documents devant être mis à disposition aux organismes de contrôle et / ou du personnel.

❷ Indiquer le nom des organismes ou personnes responsables de la santé et de la sécurité du travail des salariés dans une entreprise.

❸ Indiquer le rôle des organismes de contrôle.

❹ Indiquer le type de sanction que risque l'entreprise si elle ne tient pas les registres obligatoires.

❺ Compléter cette grille de mots croisés.

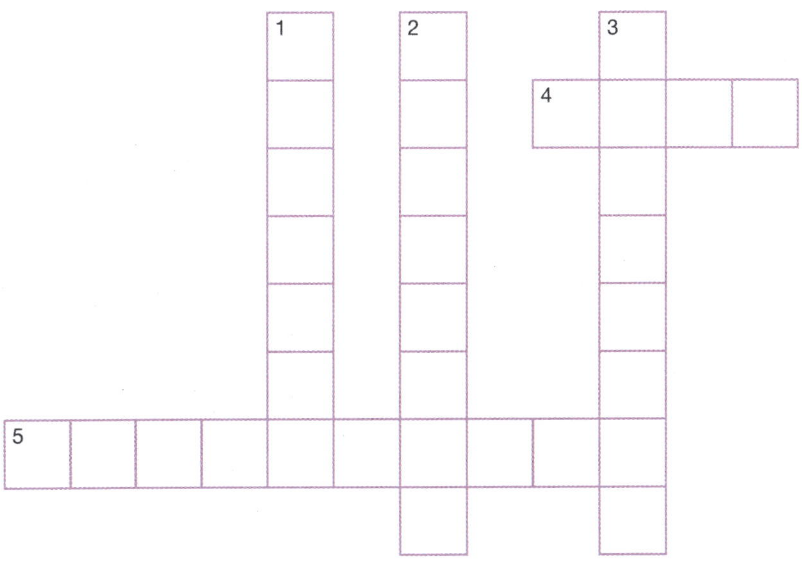

1. Un employé de l'entreprise.
2. Consignes pour assurer la protection des salariés.
3. Organise le temps de travail des salariés.
4. Guide l'évacuation des salariés.
5. Regroupe les droits et les devoirs d'une profession.

PRÉSENTATION DE L'ÉPREUVE EP3 DU CAP ESTHÉTIQUE COSMÉTIQUE PARFUMERIE

1 Synthèse de l'épreuve : ponctuelle et en cours de formation (CCF)

Épreuve	Critères d'évaluation
EP3 Conduite d'un institut de beauté et de bien-être Relation avec la clientèle et vie de l'institut Épreuve orale Coefficient : 4 Durée : 40 minutes	L'épreuve permet d'évaluer l'aptitude à : – accueillir, prendre en charge la clientèle, conseiller et vendre, mettre en valeur et promouvoir des produits cosmétiques et des prestations esthétiques ; – organiser un planning de rendez-vous et à participer à la vie de l'institut ; – mobiliser des savoirs associés du Pôle 3.

Modalités de l'épreuve

L'épreuve se déroule en deux étapes.

Situation 1 40 POINTS

Temps de préparation : 5 minutes
Temps du sketch : 10 minutes

Simulation d'une vente d'un produit cosmétique ou d'une prestation esthétique dans un espace de vente contextualisé, au cours de laquelle une prise de rendez-vous sera effectuée.

Le jury met le candidat en situation de vente en lui précisant la nature des produits ou des prestations. Au cours du sketch, une seule objection sera formulée et une vente additionnelle sera proposée au client.

Compétences évaluées :
- accueillir et prendre en charge la clientèle ;
- conseiller et vendre des produits cosmétiques et des prestations esthétiques ;
- organiser un planning des rendez-vous.

Situation 2 40 POINTS

Temps de présentation du dossier : 10 minutes au maximum
Temps de l'entretien : 15 minutes au maximum

Présentation du dossier élaboré par le candidat(e) suivie d'un entretien avec le jury.

Compétences évaluées :
- mettre en valeur et promouvoir des produits et des prestations ;
- participer à la vie d'un institut de beauté et de bien-être.

Jury : un professeur d'esthétique et un professionnel ou professeur de vente.

2 Méthodologie pour réussir l'épreuve

© Adobe Stock

1. La présentation

Le candidat devra avoir une présentation irréprochable :

- la tenue vestimentaire et corporelle devra être soignée et harmonieuse (tailleur, pantalon ou jupe pas trop courte et veste impeccables, chaussures de ville propres et confortables) ;
- la coiffure soignée (cheveux propres et bien coiffés, attachés ou non mais pas dans les yeux) ;
- le maquillage léger et raffiné ;
- les mains et les ongles soignés (ongles pas trop longs, vernis discret et propre).

2. L'attitude

Le jury va attendre du candidat(e) une attitude professionnelle :

- saluer le jury dès votre arrivée et en partant ;
- ne pas négliger les formules de politesse ;
- avoir un regard soutenu, sourire sans exagérer, se tenir droit ;
- être à l'écoute des membres du jury et avoir une attitude favorisant la communication ;
- parler calmement en articulant ;
- demander au jury de reformuler si vous n'avez pas compris une question ;
- adapter le vocabulaire et le langage au contexte professionnel, faire des phrases construites avec des propos clairs ;
- montrer de l'intérêt lors du dialogue.

Vous devez vous présenter avec votre dossier complet sous peine que la note de 0 soit attribuée à l'épreuve.

3 Déroulement de l'épreuve

Situations	Présentation de l'épreuve
Situation 1 **La simulation de vente (sketch)** Temps de préparation : 5 minutes Temps du sketch : 10 minutes	Le temps de préparation (5 minutes) est important car il vous permet de vous familiariser avec l'espace vente factice qui va vous permettre de réaliser votre sketch. L'espace de vente factice comprend de nombreux produits qui vous serviront à mener votre simulation de vente. Il est probable que vous ne trouviez pas toutes les gammes et assortiments de produits que vous souhaitez, mais ne vous inquiétez pas, chaque produit présent peut être celui que vous voulez. Vous trouverez également des documents à l'espace encaissement, comme la carte de fidélité, la facture, les rendez-vous clients ainsi que le planning de rendez-vous qui sera à compléter durant le sketch. Le sujet de la simulation de vente sera tiré au sort. Les membres du jury vous préciseront s'il s'agit de la vente : – d'un produit cosmétique de soins ; – d'un produit de parfumerie ; – d'un produit de maquillage ; – d'une prestation de services.
Situation 2 **La présentation du dossier et l'entretien avec le jury** – Temps de présentation du dossier : 10 minutes – Temps de l'entretien : 15 minutes	Le dossier doit être constitué : – d'une partie de deux pages au maximum comprenant la présentation d'une ou des entreprises supports des PFMP (identité, statut et description de l'environnement, typologie de la clientèle, aménagement des locaux, organigramme, présentation des prestations esthétiques) ; – d'une partie de trois pages au maximum comprenant la mise en valeur des produits cosmétiques et/ou des prestations esthétiques, la description de techniques de marchandisage utilisées dans l'entreprise (vitrine, présentoirs, PLV, aménagement de l'espace vente) ; – de l'attestation des PFMP ou des activités professionnelles. Votre dossier doit avoir une présentation irréprochable et si possible être relié ou agrafé. La taille de la police des textes doit être de 12, les sous-titres au-delà et les titres plus grands encore. Les photographies doivent être de qualité, ni trop petites, ni trop grandes et légendées.

4 Exemple de sujet d'examen de l'épreuve EP3

Voici un exemple de sujet d'examen pour l'épreuve EP3 – Relation avec la clientèle du CAP Esthétique Cosmétique Parfumerie.

Situation 1 La simulation de vente (sketch)

A. Présentation du sujet

PRODUIT COSMÉTIQUE

LE SKETCH PORTE SUR UN PRODUIT COSMÉTIQUE.

SUJET N°02

Vous tenez le rôle du client ou de la cliente pour le sujet ci-dessous.

Demandez au candidat ou à la candidate un conseil et un rendez-vous pour la situation suivante :

> Vous avez des brillances sur la zone médiane. Vous recherchez un produit pour les atténuer.
>
> Vous prenez rendez-vous pour un maquillage. Vous avez une soirée vendredi.

LE JURY QUI SERA VOTRE CLIENT VOUS DONNERA UNIQUEMENT CES INFORMATIONS LORS DU SKETCH.

Rappel des exigences de l'épreuve, pour le jury

- Préciser au candidat ou à la candidate dès sa présentation l'orientation professionnelle du pôle sur lequel portera l'interrogation (produit cosmétique ou prestations esthétique).
- Ne formuler qu'une seule objection.
- Exiger une proposition de vente additionnelle (produit cosmétique ou prestation esthétique)
- Remettre au candidat ou à la candidate le planning joint sur lequel il ou elle doit placer un rendez-vous.

LE CLIENT VOUS POSERA OBLIGATOIREMENT UNE OBJECTION.

VOUS DEVREZ PROPOSER UN DEUXIÈME PRODUIT EN PLUS DU PREMIER.

LE PLANNING SERA À COMPLÉTER DURANT LE SKETCH LORSQUE VOTRE CLIENT VOUS INFORMERA DE SON SOUHAIT DE PRENDRE RENDEZ-VOUS OU SI VOUS JUGEZ LE MOMENT OPPORTUN.

> Attention : Cette épreuve n'est pas une épreuve de cosmétologie.

Le planning sera déposé à l'espace encaissement.

Planning

Renseigner le planning suivant en fonction du sujet, des contraintes imposées par votre client ou votre cliente.

Horaires	Lundi	Mardi	Mercredi	Jeudi	Vendredi	Samedi
9 h				Mme VERNET A. Beauté des pieds 06.43.43.32.43		Mme CROCHE S. Manucurie 06.21.42.21.21
9 h 30						
10 h						
10 h 30						
11 h						
11 h 30						
12 h						
12 h 30						
13 h						
13 h 30						
14 h	Mme DURAND M. Épilation ½ Jambes, Aisselles, Maillot 06.43.43.21.32					
14 h 30						
15 h					Mme MIGEON f. Beauté des Mains 06.22.53.47.12	
15 h 30						
16 h						
16 h 30						
17 h						
17 h 30						
18 h						
18 h 30						
19 h						
19 h 30						

Le rendez-vous maquillage sera à placer vendredi soir (entre 17 h 30 et 19 heures environ) car la cliente a une soirée. Il devra être inscrit sur le planning son nom, la prestation (maquillage soir) et son numéro de téléphone.

Un des deux jurés sera votre client.

B. Quelques conseils pour réussir l'épreuve

- Gardez une distance suffisante entre le client et vous-même mais ne restez pas derrière le comptoir caisse.
- Laissez un petit temps lorsque le client entre pour ne pas lui donner l'impression que vous lui sautez dessus.
- Regardez toujours le client lorsque vous lui parlez.
- Pensez que l'accueil est la première impression laissée au client, alors soignez-le.
- Posez un maximum de questions (ouvertes, de préférence) pour cibler précisément les attentes du client, ce qui facilitera la vente.
- Pensez à faire le diagnostic de peau du client s'il recherche un produit de soin pour lui.
- Faites tester le produit au client si possible pour venter sa texture, son parfum…
- Exercez-vous face aux objections afin de ne pas être déstabilisé.
- N'oubliez pas de penser à proposer une vente additionnelle, même si celle-ci n'aboutit pas.

Vidéo

Sketch de vente

www.lienmini.fr/11061-sketch

C. Analyse de la vidéo du sketch de vente

Points positifs	Points négatifs
– La tenue élégante et féminine. – Le langage professionnel (vocabulaire adapté). – L'accueil : « Bonjour Madame » et non pas uniquement « Bonjour ». – La recherche des besoins approfondie : routine de soin, imperfections, sensibilités… – La présentation et argumentation du produit, les principes actifs, les effets physiologiques. – La réponse à l'objection. – La fidélisation (carte de fidélité).	– La distance entre l'esthéticienne et la cliente est un peu trop importante. – Ne pas dire « petit peu », « petite crème », « petite carte de fidélité ». – Lors de la recherche des besoins : vérifier le diagnostic de peau après les dires de la cliente pour le confirmer ou le corriger. – La reformulation n'a pas été réalisée à l'issue de la recherche des besoins avant la présentation du produit. – Annoncer la marque, la contenance et le conditionnement avant la validation de la vente principale (la crème) de la part du client. – Citer les effets physiologiques du produit complémentaire (le sérum). – Autre choix de vente additionnelle : proposer un produit de maquillage (exemples : fond de teint, poudre libre ou compacte matifiante). – Renseigner les doses d'essai « gommage et masque » : utilisation, effets. – Renseigner la cliente sur le maquillage soir lors de la prise de rendez-vous : le temps nécessaire, le prix et s'informer si elle a l'habitude de se maquiller, sur l'évènement… – Proposer le parfumage. – Accompagner la cliente jusqu'à la sortie du magasin.

Situation 2 La présentation du dossier et l'entretien avec le jury

A. Temps de présentation du dossier

Vous devez présenter votre dossier sans en faire la lecture durant 10 minutes au maximum. Exprimez uniquement ce qui vous semble judicieux à dire.

B. Temps de l'entretien

Le jury, composé de deux personnes (un professeur de vente ou professionnel et un professeur d'esthétique), vous questionne sur votre dossier. Il est donc nécessaire de maîtriser tout ce dont vous parlez et d'argumenter tous vos propos.

C. Exemples de questions posées par les membres du jury

– Expliquez la forme juridique de l'entreprise.

– Quelle différence faites-vous entre concurrents directs et indirects ?

__Un concurrent direct__ est une entreprise proposant des produits ou services similaires à votre entreprise.
Exemple : 2 instituts de beauté proposent tous les deux des soins du visage et des produits de soin visage à la vente.

__Un concurrent indirect__ est une entreprise qui commercialise une offre de produits ou de services différente de la vôtre mais répondant au même besoin que votre entreprise.
Exemple : un institut de beauté et une parfumerie sont 2 milieux professionnels différents mais ils répondent au besoin commun de l'embellissement de la personne, le bien être.

– Citer les facteurs d'ambiance de l'entreprise et, selon vous, quels sont ceux manquants et pourquoi ?

L'ambiance lumineuse, l'ambiance thermique, l'ambiance olfactive, l'ambiance sonore, l'ambiance gustative, les revêtements de sol et muraux, la décoration.
Ceux manquants dans la vidéo sont les ambiances sonore, gustative, olfactive.

– En quoi la recherche des besoins est-elle importante durant l'acte de vente ? Quels types de questions formulez-vous ?

La recherche des besoins permet de définir les besoins correspondants aux attentes de la clientèle.
Exemple : la cliente désire une crème de jour.
Elle est réalisée à l'aide de questions ouvertes. Exemples : Comment ressentez-vous votre peau ? Quelle est votre routine beauté ?
Et des questions fermées, exemple : Préférez-vous les textures crème ou fluide ?

– Quel est l'intérêt de mettre en avant de la PLV ?

La PLV, publicité sur le lieu de vente permet de mettre en avant une marque, des produits à la vente, des prestations de service lors de promotions par exemple dans le but de favoriser l'acte d'achat.

– Existe-t-il d'autres moyens que ceux dans votre dossier pour communiquer sur une animation ?

Le bouche à oreille, la vitrine, le courriel, le publipostage, la PLV, l'ILV, les réseaux sociaux.

– L'animation n'ayant pas fonctionné, qu'aurait-il fallu faire pour qu'elle attire la clientèle ?

Améliorer la communication, changer de marque ou de produits à la vente.

LEXIQUE

A

Accueil : Manière de recevoir quelqu'un.

Antisepsie : Action d'appliquer des produits antiseptiques sur des tissus vivants colonisés par des microbes ou par une infection.

Argument : Raisonnement donnant une preuve appuyant une proposition.

Argumentaire : Ensemble d'arguments de vente relatifs à un produit ou service.

L'argumentaire constitue une aide à la vente pour le vendeur. Celui-ci choisit parmi l'ensemble des arguments disponibles le ou les arguments correspondant aux besoins du client et au contexte de vente.

Arrêté : Décision émanant d'une autorité administrative, qui peut être un ministre, le maire ou le président d'un conseil régional ou général.

Artisan : Travailleur indépendant, qui justifie d'une qualification professionnelle et d'une immatriculation au répertoire des métiers pour l'exercice, à son propre compte, d'une activité manuelle.

Artisanat : Production de produits ou services grâce à un savoir-faire particulier et hors contexte industriel. L'artisan assure en général tous les stades de sa production, de transformation, de réparation ou de prestation de services, et leur commercialisation.

Asepsie : Ensemble des mesures au résultat momentané propre à empêcher tout apport de micro-organismes sur un tissu vivant colonisé par des microbes ou par une infection.

Assortiment : Ensemble des produits ou références proposés à la vente dans un magasin ou sur un catalogue.

C

Commerce : Le commerce consiste à acheter des produits à des tiers pour la revente en état, sans transformation (ou après transformations mineures).

Commerçant : Personne physique ou morale qui, faisant habituellement des actes de commerce, est inscrite au registre qui est tenu au Greffe du lieu où il exerce ses activités professionnelles.

Communication : Action de communiquer, d'établir une relation avec autrui, de transmettre quelque chose à quelqu'un.

Conseil : Avis, recommandation donnée à une personne sur ce qu'il convient de faire.

Convention : Accord passé entre des personnes, des groupes, des sujets de droit international (États, organisations), destiné à produire des effets juridiques et qui revêt en principe un caractère obligatoire pour ceux qui y adhèrent ; écrit destiné à formaliser la réalité de cet accord.

D

Décret : Acte exécutoire émis par le pouvoir exécutif. C'est une décision qui ordonne ou règle quelque chose.

Détaillant : Commerçant qui vend au consommateur final dans des quantités adaptées à son usage (commerce de détail).

Distributeur : Acteur commercialisant le produit auprès du consommateur final, particulier ou entreprise.

E

Émetteur : Personne qui produit un message linguistique par opposition au récepteur.

Entreprise : Unité institutionnelle, mue par un projet décliné en stratégie et/ou en politiques et plans d'action, dont le but est de produire et de fournir des biens ou des services à destination d'un ensemble de clients ou usagers.

Étalage : Lieu où l'on expose des marchandises.

G

Gamme de produits : Généralement définie comme un ensemble de produits de même catégorie ou répondant au même type de besoin proposé par une même marque ou fabricant.

Greffe (du Tribunal de commerce) : Ensemble des services administratifs du siège et du parquet du Tribunal de commerce. Il tient le registre du commerce et des sociétés (RCS).

Grossiste : Intermédiaire dans le circuit de distribution d'un bien placé généralement entre le producteur et le détaillant.

L

Linéaire : Longueur des rayonnages d'un point de vente où sont exposés les produits destinés à la vente.

Logiciel : En informatique, ensemble composé d'un ou de plusieurs programmes, ainsi que les fichiers nécessaires pour les rendre opérationnels. Le logiciel détermine les tâches qu'un appareil informatique peut effectuer et donne à l'ordinateur sa valeur ajoutée.

Loi : Prescription établie par l'autorité souveraine de l'État, applicable à tous et définissant les droits et les devoirs de chacun.

M

Marchandising : Ensemble des techniques assurant la meilleure diffusion commerciale des produits, grâce à une adaptation de ceux-ci, prenant en compte les désirs des acheteurs et différents éléments de stratégie commerciale (emballage, répartition des produits dans les surfaces de vente).

Marketing : Ensemble des actions qui ont pour objet de connaître, de prévoir et, éventuellement, de stimuler les besoins des consommateurs à l'égard des biens et des services et d'adapter la production et la commercialisation aux besoins ainsi précisés.

Marque : La marque est un signe distinctif qui permet au consommateur de distinguer le produit ou service d'une entreprise de ceux proposés par les entreprises concurrentes.

Message : Information transmise à quelqu'un.

O

Objection : Avis, argument, etc., que l'on met en avant pour s'opposer à une proposition, une affirmation.

P

Présentoir : Dispositif, support servant à exposer ou à mettre un produit à la portée d'un acheteur éventuel ou d'un utilisateur.

R

Rayonnage : Ensemble de planches fixées horizontalement pour constituer une vitrine, un meuble de rangement, etc.

Récepteur : Qui reçoit un message.

Reformulation : Pratique de communication qui permet de reprendre les demandes du client, de manière à démontrer la bonne compréhension de celles-ci.

S

Service : Prestation qui consiste en la mise à disposition d'une capacité technique ou intellectuelle ou en la fourniture d'un travail directement utile pour l'usager.

SIREN (Système Informatique du Répertoire des Entreprises) : Identifiant de 9 chiffres attribué à chaque entreprise française.

Statut juridique : Ensemble de textes qui règlent la situation d'un groupe d'individus, leurs droits, leurs obligations. Il sert à distinguer les indépendants des autres catégories d'actifs qui sont essentiellement composées de salariés.

Subjectif : Qui varie selon la personnalité, les principes et les goûts de chacun.

SIGLES

AFNOR : Association française de normalisation.

ANSM : Agence nationale de sécurité du médicament et des produits de santé.

CE : Communauté européenne.

CET : Contribution économique territoriale.

CMA : Chambre des métiers et de l'artisanat.

CNAIB : Confédération nationale artisanale des instituts de beauté.

DGCCRF : Direction générale de la concurrence, de la consommation et de la répression des fraudes.

EI : Entreprise individuelle.

FDS : Fiche de données de sécurité.

HT : Hors taxes.

ILV : Information sur le lieu de vente.

PAO : Période après ouverture.

PLV : Publicité sur le lieu de vente.

RCS : Registre du commerce et des sociétés.

RM : Registre des métiers.

RSI : Régime social des indépendants.

SA : Société anonyme.

SARL : Société à responsabilité limitée.

SAS : Société par actions simplifiées.

TPE : Terminal de paiement électronique.

TTC : Toutes taxes comprises.

TVA : Taxe sur la valeur ajoutée.

VMC : Ventilation mécanique contrôlée.

L'INSTITUT DE BEAUTÉ

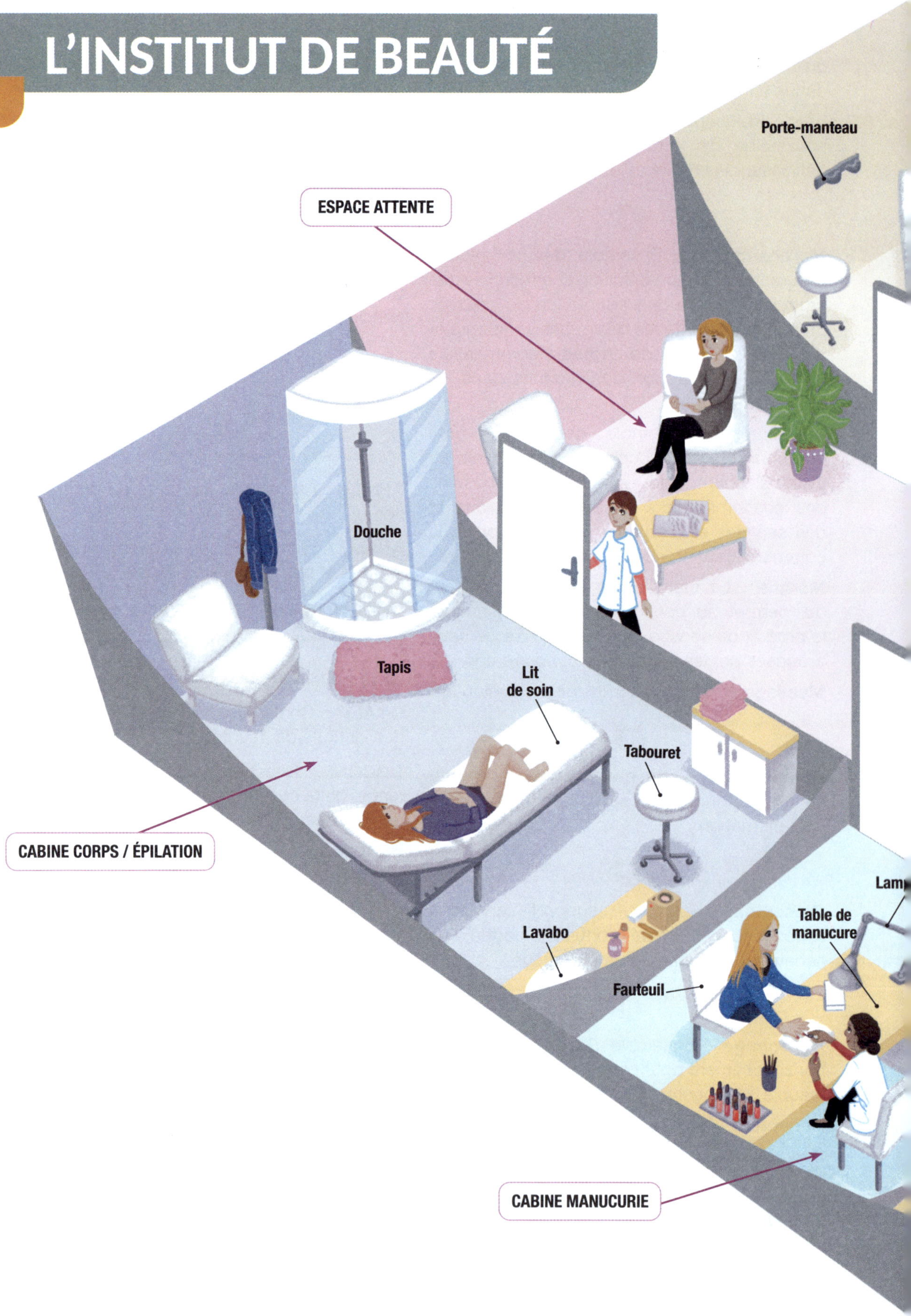

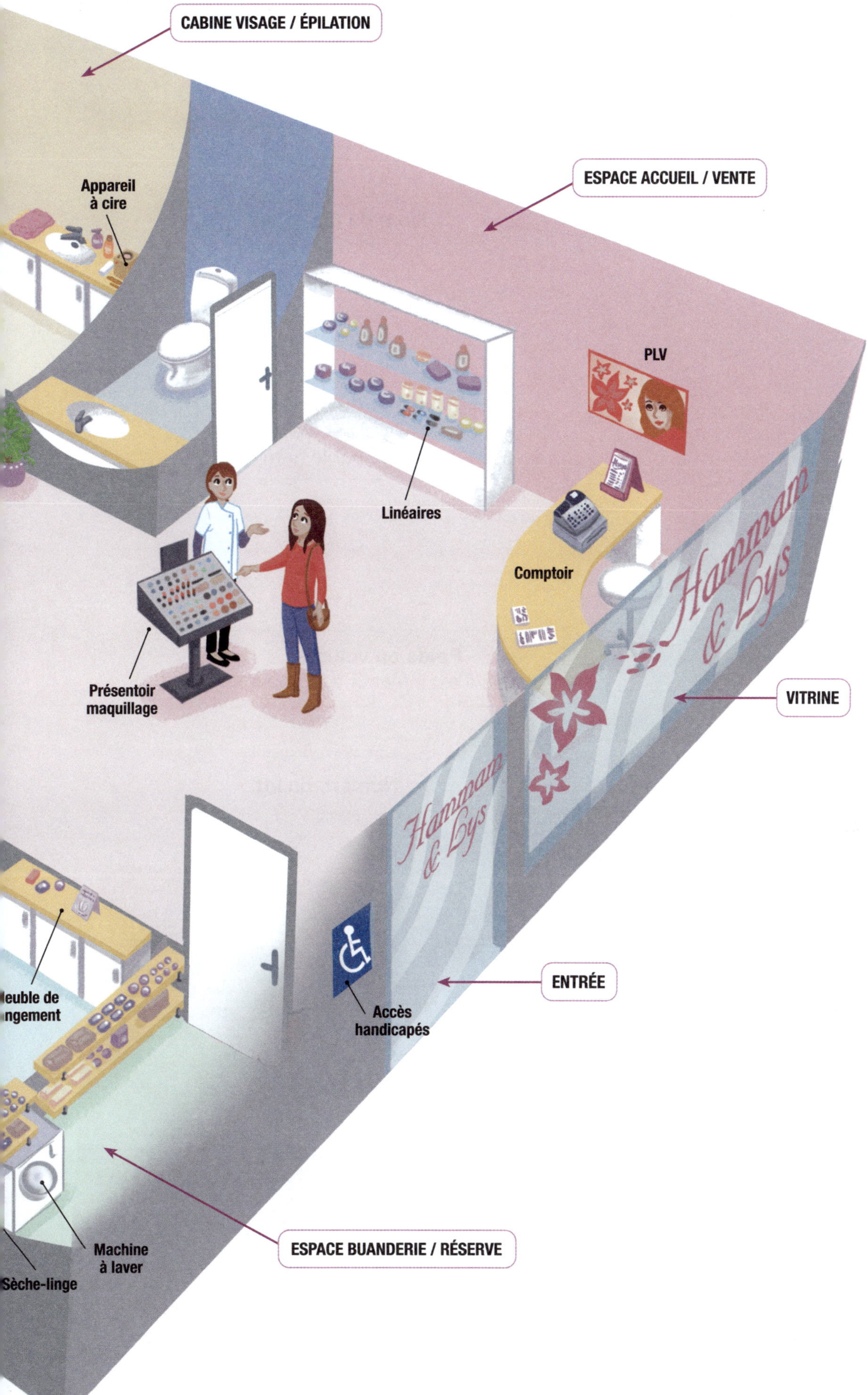
CABINE VISAGE / ÉPILATION
Appareil à cire
ESPACE ACCUEIL / VENTE
PLV
Linéaires
Comptoir
Présentoir maquillage
Hamman & Lys
VITRINE
euble de
ngement
Accès handicapés
ENTRÉE
Machine à laver
Sèche-linge
ESPACE BUANDERIE / RÉSERVE

LES MENTIONS OBLIGATOIRES SUR UN PRODUIT COSMÉTIQUE

Nom du fabricant

Fonction du produit
sauf si celle-ci est clairement identifiée par le nom

Poids ou volume
sauf s'il est inférieur à 5 g ou 5 ml

Numéro du lot

Notice ou conseils d'utilisation

Liste des ingrédients
dans l'ordre décroissant de leur importance en poids ou en volume

Adresse, pays d'origine si hors UE

Durée de conservation du produit
Ce pictogramme signifie que le produit après ouverture se conserve pendant la durée indiquée = période de conservation maximale

LES 10 ÉTAPES DE LA VENTE

1. L'accueil
2. La recherche des besoins
3. La reformulation des informations recueillies
4. La présentation des produits et/ou des prestations
5. L'argumentation des produits et/ou des prestations
6. La réponse aux objections
7. La conclusion de la vente principale
8. La vente additionnelle
9. La fidélisation de la clientèle
10. La prise de congé

Certifié PEFC
Ce produit est issu de forêts gérées durablement et de sources contrôlées
PEFC/18-32-94
www.pefc-france.org

Achevé d'imprimer en Mars 2024 en Italie par Rotolito S.P.A.
Numéro éditeur : MAGSI20230470 - Dépôt légal : Mars 2024